Vivian Rossow

Während du auf der anderen Seite
um dein Leben kämpfst

TWENTYSIX – Der Self-Publishing-Verlag
Eine Kooperation zwischen der Verlagsgruppe Random House und
BoD – Books on Demand
© 2020 Vivian Rossow
Herstellung und Verlag: BoD –Books on Demand Nordersted
ISBN: 9783740763305

Weil jede Geschichte es verdient, erzählt zu werden.

Kapitel 1

Das Licht flackert unrhythmisch im staubigen Raum, während wir von weitem der entfernten Geräuschkulisse leise Schüsse wahrnehmen.

„Kommt her meine Jungs", sagt meine Mutter mit ruhiger Stimme. Erst nachdem ich unsicher zu meinem großen Bruder blicke, setze ich mich mit ihm auf den Teppichboden, Onkel Raed im Türrahmen angelehnt.

Sie nimmt sich viel Zeit, die richtigen Worte zu finden.

Sie blickt an die Decke, ihre Augen im dumpfen Licht der Deckenlampe glänzend und die sich darin ansammelnden Tränen reflektierend. Ihre Nervosität ist spürbar, in der sie ihre Hände aneinander reibt und ihr Kinn zu zittern beginnt, während sie versucht ihre Kraft zu sammeln, die folgenden Worte ausspre-chen zu können.

„Was ist denn los?", frage ich besorgt und halte ihre Schulter.

Die Unsicherheit, dass etwas Furchtbares passiert ist und wir eine weitere liebende Person verloren haben, bereitet mir jeden Tag Angst vor plötzlichen Anrufen weinender Bekannter oder ernsthaft werdenden Gesprächen wie diesem hier.

Es kommt mir vor, als wäre es erst neulich gewesen, dass das Telefon klingelte und es uns Onkel Raeds Nummer anzeigte, kurz nachdem eine überraschende Bombe direkt in der Altstadt fiel, in der mein Vater mit ihm unterwegs gewesen war. Die Zeit schien stehenzubleiben, während wir beinahe die Mailbox rangehen ließen, bis meine Mutter genug Kraft zum Abheben sammelte.

Wir hatten gewusst, was für ein Telefonat es mit dem Bruder meines Vaters werden würde, der sich zuvor nie bei einem von uns meldete.

Ich kann mich ganz genau an das Gefühl erinnern, das ich bekam. Und an das Gefühl, das folgte. Die Gedanken, die mir durch den Kopf gingen und all die Fragen, auf die ich bis heute keine Antworten weiß.

Solche Erlebnisse mit all seinen Inhalten geschehen nur einmal im Leben. Vielleicht verändern sich die Bilder der Erinnerungen, sodass sie ein verschobenes Abbild der Realität widerspiegeln oder man vergisst sie vollkommen, doch das Gefühl bleibt für immer. Als hätte man sie eben erst empfunden.

Gleichzeitig fühlen sich solche Ereignisse so an, als wären sie vor Ewigkeiten gewesen, wenn einem all die Dinge in den Kopf kommen, die seitdem passiert sind.

Mit meinen zwölf Jahren, als ich ihn verlor, war ich noch zu jung, um zu verstehen, dass nicht alles einen Sinn ergibt. Zu jung, um Dinge einfach so hinzunehmen, wie sie sind und sie zu akzeptieren. Mittlerweile ist es fünf Jahre her.

Haytham muss all das mit seinem fortgeschrittenen Alter von achtzehn Jahren so viel schwerer gehabt haben, doch gesprochen haben wir darüber nie.

Ich bin mir nicht sicher, ob ich den Verlust jemals richtig verarbeitet habe. Auch in der Familie verloren wir selten ein Wort darüber. Keiner stellte jemals Fragen.

Jeder hat seinen Verlust erlebt, jeder jemand anderen, jeder auf eine andere Weise und dennoch ist das Ergebnis das gleiche. Nie hat man jemanden auf so etwas vorbereitet.

So etwas lernt man nicht.

Und jetzt sehe ich meine Mutter nervös auf den Teppich blickend nach Worten suchen und befürchte, dass ein solches Gespräch folgt wie einst das zwischen meiner Mutter und Onkel Raed, das wir nie zu hören bekamen.

Ich richte meinen Blick zu Haytham und Onkel Raed, während ich in ihren Gesichtern nach einer Ahnung über das suche, was jetzt kommen wird, doch sie schauen stumm zu meiner Mutter und regen sich nicht.

In den darauffolgenden wenigen Momenten, die im schweigsamen Raum vergehen, werde ich ungeduldiger, spüre die feuchte Hitze in meinem Nacken, möchte etwas sagen, doch überwinde mich nicht dazu, die Worte auszusprechen, die ich zu dem Zeitpunkt noch nicht mal gefunden habe.

Schließlich blickt sie.

„Ihr werdet zu dritt mit Onkel Raed in die Türkei fliegen und von dort aus allein fliehen."

Ihre Stimme bricht.

Mit aufgerissenen Augen und offenen Mündern erschüttere ich mit Haytham.

Ich brauche eine Sekunde, um zu verstehen, was vor sich geht. Panik beginnt in mir hochzusteigen. Kein einziger Ton will aus meinem Mund, meiner trockenen Kehle entkommen.

„Nein! Auf keinen Fall!", widerspricht Haytham. „Wieso kommst du nicht mit?! Wir wollten zusammen nach Deutschland!"

„Wir haben nicht genug Geld für uns alle. Es ist sicherer, wenn ihr jetzt allein reist und wir nachkommen", zittert sie.

Ich muss ununterbrochen den Kopf schütteln, während sie spricht.

„Onkel Raed wird in der Türkei bleiben und dort Geld verdienen."

Mir fehlen die Worte. Mein Blick geht starr zwischen den Beiden hin und her.

„Das schaffen wir doch nicht allein!", wird Haytham lauter. Er wirkt überfordert.

Meiner Mutter laufen die Tränen über ihr Gesicht, als sie sich mit den Händen verdeckend wegdreht. Wie ich sie so sehe, füllen sich meine Augen ebenfalls mit Tränen. Hitze beginnt in meinen Kopf zu steigen.

Onkel Raed greift ein: „Natürlich schafft ihr das! Wir sind das schon so oft durchgegangen. Ich werde euch bis in die Türkei begleiten und nochmal alles erklären. Außerdem bleiben wir immer erreichbar."

Er versucht ruhig und unbesorgt zu klingen, doch ich kenne ihn gut und durchblicke seine Angespanntheit. Seine leicht geröteten Augen sind weit und starr, die Ader an der Schläfe sticht hervor. Noch nie habe ich meinen Onkel so gesehen und das macht es mir schwerer.

Doch noch weniger kann ich meine Augen von meiner Mutter lösen, die sich weinend in seinen Armen vergräbt.

„Wir wollten das alles zusammen durchziehen. Das war doch der Plan!", schreit Haytham.

Aufgebracht steht er auf und läuft einzelne Schritte hin und her, um sich zu beruhigen.

Ich komme mir wie ein kleines Kind vor, das einen Streit der Eltern beobachtet und nur die Spannung spürt, ohne den Inhalt der Worte zu verstehen.

„Hör mal, das ist nicht möglich", beginnt mein Onkel mit gesenkter Stimme auf ihn einzureden. „Wir hätten niemals rechtzeitig genug Geld für uns alle auftreiben können. Wir haben anfangs noch alles schön und leicht geredet, aber das ist es nicht. Sie werden bald die Grenzen in Europa schließen und bevor das passiert, müsst ihr unbedingt gehen. Ihr seid wichtiger, ihr seid noch jung-"

„Nein, nein, nein!", unterbricht Haytham ihn lautstark.

„Wir wussten, dass ihr das nicht zulassen würdet", beginnt mein Onkel mit kühler Stimme. „Deshalb haben wir heute Morgen die Tickets gekauft."

Mein Hals zieht sich zusammen.

Gerade eben hatte ich noch mit dem Gedanken gespielt, bei ihr zu bleiben und auf das restliche Geld zu warten, um dann gemeinsam mit ihr nachzukommen, doch dieser ist gerade erloschen.

„Es gibt jetzt kein Zurück mehr. Ihr müsst gehen." Mein Onkel tritt zu Haytham hervor, packt seine Schultern und blickt ihm tief in die Augen: „Ihr. Schafft. Das."

Ihre Stimmen hallen wie ein Echo in meinem Kopf.

Noch immer sitze ich regungslos am selben Fleck auf dem Boden. Ein starker Druck liegt auf meinen Ohren und lässt die gesamte Geräuschkulisse samt ihren Stimmen und Schüssen verdumpfen, der durch ein hohes, schrilles Pfeifen durchdröhnt wird.

Aus meinen aufgerissenen Augen meiner erstarrten Miene entlaufen die angesammelten Tränen, die als dicke Linie meine

Wangen hinunterlaufen.

Während mein Onkel noch immer auf Haytham einredet, rasen innerhalb von Sekunden tausend verschiedene Bilder durch meinen Kopf.

Ich sehe plötzlich eine Welt ohne meine Mutter und ohne meinen Onkel vor mir. Eine Zukunft allein mit meinem Bruder in einem fremden Land. Ich sehe wie wir planlos versuchen, den Weg zu finden. Zu wenig Geld haben, irgendwo stecken bleiben und mit unserem letzten Geld um Essen kämpfen. Wie meine Mutter sich alleingelassen in den Schlaf weint, weil sie ihre Söhne vermisst. Ich sehe, wie sie tatsächlich zusammen nachkommen und wir gemeinsam glücklich werden.

Gleichzeitig jedoch sehe ich, wie ich auf ein Leben ohne sie verzichte und nicht ins Flugzeug steige, sondern bei ihr in ihren Armen bleibe. Wie ich ihr meinen Platz gewähre, mit meinem Onkel in der Türkei bleibe und wir gemeinsam hart schuften, um das letzte Geld für uns aufzutreiben.

All das sehe ich in den wenigen Sekunden, in denen ich mit meinen verweinten Augen in ihre schaue.

Währenddessen geht mein Onkel mit nun ruhiger Stimmlage alle Einzelheiten durch.

„Eure Mutter wird bei eurem Onkel Ahmed bleiben. Da ist es sicherer", beginnt er. „In drei Tagen werden wir das Flugzeug nach Libanon nehmen."

Drei Tage.

Diese Worte lassen mich in eine kurze Trance fallen, in der meine Umgebung verblasst und ich wieder in meine Bilder eintauche, in denen ich mich von jedem verabschieden muss, der noch bei uns ist und mir am Herzen liegt.

Obwohl wir immer wussten, dass wir eines Tages fliehen würden, rasen durch seine Worte die künftigen und letzten drei Tage in meinem Heimatdorf soeben an mir vorbei.

Er beschreibt die Vorgänge vom Umsteigen der Flüge, über wichtige Hinweise, die zu beachten sind wie Papiere, die wir vorzeigen oder noch besorgen müssen, bis hin zur Bootsfahrt über das Meer.

Die Bootsfahrt.

Ich habe mich monatelang davor gefürchtet. Ich werde sterben. Ich kann nicht schwimmen. Ich werde sterben.

Ich atme tief ein.

Ich darf meine Nerven jetzt nicht verlieren. Nicht vor meiner Mutter. Ich versuche mich voll und ganz auf meinen Atem zu konzentrieren. Blinzle einige Male, um meine Augen vor Trockenheit nicht tränen zu lassen, so wie ich es immer tue, wenn ich mich in überfordernden Situationen vom Wesentlichen ablenken will.

Jetzt senke ich meinen Blick, denke darüber nach, zu ihr rüberzusehen. Ich traue mich nicht.

Blinzeln, atmen, blinzeln, während ich versuche, meine Panik nicht nach außen dringen zu lassen.

Ein letztes Mal atme ich tief ein und schließe die Augen, als ich die Luft langsam durch meine Lippen strömen lasse, während mein Brustkorb sich senkt. Mein Puls wird langsamer und ich blicke mit neu geschöpfter Kraft zu meiner Mutter, die sich ebenfalls beruhigt hat und unauffällig ihre Tränen an ihrem Hijab abwischt.

Mein Onkel hatte offenbar all seine detailreichen Hinweise für unsere Flucht ausgesprochen und gewinnt meine Aufmerksam zurück, als er seine Rede abschließt: „Also denkt dran, ihr schafft das, ihr wisst über alles Bescheid. Wir werden es gemeinsam angehen und wieder zueinander finden. Wir müssen jetzt nur stark bleiben. Wir dürfen nicht aufgeben!"

Darauf folgen einige Minuten, in denen wir schweigsam an die Wände starren, um das Ganze sacken zu lassen.

Auch Haytham scheint sich beruhigt zu haben oder zumindest nicht zu versuchen, es zu verhindern und sitzt mit angewinkelten Knien an der Wand.

Es fühlt sich wie eine Ewigkeit an, die wir alle zusammen und doch distanziert dasitzen, während mit jeder folgenden Sekunde der Raum mit Schweigen gefüllt wird und uns zu erdrücken scheint.

Als der unangenehme Moment spürbar wird, in jenem ein Wort fallen sollte, jedoch keiner den Mut fasst oder weiß, welches auch nur in irgendeiner Weise die Situation verändern könnte, stützt sich meine Mutter vom Teppich auf und fängt in der Küche zu kochen an.

Das dumpfe Geräusch des schneidenden Messers füllt die Leere des Raums.

Ich blicke starr hinein und versinke in seinen Nachklängen, als Haytham plötzlich aufsteht. Sein Gesichtsausdruck skeptisch: „Und für uns gibt es jetzt auf einmal genug Geld? Anfangs sagtest du, es würde noch ein paar Wochen dauern, bis wir genug für die ganze Reise haben."

Mein Onkel neigt seinen Kopf zu meiner Mutter, die sich aus der Küche nur für einen kurzen Blick zu ihm umdreht und ihn mit feuchten Augen anlächelt.

Seine Miene bleibt ernst.

Kurz überlegt er und sieht uns dann an: „Eure Mutter war bereit, das Armband eurer Großmutter zu verkaufen."

Und tatsächlich entdecke ich nun die freie Stelle an ihrem Handgelenk, an der immer ihr einziges Schmuckstück glänzte, das sie vor vielen Jahren geerbt und begehrend jeden Tag getragen hatte. Ich starre mit großen Augen darauf.

Ich kann es nicht fassen.

„Mama…", entfleucht es mir, nicht fähig, meine Gedanken in Worten zu umschreiben. „Das hättest du nicht tun müssen", kommt es mir bei gebrochener Stimme beinahe gar nicht raus.

Sie hört kurz auf die schlechten Stellen des harten Brots zu entfernen und dreht sich zu uns um.

„Doch, das musste ich", widerspricht sie mir ernst. „Wir hatten keine andere Wahl. Auf eure Verwandten zu warten, hätte zu viel Zeit gekostet. Deine Großmutter hätte das so gewollt."

Ich muss fast weinen.

Schon wieder hatte meine Mutter ein Opfer geben müssen, um uns zu beschützen.

Kapitel 2

Sie zieht tief an ihrer Zigarette, lässt den Qualm eine Weile lang in ihren Lungen sich ausbreiten und bläst ihn schließlich bei langem Atem langsam als große Rauchwolke aus.

Die Zigarette hält sie zwischen Zeige- und Mittelfinger, als sie auf den glühenden Ansatz schaut, wie er rot aufleuchtet und in schwarzen Qualm sich lösend abbrennt.

Wie immer kletterten sie aus Nataschas Zimmerfenster hinaus auf das ein Quadratmeter große Stück des Daches, auf dem sie sich an die Hauswand lehnen und über die zwischen den Tannenspitzen ragenden roten Dächer hinwegschauen.

„Was wirst du tun?", fragt Natascha, die sich neben ihr im Schneidersitz eine Zigarette dreht.

Mit verträumtem Blick sitzt Sarah da und starrt, ohne ein Auge zu zucken, in die Luft.

„Keine Ahnung", antwortet sie schließlich, zieht noch einmal tief an der Zigarette und setzt sich nun auch mit angewinkelten Beinen auf.

Nachdem sie die begonnene Ausbildung beim Bäcker abbrach, weil sie bemerkt hatte, dass es nicht das war, was sie sich für den Rest ihres Lebens wünschte und jetzt auch noch ihren Teilzeitjob im Supermarkt hinschmiss, weil sie ihren Chef nicht leiden konnte, ist sie wieder auf der Suche nach etwas Neuem, das sie in dem freien Jahr tun könnte, bevor sie wieder eine Ausbildung oder ein Studium beginnen würde.

„Du kannst ja wieder in einem anderen Supermarkt anfangen."

Sarah seufzt: „Das ist so öde. Wenn ich schon den Sommer arbeiten muss, dann wenigstens irgendwas Aufregendes, das ich vielleicht auch später noch weitermachen kann."

„Und was wäre das?"

Sarah lehnt sich wieder zurück und schweigt.

„Weißt du denn schon, in welche Richtung du später mal gehen willst?"

„Keine Ahnung", antwortet sie jetzt mit leicht genervtem Unterton.

Diese Frage hatte sie in den letzten Jahren so oft gestellt bekommen, sodass die Konfrontation der gleichen Frage in den letzten Tagen an ihren Nerven zu zerren beginnt, weil sie darauf noch immer keine Antwort weiß.

„Ach, es gibt für jeden was. Du musst dich nur mal ein bisschen genauer umschauen. Bisher hattest du ja immer nur das genommen, was sich gerade anbot und das war für dich einfach immer das Falsche."

Sarah nickt, während sie ihre Hand durch ihr langes dunkles Haar fährt. Sie weiß, dass Natascha recht hat und es nur gut mit ihr meint, doch das sich immer wiederholende Gespräch nervt sie. Alle sagten ihr das Gleiche.

„Jetzt nur nicht aufgeben. Nicht auf dir sitzen lassen. So eine Lücke im Lebenslauf sieht richtig schlecht aus."

Es war nicht so, dass sie auf all die Weisheiten nicht selbst kommen würde oder nicht wüsste, dass sie mit ihrem unangestrengten Verhalten nicht weiterkommt.

Sie wollte all das einfach nicht hören.

Seit dem Vorfall in ihrer Kindheit, brauchte sie zu viel Zeit, um wieder in einen normalen Alltag zu finden und tat seither nur das Nötigste. Dass sie nach der Schule dann ohne Ideen dastehen würde, hatte sie damals nicht bedacht.

Aber das eigentliche Problem war, dass sie ihre Lebensfreude nicht mehr wiederentdeckte. Das war der Grund, weshalb sie bis heute keine Begeisterung in Dingen findet, die sie dazu bewegen könnten, sich reinzuhängen, da sich die Mühe nicht auszuzahlen scheint. Etwas, das niemand in ihrem Umfeld nachvollziehen oder jemals verstehen könnte.

„Ich habe keinen blassen Schimmer, was ich tun könnte. Supermärkte und Restaurants sind scheiße. Die Arbeit als Service auf Festivals war zwar cool, aber sehr stressig und viel zu spontan. Ich kann nicht immer auf Veranstaltungen warten. Und Modeläden… keine Ahnung, da halten sich alle für was Besseres."

Natascha lacht laut auf und bringt Sarah zum Schmunzeln.

„Als würdest du überall nach einem Grund suchen, nichts machen zu müssen."

„Ich wüsste einfach gerne, wofür ich geschaffen bin. Ich glaube jeder hat etwas, das wie sein Element ist. Du hast deins in der Kunst gefunden. Wirklich, dein Studienplatz ist einfach das Beste, was dir passieren konnte. In der Schule hab ich dich immer, statt zu schreiben, rumkritzeln sehen. Und um so einen Platz zu kriegen, muss man echt talentiert sein. Ich wünschte, ich hätte so etwas."

Während sie spricht, schaut sie in die Ferne, als säße sie allein da und nimmt schließlich einen langen Zug ihrer Zigarette.

Natascha schaut sie mit gerührtem Blick an und schüttelt den Kopf.

„Ach komm, jetzt stell dich nicht so an. Du hast auch etwas. Jeder hat etwas, du musst nur genauer überlegen. Was ist es, was du wirklich willst?"

Sarah verstummt. Sie weiß es nicht.

Es folgt eine Minute, in der Natascha mit ihrer Zunge über das Zigarettenblättchen fährt, es geschickt mit den Fingern zusammendreht und Sarah ihre Zigarette im Aschenbecher ausdrückt.

„Weißt du", beginnt Natascha lächelnd, „ich weiß noch genau, dieser eine Tag in Spanien auf unserer Klassenreise. Wir waren den ganzen Tag unterwegs und gar nicht zum Essen gekommen. Dann saßen wir im Zug und haben unser Pausenbrot gegessen. Ich habe mein Erstes heruntergeschlungen, als der arme Junge durch den Wagon kam und jeden nach Geld fragte."

Diesmal schaut Natascha, wie in die Zeit zurückversetzt, in die Ferne, während Sarah, sich nicht an die Geschichte erinnernd, gespannt zuhört.

„Ich habe gedankenlos mein zweites Brot vor seinen Augen aufgegessen, aber du hast aufgehört, ihn kurz angesehen, bis er vor dir stand und dich auch bettelnd ansah. Und dann hast du ihm, ohne weiter nachzudenken, dein Brot gegeben und gelächelt. Ich weiß noch, wie sehr sich der Junge gefreut hat und irgendwas auf Spanisch sagte. Und du hast so gestrahlt. Da wusste ich, dass du ein großes Herz hast. Mehr als alle anderen, vor allem, weil ich weiß, wie viel Hunger du hattest, weil du den ganzen Ausflug über gejammert hast."

Natascha lacht und blickt zu Sarah rüber, die nur bescheiden kichert. „Aber mal ehrlich, von da an habe ich dich bewundert. Ich dachte, dass ich auch ein bisschen so sein möchte und dass du die Welt verändern kannst."

Sarah prustet los, als hätte sie einen Witz gemacht.

Noch versucht Natascha ernst zu bleiben und sie mit dem Todesblick zum Schweigen zu bringen, bis sie sich schließlich nicht mehr halten kann und ebenfalls loslacht.

„Ich meine das ernst!", ruft sie dann. „Ich meine, das war in der fünften Klasse oder so."

Als sich Sarah langsam beruhigt, spricht Natascha weiter.

„Es sollte jetzt nicht so schnulzig werden. Aber wirklich, diesen Moment habe ich komischerweise nie vergessen. Der hat mich irgendwie geprägt. Du solltest irgendwas in dieser Richtung machen. Mit Menschen. Helfen."

Sie reicht ihr die Zigarette, die sie gerade gedreht hatte.

„Vielleicht hilft dir das auch. Ich meine, anderen helfen, so wie dir geholfen wurde. Vielleicht fühlst du dich dann auch besser."

Seit die Beiden in der dritten Klasse zusammengesetzt wurden, um eine Partneraufgabe im Deutschunterricht zu erarbeiten, sind sie unzertrennlich. Natascha ist die einzige Person, die Sarah wie ein Buch mit all ihren Geschichten in- und auswendig kennt, weil sie die meisten davon mit ihr teilt und sie daran gemeinsam wuchsen.

„Klingt einleuchtend", antwortet Sarah nachdenklich.

„Also…?"

„Naja, ich kann mich ja mal umschauen."

„Das wollte ich von dir hören!", grinst sie. „Das kann ich mir auch richtig bei dir vorstellen. Allein dein Umgang mit Kindern ist einer, den nur du draufhast."

„Was?", lacht Sarah mit fragendem Blick.

„Ja, immer wenn du mit Kindern zusammen bist. Das eine Mal zum Beispiel, als du babysitten musstest."

„Meinst du Emil aus dem Nebenhaus?"

„Ja, genau. Mit dem bist du so gut klargekommen. Auf so ganz eigene Weise, als hättet ihr eure eigene Sprache."

„Das war ja wohl nichts Besonderes!"

„Also ich komme mit Kindern gar nicht klar. Apropos: David kommt dich endlich wieder besuchen, oder? Wann ist er nochmal da?", stichelt Natascha grinsend.

„War das jetzt eine Anspielung darauf, dass wir irgendwann Kinder haben, oder dass er eins ist?"

„Beides", lacht sie.

„Weder das eine noch das andere! Er kommt in einer Woche und bleibt übers Wochenende."

Kapitel 3

Zwei Tage sind bereits vergangen, in denen ich gezwungen war, mich von allen zu verabschieden, die gezwungen sind hier zu bleiben.

Zum Abendbrot sitzen wir nun zusammen im Kreis und essen schweigend das pappige Brot, während leise der alte Fernsehkasten rauscht.

Wir mussten das Brot auf die letzten Tage aufteilen und tunken es in Soße aus einer Konserve, dessen Ablaufdatum einige Wochen her ist und mit den letzten Gemüseresten vermischt wurde.

Ein Sättigungsgefühl verspüre ich schon seit Wochen nicht mehr.

Uns allen ist der Krieg ins Gesicht geschrieben, nicht zu erwähnen die Narben, die unseren Körper zeichnen. Mein Onkel ist als Doktor noch nie der gelassenste Typ gewesen, der von Stress keinerlei Anzeichen im Gesicht zeigt. Dennoch bekam er durch die letzten Monate mehr graue Haare, als sein wahres Alter es zulassen würde.

Aber meine Mutter traf es wohl am schlimmsten.

Ich möchte gar nicht genau wissen, wie viel Gewicht sie in den letzten Monaten verloren hat. Trotz alledem werden auch ihre Falten, die immer tiefer zu geraten scheinen, von ihrem aufgesetzten, trüben Lächeln, wofür sie sich Tag täglich die Kraft für uns nimmt, überstrahlt.

Was würde ich nur dafür tun, sie glücklich zu machen.

Ich nehme mir bereits jetzt fest vor, es bis nach Deutschland und zu einer guten Arbeit zu schaffen, bis ich mir ein schöneres Armband als ihr vorheriges für sie leisten und ihr persönlich übergeben kann, wenn sie dann bei uns ist.

„Ich habe eure Wäsche vorbereitet, die ihr mitnehmen werdet", bricht sie auf einmal das Schweigen. „Zieht morgen ein langes Hemd und eine Hose an und packt euch das weitere Hemd und die Hose ein, die ich auf eure Betten gelegt habe."

Sie hat die letzten Tage an nichts Anderes als an unsere Abreise denken können und an jedes kleinste Detail, an das sie uns fast jede Minute erinnert.

„Und jeder von euch packt seinen Pass und die restlichen Dokumente ein", fährt sie fort. „Das Geld wird Onkel Raed bei sich haben-"

„Schon gut!", unterbricht mein Onkel sie schroff.

Ich blicke unauffällig kurz zu ihr, dann zu ihm und dann wieder auf mein Essen.

Meine Mutter tut dasselbe.

Wäre heute nicht der letzte Tag vor der Abreise, dann wäre mein Onkel vermutlich gröber. Doch es ist das letzte gemeinsame Abendessen, bevor wir meine Mutter zurücklassen, durch jenen Gedanken allein ich in Tränen ausbrechen könnte und das macht uns zurückhaltender.

Bloß noch die eine Autofahrt von unserer Heimatstadt Daraa bis zum Flughafen nach Damaskus wird sie uns begleiten, nur um uns dann gehen zu lassen und wieder in die gefährliche Stadt zurückzukehren.

Meinem Vater zu Liebe möchte sie im gefährlichen Dorf bleiben und all das Risiko zu sterben in Kauf nehmen. Alles, was ihr bleibt, sind die Erinnerungen. Und die stecken in der Stadt.

„Danke Mama", sage ich leise und lächle sie unsicher an.

Wieder nimmt sie sich die Kraft, um zurückzulächeln.

Es dauert nicht lange, bis wir das bescheidene Abendessen aufgegessen haben und uns in unserer kleinen Wohnung wieder separieren.

Haytham verkriecht sich mit seinem Handy aufs Bett, mein Onkel schaltet durch die flackernden Kanäle und meine Mutter wäscht das Geschirr in der Küche ab.

Ich bringe ihr den letzten Teller, der noch auf dem Tisch steht und beobachte sie eine Weile, während ich mich neben ihr an den Schrank lehne.

Ich weiß, dass sie weiß, dass ich neben ihr stehe, dennoch spült sie reglos weiter. Zum einen scheint sie mich zu ignorieren, zum anderen wirkt ihr Verstand nur halb anwesend.

Erst als mein Onkel den Fernseher lauter schaltet, stelle ich mich näher zu ihr und schaue ihr in die Augen.

„Alles in Ordnung?", frage ich besorgt.

Sie blickt zu mir rüber und lächelt leicht.

„Ja, danke mein Schatz."

Kapitel 4

Es ist wieder eine der Nächte, in denen sie nicht schlafen kann.

Eigentlich sind die Nächte leichter an den Fingern abzuzählen, die sie ganz durchschläft und am Morgen vor lauter Entspannung sich streckend aufwacht.

Doch leider liegt sie viel öfter da, starrt an die Decke, obwohl es zu dunkel ist, um etwas sehen zu können, dreht sich zur Seite, presst die Augen zusammen, mit der verzweifelten Hoffnung den Schlaf erzwingen zu können, nur um sich dann wieder auf die andere Seite zu drehen und die Wand anzustarren.

Sie legt den Kopf auf ihren angewinkelten Arm und schaut auf den Digitalwecker.

04:02.

Und noch immer kein Auge zugedrückt.

Es ist in den letzten Jahren immer seltener geworden, dass sie die Bilder vor sich sieht.

Ihre winzige Hand, die Nägel in ihren glitzernden Lieblingsfarben lackiert, in der mageren Hand ihrer Mutter, zu schwach, um noch richtig greifen zu können. Bevor Sarah sie fragen kann, ob sie müde ist, sieht sie eine Träne aus ihren starr geweiteten Augen laufen, die sich daraufhin nie wieder von allein schließen.

Sie reibt sich das Gesicht, um die Bilder zu verdrängen.

Nur noch an schlechten Tagen, an denen sie sich am liebsten den ganzen Tag im Bett verkriechen würde, kommen die Erinnerungen wieder hoch.

Ihre Therapeutin, die ihr und ihrem Vater nach dem Verlust Jahre begleitete, hatte ihr geraten, Tagebuch zu schreiben. Sarah befolgte eifrig diesem Rat und als nach Notizen, Kürzel und zuletzt Symbole für ihre Erlebnisse und Emotionen folgten, begann sie ein Schema darin zu erkennen.

Sie konnte sich einen wöchentlichen Zyklus in Form eines Kurvendiagramms vorstellen. Seine Linie bildet Wellen durch tägliche Höhen und nächtliche Tiefen. Und genauso besteht die gesamte Woche aus einem einzigen Tief in der Mitte und Höhen zu Beginn und Ende der Woche.

Seit der Unterstützung ihrer Therapeutin hatte sie zwar schon viel öfter rausgehen können, das Schicksal ihrer Mutter akzeptiert und die wesentliche Angst vor weiteren Verlusten engstehender Personen überwunden, doch schlafen kann sie trotzdem kaum.

Und heute ist das wöchentliche Tief der täglichen Tiefpunkte.

Sie dreht sich ihrer Wand zu und liegt ihr so nah, dass sie ihren Atem daran spürt. Als ihr die Luft auszugehen scheint, dreht sie sich seufzend auf den Rücken und starrt an die Decke.

Sie weiß, dass nicht viel Zeit vergangen ist, seit sie das letzte Mal auf den Wecker sah, dennoch neigt sie ihren Kopf zur Seite.

04:06.

Sie drückt ihre Hände auf die Augen.

So sehr sie sich auch wünscht einzuschlafen und so sehr ihre Augen vor Müdigkeit zufallen und sich angeschwollen anfühlen, lassen es ihre Gedanken einfach nicht zu.

Jede Nacht sind es dieselben düsteren Fragen, die sie verfolgen. Warum musste sie sterben? Wieso das alles? Wozu sind wir hier? Was macht das alles für einen Sinn? Muss es einen Sinn ergeben?

So kindisch sich die Fragen für sie anhören und sie es aus Scham keinem sagen kann, so schwer lassen sie sich aus dem Kopf schlagen und durch positive Gedanken ersetzen.

Sie stellt sich oft vor, was sie eigentlich aus ihrem Leben machen könnte. Weltreisen, Länder und Kulturen erkunden, heiraten, Mutter werden, Heldin sein.

All die unbegrenzten Möglichkeiten, die für sie wahr werden könnten, wenn sie es nur wollte und sich dafür einsetzte.

Doch so schön die größten Vorstellungen auch sind, sie scheinen es nie wert.

Allein der Gedanke daran ermüdet sie und lässt sie in dem Glauben, dass sie nichts von all dem vollkommen glücklich machen könnte, weil sie den Sinn dahinter nicht versteht.

Und das macht sie unendlich traurig.

Wie könnte sie so etwas jemals einer Person erzählen, geschweige denn einer Vertrauensperson, die sie liebt. Wie könnte sie es je David sagen.

Dass sie ihn zwar liebe, doch eine wunderbare Zukunft mit ihm an ihrer Seite und wunderbaren gemeinsamen Kindern es nicht wert wären. Niemand könnte es verstehen, nicht einmal sie selbst tut es. Sie weiß nur, dass es so ist.

Sie hört Nataschas Stimme: Was ist es, was du wirklich willst?

Ihre reibenden Finger von den Augen lösend blickt sie erneut auf den Wecker.

04:07.

Sie beschließt ein Duell zu beginnen und so lange, ohne ein Blinzeln darauf zu blicken, bis die Minuten schneller vergehen.

Dabei überlegt sie, ob es am Schlafmangel liegt, dass sie am Tag müde ist und in der Nacht keinen Schlaf findet, was zu einem Teufelskreis und somit zu immer größer werdendem Schlafmangel und immer längeren Nächten führen würde.

Sogar solche Gedanken halten sie davon ab, in den Schlaf zu sinken.

Doch genauso gut weiß sie, dass sie nicht einschlafen möchte, weil sie weiß, was für immer wiederkehrende Träume sie verfolgen würden, die sie in der noch dunkleren Nacht schweißgebadet aufwachen ließen.

Sie blinzelt.

Erst Sekunden später sieht sie die rotleuchtende Zahl sich wechseln.

04:08.

Sie dreht sich auf ihren Rücken und schließt die Augen.

All die Verwirrtheit und Überforderung lässt in ihr die Vorstellung aufleben, wie sie mit dem Auto weit raus an einen großen, komplett leblosen See fährt, der sich tief, inmitten eines Waldes befindet, an dem sie sich die Seele aus dem Leib schreien kann und dessen Echo über der Stille des Wassers wiederhallt.

Als sie drei Jahre alt war, waren ihre Eltern mit ihr an einen See gefahren, an dem eine für sie unbeschreibliche Ruhe herrschte, in der sie gemeinsam für einige Stunden von der chaotischen

Welt getrennt werden konnten. Eine der wenigen Erinnerungen, die sie von ihrer Mutter hat, die sie bei seelischer Überforderung immerzu an diesen See erinnern ließ.

Erst vor ein paar Monaten wurden ihr diese Zusammenhänge bewusst. Überrascht darüber, dass die Erinnerung noch tief in ihr vorhanden war, die eines Nachts wie diese zurück in den Sinn kam und ihr ihre Sehnsucht danach erklärte, die sie erst im Laufe der letzten Jahre unterbewusst bildete.

So gerne läge sie in diesem Moment am Ufer ihrer Vorstellung, sobald sie ihre Augen wieder öffnete.

Der Regen plätschert ihr ins Gesicht, der mit stürmendem Wind auf ihren Körper prasselt. Der Wasserspiegel erhöht sich, das Rauschen der fallenden Tropfen in ihren Ohren, bis das Wasser über ihren Körper klettert, die Beine, den Bauch, die Arme, den Hals, die Nase einnimmt. Der rauschende Klang erstickt, als eine dumpfe Stille sie einsaugt und in die dunkle Tiefe zieht, noch immer am Ufer liegend, während der See immer weiter hinaufsteigt. Die Dunkelheit nimmt sie ein, sie fühlt den Druck auf ihrem Brustkorb, die dünner werdende Luft in ihren Lungen. Den Mund aufreißend, schnappt sie nach Luft und atmet tief ein, während mit jedem Atemzug Blasen im Wasser hinaufsteigen, dessen Oberfläche sie nicht mehr erkennen kann. Ihr Brustkorb senkt und hebt sich, Blasen bilden sich und steigen hinauf, aus ihrer Nase, aus ihrem Mund, während sie das Gefühl hat zu ertrinken.

Noch immer ist sie in ihrem Zimmer.

04:13.

Mit brennenden Augen, zum einen wegen Müdigkeit und zum anderen aus Frust, schaut sie auf ihr Handy, liest die letzten Nachrichten ihres Freundes und versucht ihn daraufhin zu erreichen. Vergebens, da er bereits tief und fest schläft und womöglich gerade von ihr träumt. Vieles wäre so viel einfacher und erträglicher, wenn er bei ihr wäre, sie in die Arme nehmen und mit ihr gemeinsam einschlafen könnte.

Doch die Distanz war es überhaupt, durch die sie sich näherkamen und sich schließlich ineinander verliebten. Ohne ihre Vergangenheit und die schreckliche Angst vor weiteren Verlusten, hätten sie im Internet nie zueinandergefunden. Also hatte all das auch sein Gutes.

Wenn er nur wüsste, was sie jede Nacht durchmachen muss und wie unbeschreiblich schrecklich das Gefühl der ständigen Angst und Frustration ist, denkt sie sich.

Wenn sie alle nur wüssten.

Kapitel 5

Die Nacht ist eingebrochen und Haytham und mein Onkel schlafen bereits. Der Wind weht in frischen Zügen durch das Fenster.

Nachdem ich die letzte Stunde mit meinen alten Klassenkameraden, die am anderen Ende der Stadt in Sicherheit wohnen, übers Handy geschrieben hatte, fange ich jetzt erst an, meine Tasche zu packen.

Der schwarze Rucksack, den ich vor Jahren von meinem Vater geschenkt bekam, ist das Einzige, das mir von ihm blieb. Es wird mein wichtigstes Begleitstück werden, in dem ich meine einzigen Besitztümer wie Handykabel, Kopfhörer, Kopfschmerztabletten und die restlichen wenigen Papiere, die meine Identität bestätigen, zusammentue.

Ich greife hinein und prüfe, ob alles beisammen ist. Jedes einzelne Dokument durchblätternd merke ich, dass ich zittere.

Das ist alles, das meine Existenz verantwortet.

Als ich die von meiner Mutter zusammengefaltete Jeans nehme, um sie ebenfalls in meine Tasche zu packen, spüre ich etwas Kleines in der Hosentasche. Ich falte sie auf, greife hinein und spüre eine kalte Oberfläche an meinen Fingern. Danach greifend, öffne ich meine Handfläche und erblicke etwas sehr Vertrautes.

Ich muss schmunzeln.

Keine Ahnung wie es in meine Hosentasche geriet. Doch hätte ich die Wahl gehabt, etwas auszusuchen, das ich aus meinem Leben mitnehmen kann, hätte ich genau das gewählt.

Ich stecke es in die Hosentasche zurück, als mein Handy erneut summt.

Ich nehme es und tippe eine weitere Nachricht an einen Freund, der mir alles Gute wünscht.

Meine Mutter flickt mit Nadel und Faden eines ihrer alten Tücher, das durch fliegende Trümmer ein Loch bekam. Ich spüre ihren Blick auf mir liegen.

„Mohammed", flüstert sie.

Ich blicke auf.

„Du solltest langsam schlafen gehen, ihr müsst morgen früh raus."

Langsam nicke ich und lächle dann. Ich lege mein Handy auf den Tisch und setze mich neben sie.

Schweigen.

Ich schaue in ihre Augen wie so oft in den letzten Tagen, hoffend keine Tränen darin zu entdecken und finde sie stattdessen leicht glänzend und vom langen Tag etwas gerötet vor. Meinem Blick weichend und auf ihr Tuch runterschauend. Es liegt zwischen ihren Fingern, doch die Nadel bewegungslos.

Ich überlege zu fragen, was denn los ist, doch kenne die Antwort.

Ich habe auch Angst.

Instinktiv lege ich, ohne zu zögern, meinen Arm um sie, sitze dicht neben ihr und spüre ihren Kopf auf meiner Schulter liegen.

Das sind die letzten Stunden, in denen ich ungestört neben meiner Mutter sitzen kann. Die letzten zählbaren Stunden bevor ich von ihr getrennt werde.

Kapitel 6

Nachdem sie von ihrem Freund um zehn Uhr mit einem Anruf geweckt wurde, es nach dem einstündigen Telefonat aus dem Bett schaffte und frühstückte, sitzt sie nun an ihrem Schreibtisch und öffnet ihren Laptop.

Eigentlich würde sie auf YouTube eine Folge ihrer Lieblingssendung laufen lassen und nach der einen die nächste beginnen, bis Stunden vergangen sind, jene Tatsache sie verblüfft auf die Uhr blicken lässt, woraufhin sie beschließt, am Folgetag etwas Produktiveres zu leisten.

Doch stattdessen wird ihr auf der Startseite ein Video aus den Nachrichten vorgeschlagen.

Einen Moment lang überlegt sie, bevor sie mit dem Cursor von dem ursprünglich geplanten Video auf das neue geht und klickt.

„Dramatische Szenen an der griechisch-mazedonischen Grenze", beginnt die Stimme aus den Lautsprechern des Laptops zu berichten.

„Polizisten setzen Blendgranaten und Schlagstöcke gegen Flüchtlinge ein. Seit Mazedonien seit der Flüchtlingskrise den Ausnahmezustand ausgerufen hat, herrschen hier verschärfte Sicherheitsmaßnahmen. Trotzdem gelingt es hunderten Flüchtlingen über den Stacheldrahtzaun zu klettern und auf mazedonisches Staatsgebiet zu gelangen."

Obwohl Sarah bereits so viele Berichte über den Krieg im nahen Osten und der Flucht vieler Menschen gelesen und gesehen hat, läuft ihr erneut ein Schauer über den Rücken.

Der Anblick verzweifelter Personen, die mit Panik in ihren Augen um ihr Leben rennen und von anderen in Uniform und Schutzhelmen zurückgedrängt werden, erinnert sie an einige Spielfilme, die sie in den letzten Jahren sah und ihr schwerfallen lassen, zu glauben, dass die Bilder der Realität entspringen.

„Die meisten der Flüchtlinge sind vor der Gewalt in Syrien geflohen. In dem Bürgerkriegsland sehen sie für sich keine Zukunft. Viele wollen weiter in EU-Länder wie Deutschland oder Schweden."

Sie erinnert sich an Bilder aus den Nachrichten, die etliche überfüllte Turnhallen zeigen.

„Nach Angaben Mazedoniens haben seit Mitte Juni zweiundvierzigtausend Flüchtlinge die mazedonische Grenze überquert. Derzeit harren im Grenzgebiet rund zweitausend Flüchtlinge aus. Die meisten von ihnen haben die Nacht bei Regen unter freiem Himmel verbracht. Vor dem Ausnahmezustand hatte die mazedonische Regierung in Skopje täglich im Schnitt eintausenddreihundert Flüchtlinge ins Land gelassen und mit Papieren für die Zugfahrt nach Serbien ausgestattet, von wo es weiter in EU-Länder gehen soll."

Das Video ist zu Ende. Sarah scrollt ein wenig durch die Liste mit anderen Vorschlägen und klickt erneut.

„Tausende Flüchtlinge überqueren die mazedonisch-serbische Grenze zu Fuß und nehmen einen Weg von dreihundert Kilometern auf sich", spricht ein Reporter in sein Mikrofon, hinter ihm eine endlose Menschenmasse an ihm vorbeiziehen.

„Nur wenige hundert Personen der zweitausend heute an der Grenze angekommenen Flüchtlinge nutzen die von der Regierung zur Verfügung gestellten Busse nach Serbien", fährt er fort. „Aus Angst wieder nach Mazedonien zurückgebracht zu werden, entscheiden sich immer mehr Menschen dazu, den Weg zu Fuß weiterzugehen."

„Wir sind mit dem Boot über das Meer gefahren und schon viele Kilometer gelaufen, wir nehmen kein Risiko mehr in Kauf", sagt ein Vater zum Reporter, während seine zwei Söhne mit erschöpftem Blick hinter ihm stehen.

„Ich habe nichts mehr, ich habe alles verloren. Meine Frau, mein Haus, meine Zukunft. Europa ist meine einzige Hoffnung", sagt ein anderer Mann, der mit vollbepacktem Rucksack in die Kamera spricht, seine Augen glasig.

Sarahs Augen füllen sich mit Tränen.

So wie ihr in jungen Jahren ein Teil ihres Lebens genommen wurde, der ihr als Stütze gedient hatte, so wurde auch diesem Mann sein Teil seines Lebens genommen. Zu unterschiedlichen Zeiten, aus unterschiedlichen Gründen und dennoch spürt sie den Schmerz in seinen Worten.

Die Menschenmasse bewegt sich von einer Autobahnstecke über Landstraßen bis hin zur Innenstadt, wo Anwohner schockiert stehenbleiben und dem Strom zusehen.

Erneut Bilder auf der Autobahn einer unaufhörlichen Schlange an Familien, Kindern und jungen Männern, die entkräftet den Verkehr aufhalten, Personen in Krücken und Rollstuhl, auf die von anderen Rücksicht genommen wird, Autos, die an den Rand fahren, um einige mitzunehmen und welche, die aussteigen, um Essen, Trinken und Kleidung zu verteilen.

Sarahs angesammelte Tränen laufen ihre Wange herunter, die sie hastig wegwischt. Es rührt sie, auf der einen Seite die Menschen zu sehen, die so vieles verlieren und auf der anderen Seite die, die versuchen ihnen beizustehen.

Sie hatte lange Zeit an das Gute im Menschen gezweifelt und gewinnt nun einen kleinen Teil dessen wieder zurück, dass sich durch ein simples Geben von Mitgefühl und Unterstützung äußert.

Und dem möchte sie beitragen.

Damit andere, die heute in die Lage kommen, in der sie seit Jahren steckt, dieselbe Hoffnung zurückerlangen, wie sie in den letzten fünf Minuten.

Kapitel 7

Am Check-In Schalter lassen mich die verschiedenen Eindrücke wieder erinnern, einmal als Kind geflogen zu sein und dass es damals was ganz Neues und Aufregendes für mich war, in ein anderes Land zu fliegen.

Doch der heutige Anlass ist bedrückend und schwer vergleichbar.

Der Flughafen ist voll von Menschen und verweinten Gesichtern, die mit dem Abschied konfrontiert werden. Nachdem wir am Schalter unsere Pässe vorzeigen, erhalten wir unsere Tickets.

Drei Tickets für vier Personen.

Mir schießen wieder die verschiedenen Bilder einer Welt ohne meine Mutter durch den Kopf, doch diesmal ist es keine einfache Vorstellung mehr, sondern die bloße Realität, die mit jeder weiteren Minute tiefer in meinen Verstand eindringt.

Wir werden unsere Mutter zurücklassen und ab jetzt gibt es keinen Weg zurück. Die Tickets sind mit unseren Namen bedruckt.

Schweigend nehmen wir sie entgegen und laufen zum Eingang der Taschenkontrolle. Eine elektrische Glastür folgt nun zur vollständigen Trennung von unserer Mutter. Uns bleiben noch wenige Minuten.

Wir stehen in einem kleinen Kreis und blicken uns an, so wie viele andere Personen vor der Tür es tun. Ich spüre die Schwere uns allen im Magen sitzen, die jedem Wort das Aussprechen erschwert.

„Du wirst klarkommen, richtig?", beginnt Haytham leise, dennoch deutlich genug die laute Geräuschkulisse zu übertönen.

Meine Mutter nickt bescheiden und lächelt.

„Macht euch um mich keine Sorgen. Meldet euch, wann immer ihr könnt. Und passt auf euch auf!"

Ihre Stimme zittert bei jedem nächsten Wort ein wenig mehr. Mein Hals zieht sich zusammen.

Mein Onkel tritt ihr gegenüber, flüstert ihr kräftigende Worte zu und umarmt sie schließlich, als ich ihr Gesicht über seine Schulter mit Tränen übersät erblicke.

„Meine wundervolle Schwester", ist das Einzige, das ich aus seiner Stimme heraushöre.

Mein Hals beginnt zu schmerzen und mein Herz zu stechen. Ich muss die Zähne zusammenbeißen, um nicht zu weinen. Ich darf ihren Abschied nicht erschweren.

Haytham hält anschließend ihre Hände, flüstert ebenfalls etwas und küsst dann ihre Wangen. Sie hält seine Wangen in ihren Handflächen und sagt ihm schluchzend, doch mit weitem Lächeln, ihre letzten Worte.

„Mohammed", sagt sie dann, als sie sich von ihm löst und zu mir schaut.

Ich starre sie an, kann kein Wort aus meiner Kehle lösen, weil ich sonst in Tränen ausbreche. Ich spüre die Hitze in meinem Kopf und das rasende Schlagen meines Pulses.

Sie öffnet ihre Arme und kommt mir entgegen, woraufhin ich meine leicht öffne und sie schließlich umschlungen halte. Ihr Schluchzen dringt in mein Ohr:

„Ab jetzt wird alles besser. Ich glaube fest daran. Bleib so stark und mutig, wie du es geworden bist."

Obwohl ich derjenige bin, der versucht die Angst und Trauer zu verbergen und sie beruhigen müsste, ist sie diejenige, die mich tröstet.

„Allah ist immer bei dir. Und ich auch."

Sie löst sich aus der Umarmung und schaut mich an. Sie sieht meinen innersten Kern trotz meiner Schale.

Ein letztes Mal hält sie meine Wangen und nutzt ihre letzte Kraft für ein Lächeln, doch ich starre sie einfach nur an, nicht in der Lage zurückzulächeln, geschweige denn ein Wort zu sagen.

Mein Onkel greift in meine Schulter und deutet darauf, dass es Zeit ist.

Die Glastür öffnet sich und er tritt langsam mit einigen anderen Personen durch. Haytham folgt ihm und daraufhin gehe ich.

Nach jedem Schritt blicke ich einmal zurück und sehe sie mit den Händen ihr Gesicht verdeckend, hinter immer mehr sich häufenden Personen, nur ihre weinenden Augen entblößen.

Während wir die Taschen durch die Kontrolle geben und durch das Kontrolltor laufen, hat sich der kleine Raum bereits mit vielen Menschen gefüllt.

Wir nehmen unsere Sachen wieder entgegen und gehen mit suchendem Blick die Personen durch, um unsere Mutter zu finden, die noch immer weinend dasteht und das laute Schluchzen mit den Händen zu unterdrücken versucht.

Mein Kopf glüht und ich spüre die Tränen meine Augen füllen, doch mein Blick bleibt starr, als sie ihre Hand hebt und ein letztes Mal winkt.

Ich darf sie nicht unglücklicher und besorgter machen, indem ich auch anfange zu weinen. Ich muss stark bleiben. Die letzten zwei Sekunden.

Gerade als ich meine Hand hebe und zurückwinke, tropft eine Träne von meinen Wimpern auf den Boden.

Kaum ist es geschehen, bereue ich es, nicht stark genug gewesen zu sein. Kein einziges Wort, nicht einmal ein Lächeln, konnte ich ihr in den letzten Sekunden schenken.

Doch jetzt ist es zu spät.

Dies wird für immer unsere Erinnerung bleiben, die sich nicht mehr ändern lässt.

Kapitel 8

Sie sitzt bereits seit zwanzig Minuten auf der Bank und starrt alle dreißig Sekunden auf die blinkende Anzeige. Nach jeder Minute, um welche der Uhrzeiger sich weiterbewegt, wird sie nervöser und beginnt an ihren Sachen zu fummeln.

David war die letzten Wochen mit seinem Studium zu beschäftigt gewesen, um Sarah zu besuchen, sodass ihr letztes Treffen bereits einen Monat her ist. Obwohl sie sich seit zwei Jahren kennen und seit einem Jahr zusammen sind, brauchte sie viel Zeit, um irgendjemandem Vertrauen zu schenken. Die Tatsache, dass sie sich höchstens jedes Wochenende sehen und sonst nur telefonieren, macht es ihr nicht leichter.

Jedes Treffen fühlt sich wie ein erstes Date an.

Jetzt sind es nur noch drei Minuten, bis der Bus ankommt. Andere Personen haben sich zum Abholen ihrer Geliebten gesammelt, die nun neben ihr am Bussteig stehen.

Sie steht auf und stellt sich in die perfekte Position, um ihn bei seiner Ankunft zu empfangen. Hoffnungsvoll schaut sie auf und folgt mit ihrem Blick jedem einfahrenden Bus, jene jedoch an ihr vorbeifahren.

Ein letztes Mal prüft sie, ob ihr Shirt richtig sitzt und hält dann ihre Hände unbeholfen an ihre Tasche. In einem auf der gegenüberliegenden Straße stehenden Bus spiegelt sie sich in den verdunkelten Fenstern und richtet ihre Haarsträhnen.

Schließlich fährt ein Bus mit der richtigen Aufschrift gekennzeichnet ein und hält neben ihr an. Ihr Herz beginnt zu rasen. Sie schaut mit schnellen Blicken in alle Fenster hinein, um David rechtzeitig zu finden, erkennt jedoch nur Silhouetten. Die Tür öffnet sich und sie tritt aufgeregt von einem Fuß auf den anderen, während sie mit geneigtem Kopf hineinspäht.

Viele Leute steigen aus, gehen zum Kofferraum, der vom Busfahrer geöffnet wird und holen ihr Gepäck heraus. Viele andere laufen mit überglücklichen Gesichtern zu ihren wartenden Freunden und umarmen sie, sodass um Sarah herum eine Ansammlung von Menschen entsteht, für die sie immer wieder einige Schritte zur Seite treten muss, ohne den Blick zur Bustreppe zu verlieren. Den verschiedenen Geschichten, die sie sich zu ihnen ausmalt, wird sie nie auf den Grund gehen können.

Als David dann endlich die Stufen des Busses hinunterläuft und sein Gesicht zum Vorschein kommt, breitet sich ein Grinsen über ihres aus. Wie er sie direkt vor den Bustüren stehen sieht, beginnt er ebenfalls zu strahlen. Die letzte Stufe springt er ab und läuft schnell zu ihr rüber, als sie dann wenige Schritte auf ihn zuläuft.

Er will sie umarmen und am liebsten in seinen geschlossenen Armen einmal um sich herumschwingen, doch hält sich zurück, als er ihre nervöse Zurückhaltung vernimmt. Sie bleiben voreinander stehen, er blickt zu ihr hinunter und sie lächelt verlegen zu ihm auf. Nervös müssen sie lachen.

Obwohl sie sich schon so oft getroffen haben und ihre tiefsten Geheimnisse kennen, kommt es ihnen für den ersten Augenblick immer wieder so vor, einem Fremden zu begegnen.

Dann umarmt er Sarah doch und hält sie eng an sich. Sie greift ihre Arme unter seine und hält seine Schulterblätter.

Eine Weile stehen sie mit geschlossenen Augen eng umschlungen da, während nach so langer Zeit beider Düfte sich mischen und der Atem des anderen am Nacken als leichter Hauch spürbar ist.

Er löst sich aus der Umarmung, hält ihre Hände und flüstert ihr zu: „Ich habe dich so vermisst." Sie wird rot und schmunzelt.

„Ich dich noch mehr."

Auf der Seite nebeneinander in ihrem Bett liegend, haben sie es sich bequem gemacht. Distanziert lässt er ihr genug Platz, um sich wohlzufühlen und hält ihre Hand.

„Das heißt, du willst Menschen helfen?", lächelt er.

„Ja… Ich weiß nicht. Natascha hat mich auf die Idee gebracht. Aber irgendwie klingt es gut. Dann hätte ich auch das Gefühl, etwas wirklich Wichtiges zu tun. Einen Beitrag in der

Gesellschaft zu leisten und gebraucht zu werden." Sie schaut verträumt in die Luft. „Ich habe auch noch nie etwas für andere Menschen getan. Nicht einmal Blut gespendet oder so."

„Das heißt nicht, dass du deswegen nicht gebraucht wirst oder irgendwie weniger gut bist als andere. Dein Vater braucht dich und Natascha und ich. Ich ganz besonders", sagt er und pikst ihr witzelnd in den Bauch. „Aber du bewirkst mit deiner bloßen Existenz mehr, als du glaubst."

Sie lächelt ihn gerührt an, während sie überlegt, was sie darauf antworten könnte und verspürt gleichzeitig ein mulmiges Gefühl in der Magengrube. Ihre bloße Existent bewirkt etwas, somit auch ihr momentanes Nichtstun und folglich auch alles weitere, was sie je tun wird. Mit ihrer Existenz trägt sie eine Verantwortung. Und sie ist sich nicht sicher, ob sie dem gewachsen ist.

„Auf jeden Fall, finde ich das großartig!", fährt er begeistert fort. „Es gibt heutzutage so viele Organisationen und Programme, bei denen man teilhaben und Menschen helfen kann."

Aus seiner Stimme kann man seine Aufregung raushören.

„Heime, Essensausgabe, Kleiderkammer… Für alle möglichen Menschen." Er ist nur schwer zu unterbrechen, doch Sarah hört ihm schweigsam zu. „Wem möchtest du helfen? Obdachlosen? Kindern? Alten Menschen? Katastrophenhilfe?"

Sie wirkt nervös.

„Ich hab noch gar nicht darüber nachgedacht. Ich weiß nicht, worin ich so gut bin", nuschelt sie. „Aber ich habe neulich ein paar Videos von Flüchtlingen in Mazedonien gesehen. Das hat mich total getroffen. Wie viele Menschen von einem Moment auf den nächsten alles verlieren, was sie besaßen."

Den Witwer, der sie zum Weinen brachte, bringt sie nicht über die Lippen. Dennoch erkennt David ihren eigenen Verlust in ihren Worten und streicht ihr verständnisvoll über den Arm.

„Wegen des Flüchtlingsstroms suchen gerade viele Notunterkünfte Helfer. Die vielen Turnhallen, weißt du? Hier in Berlin gibt es doch haufenweise davon. Die brauchen wohl gesetzlich eine bestimmte Anzahl an Personal und nehmen deshalb so ziemlich jeden, der sich zur Verfügung stellt. Da solltest du dich mal vorstellen!"

Erwartungsvoll schaut er drein.

Sie überlegt kurz, schaut auf ihre Finger, die sich in seine geflochten haben, während sie ihren Daumen auf seiner Handfläche kreist. Dann schaut sie zu ihm hoch und muss bei seinem Grinsen lächeln.

„Okay, ich werde dort die Woche mal vorbeischauen."

Von ihrer schnellen Zusage ist er ganz überwältigt. Stolz fasst er seine Hand an ihren Nacken, streckt seinen Kopf aus und drückt ihr einen Kuss auf die Lippen. Ihre Nasen berühren sich, als er langsam wieder zurückweicht, seine Augen öffnet und in ihre blickt, die weit aufgerissen in seine schauen.

Er schreckt zurück und schaut sie besorgnisvoll an. Nicht wissend, was er sagen soll, wird sie rot, schaut verlegen weg und versucht nervös ein Lächeln zustande zu bringen. Nun bewegt er sich auch mit seinem Körper das Stück zurück, das er nähergekommen war und löst seine Hand von ihrem Nacken.

„Tut mir leid…", flüstert er nach kurzem Zögern und wirkt plötzlich unsicher zurückgezogen.

Er weiß, dass sie es nicht leicht hat, sich Menschen zu öffnen und ihre Verlustängste sie immer wieder einholen. Es war nicht lange her gewesen, dass sie ihm ihre Vergangenheit anvertraute, bevor nach einigen Monaten, in denen sie wie Seelenverwandte zusammenschweißten, der nächste Schritt folgen sollte und sie stattdessen weinten.

Sie glaubte ihn zu verlieren, wenn sie zu viel von sich preisgibt und von einer Person, die ihr am nächsten sein sollte, die größte Geduld einfordern muss. Doch er verstand es.

Er erinnerte sich daran, als wäre es erst neulich gewesen, wie seine Begleitung für den Winterball ihn versetzte, das er erst vor Ort erfuhr, als er sie mit einem seiner Freunde tanzen sah.

Auch er brauchte Zeit, um jemandem Vertrauen zu schenken.

Er begann Sarah mit ihrer Geschichte noch mehr zu lieben. Und sie liebt ihn für sein Verständnis.

Nach ein paar Sekunden fängt sie sich wieder, holt tief Luft, schaut in seine Augen und lächelt.

„Nein, ich... Mir tut es leid."

Er schaut sie mitfühlend an und greift zwischen ihre Finger.

„Ich bin dem Schicksal so dankbar, dass wir uns gefunden haben. Dass wir im selben Moment einsam waren", sagt er leise. „Ich gebe dir alle Zeit der Welt."

Kapitel 9

„Wach auf!"

„Steh schon auf!"

„Los! Wach auf!!", nehme ich meinen Onkel nun an meinem Arm rüttelnd wahr.

Mit ernstem Blick sieht er mich direkt an: „Ihr müsst jetzt sofort los!"

Ich stütze mich auf und reibe mir die Augen, noch bevor ich die Wirklichkeit wahrnehmen kann. Für eine unschuldige Sekunde glaubte ich, in Daraa aufgewacht zu sein, aber die Realität reißt meine schönen Erinnerungen aus meinem Kopf.

Wir sind in der Türkei.

Es muss mitten in der Nacht sein, denn ich war gerade eben erst eingenickt. Haytham steht an meiner Bettkante, zieht hastig seine Schuhe an und schaut mit halb verdrehtem Kopf zu mir: „Los jetzt!!"

Ich weiß nicht, was los ist, doch springe schnell aus meinem Bett. Es ist nicht das erste Mal, dass wir in Eile sind, ohne dass ich weiß, worum es geht. Jetzt ist es beinahe schon wie ein Reflex geworden, einfach zu machen, was gesagt wird, ohne weiter nachzufragen, weil es zum einen zu viel Zeit in Anspruch nähme, aber vor allem, weil ich die Antwort kenne.

Flucht.

Durch die Fenster bricht die Dunkelheit herein, die zwischen den im Wind wehenden Vorhängen zu sehen ist. Lediglich die eine Glühbirne der Deckenlampe wirft orangefarbenes, dumpfes Licht in den Raum.

Ich krame schnell eines meiner einzigen zwei Hemden und Hosen heraus und werfe sie mir über. Auf einem Bein humpelnd, schnüre ich meinen bereits durchgelaufenen Schuh zu.

„Sucht all eure Sachen zusammen", sagt mein Onkel und Haytham und ich laufen zu unseren Taschen.

Ich greife hinein und prüfe, ob alles da ist. Ich zittere wieder.

Mein Onkel wirft mir den Rest meiner Kleidung, die noch auf

dem Wäscheständer trocknete, zu und ich stopfe sie schnell hinein. Wenn es nötig ist, die Kleidung mitzunehmen, bedeutet es die Weiterreise und in diesem Fall macht es mir mehr Angst als je zuvor.

Mithilfe der Schlepper und ohne unseren Onkel über das Meer. Das Meer, das schon so viele der Leben auslöschte, die ich eins kannte und unsere möglicherweise als nächstes.

Ich dränge die zahlreichen Vorstellungen aus meinem Kopf.

Dann holt mein Onkel aus seiner Tasche ein Bündel von Geldscheinen heraus, so viele, wie ich sie zuvor noch nie gesehen habe und steckt sie in Haythams Tasche.

„Passt gut darauf auf", vernehme ich von ihm.

Mein Herz beginnt schneller zu schlagen. Langsam werde ich wacher. Ich hocke noch immer auf dem Boden und schließe meinen Rucksack, während Haytham und mein Onkel neben mir stehen. Als ich aufstehe, folgt eine Sekunde, in der sich keiner rührt.

„Ist es soweit?", wage ich zu fragen.

Mein Onkel nickt.

„Der Schlepper war vor etwa einer Stunde hier und sagte, ihr werdet jetzt losfahren."

Die Aufregung und der plötzliche Stress bereiten mir Panik. Ich zittere stärker und spüre die Wärme, die in meinen Kopf steigt.

Wir hatten alle auf diesen Moment gewartet und neuer Hoffnung entgegengesehen, aber jetzt wo er da ist, macht er mir nur Angst.

Was, wenn es nicht besser wird. Wenn wir immer die bleiben, die wir sind. Ewig auf der Flucht und immer auf der Suche nach Hoffnung. Und noch viel schlimmer, was, wenn wir es gar nicht über das Meer schaffen.

„Wie viel Zeit haben wir noch?", fragt Haytham.

Mein Onkel schaut auf seine Uhr.

„Noch ein paar Minuten. Dann müsst ihr unten vor dem Eingang stehen und sie holen euch mit einem Auto ab."

Mein Hals zieht sich zusammen.

Jetzt heißt es wieder Abschied nehmen.

Mein Blickfeld verschwimmt, durch die aus Angst sich sammelnden Tränen, doch ich will sie nicht laufen lassen. Vor meiner Familie zu weinen, hatte ich immer zu vermeiden versucht. Meiner Mutter wäre ich es schuldig gewesen. Trotz Vaters Tod war sie immer stark geblieben, hatte seine Rolle übernommen, nie etwas gefordert und letztlich ihre Zukunft für uns geopfert.

Ich habe es nicht geschafft, für sie stark zu bleiben, also muss ich es zumindest für Onkel Raed versuchen.

Ich kneife meine Augen zusammen und streife meinen Arm über mein Gesicht.

„Kommt her", sagt er und drückt zunächst Haytham. „Die Schlepper sind sehr streng", sagt er dabei und greift anschließend seine Schultern. „Tut nur, was euch gesagt wird! Und traut keinem anderen als denen, die wir bezahlt haben."

Haytham nickt nervös.

„Kommst du auch klar?", fragt er dann besorgt.

Ich denke an die letzten Tage, an denen mein Onkel durch die ganze Stadt fuhr, um einen Job als Doktor zu finden, doch vergebens. Stattdessen fing er an, in einem kleinen Reinigungsladen, der Aushilfe suchte, Kleidung zu bügeln, um mit dem bisschen Geld über die Runden zu kommen. „Es ist nur vorübergehend, bis ich eine Stelle als Doktor bekomme", sagte er immer, doch ich befürchte, dass es nicht dazu kommen wird.

„Ja, ich werde schon was finden. Macht euch um mich keine Sorgen."

Dann nimmt er mich in die Arme.

„Ich bin stolz auf dich."

Ohne einen weiteren Satz lässt er die zuvor noch nie ausgesprochenen Worte stehen, jene mein Herz vor Rührung schneller pulsieren lassen, während mein ganzer Körper vor eisiger Kälte zittert, durch den gleichzeitig brennende Hitze hindurchfährt.

Als er sich wieder zurückzieht, sieht er uns an und lächelt: „Ihr werdet es weit schaffen, ich glaube an euch."

Unser gemeinsamer Augenblick wird plötzlich durch ein lautes Brummen eines anfahrenden Autos gestört, das durch das offene Fenster in unser Zimmer dringt.

Wir blicken starr zu meinem Onkel und warten auf eine Reaktion. Er nickt leicht und tritt einen Schritt zurück.

„Los. Ihr müsst euch beeilen!"

Noch bevor ich überlegen konnte, was ich ihm zum Abschied sage, reißt Haytham die Tür auf, rennt hinaus und ich ihm, ohne mich noch einmal umzudrehen, hinterher.

Haytham rennt den langen Gang entlang und dann zügig die Treppe hinab. Unsere schnellen Schritte hallen im Treppenhaus wider. Er öffnet die Tür und rennt in die Kälte hinaus. Als er das etwas ältere, abgenutzte schwarze Auto am Straßenrand stehen sieht, wird er langsamer.

Ein Mann öffnet die Tür.

„Yallah!!", ruft dieser, also laufen Haytham und ich zügig dorthin und setzen uns hinein.

Neben drei weiteren Syrern eingequetscht, fahren wir los.

Etwa vierzig Minuten vergehen mit dem Schlepper am Steuer und einem weiteren auf dem Beifahrersitz in der rabenschwarzen Nacht, jene die weniger werdenden Straßenlaternen im Nebel aufleuchten lässt, bis in der sich ausbreitenden Dunkelheit die ersten Sterne funkeln. Über holprige Wege gelangen wir auf eine hügelige Brache, als die Türen geöffnet und wir mit dreißig weiteren Personen und einem Polizisten zurücklassen werden.

Selbst für mich ist nichts Ungewöhnliches mehr dabei, Polizisten mit der Mafia ausgehandelte Geschäfte ausführen zu sehen. Mit dem Beginn des Krieges begann auch meine Skepsis jeder einzelnen Person gegenüber.

Nichtssagend fahren die Schlepper davon und wir warten gemeinsam die nächsten Minuten ab, bis etwas passiert.

Die vergangene Zeit fühlt sich wie Stunden an. Erst jetzt sehe ich auf der Armbanduhr meines Nebenmannes, dass es drei Uhr in der Früh ist.

Aus der Ferne erscheint plötzlich ein kleiner Bus, der neben uns anhält. Wir stehen auf, als ein bewaffneter Mann herauskommt und uns in den Bus drängt.

Kaum sind wir einige Meter gefahren, hält der Bus immer wieder an, in den sich weitere Leute, die wir vorher nicht in der Nähe haben warten sehen, hineinzwängen, obwohl er nur Platz für die Hälfte von uns bietet. Unter den fünfzig Personen fangen die vielen Kleinkinder zu weinen an, als wüssten sie, was auf uns zukommt.

Fast zwei Stunden fahren wir, was ich immer wieder fremden Armbanduhren entnehme, dicht nebeneinanderstehend und die beängstigte Luft des anderen atmend. Aus dem Fenster ist bereits das Meer zu sehen, als der Bus plötzlich stehenbleibt und die Türen öffnet.

Weil es keinen gepflasterten Weg mehr gibt, müssen wir die nächsten dreißig Minuten zwischen Sand und Felsbrocken laufen. Während die hohen Grasbüschel an meinen Beinen streifen, nehme ich nun an meinen von der Reise immer dünner werdenden Schuhsohlen jeden einzelnen Kieselstein wahr.

Die Luft hängt windstill über uns und auch das Wasser scheint wie erstarrt zu liegen.

Langsam nähern wir uns einer größeren Menschenmasse von womöglich hunderten Personen, die hinter einem großen Stacheldrahtzaun von weiteren bewaffneten Männern mit strengen Blicken umgeben ist. Wir stellen uns alle ans Ende der Schlange, während am anderen Ende Schlauchboote aufgeblasen werden.

Alle sind ganz still.

Ich schaue mich um und sehe fast alle fünf Meter einen Mann mit Gewehr an der Seite stehen. Jeder, der auch nur etwas lauter zu reden beginnt oder zu langsam läuft, wird sofort von einem Schlepper angebrüllt und mit dem Gewehr bedroht.

Haytham fängt an, die Boote und Personen vor uns abzuzählen, was ich an seinen stummen Lippenbewegungen erkenne.

„Es sind vermutlich sechzig Personen pro Boot, also werden wir das vierte oder fünfte bekommen", flüstert er. „Das kann noch Stunden dauern, bis wir rankommen."

Meine Aufregung fährt langsam runter und ich habe Zeit die Situation zu verarbeiten und meine Gedanken zu ordnen. Wir stehen schweigend da und beobachten die Leute, wie sie einzeln mit Schwimmwesten ausgestattet werden und sich im Boot ansammeln.

Bei jeder Person, die zusteigt, schwingt das Boot hin und her. Die Männer setzen sich an die Ränder und krallen sich daran fest, während ihre Frauen sich in die Mitte setzen und an ihnen festklammern. Sogar kleine Kinder zwischen drei und fünf Jahren sind dabei und setzen sich unschuldig hinein, als verschwenden sie keinen Gedanken daran, was gerade geschieht.

Eine Weile lang geht das so weiter und jeden Zentimeter, den wir langsam vorrücken, starren wir still in die Masse. Haytham wirkt hibbelig und behält nach wie vor alles analysierend im Blick.

Ab jetzt heißt es neues Leben oder Tod.

Wenn wir das überstehen, dann haben wir das Schlimmste hinter uns und kommen unserem Ziel näher.

„Yallah!", rufen die Schlepper der vorantretenden Schlange zu. Ängstlich tun alle das, was sie ihnen sagen, ohne selbst ein Wort zu verlieren.

„Yallah, sagte ich!", schreit ein Schlepper einen älteren Mann an und schlägt ihm mit aggressivem Druck das Ende des Gewehrs in den Rücken. Er stöhnt vor Schmerz laut auf und läuft schnell vor.

Mir wird heiß und ich beginne wieder ein wenig zu zittern, während ich aufmerksam jeden Schritt zügig vorrücke und jeglichen Blickkontakt mit den Schleppern zu vermeiden versuche.

Als wir bereits mehrere Meter vorgerückt sind, vernehmen wir lautes Geschrei.

„Los! Steig aufs Boot!!", brüllt ein Schlepper, das Gewehr auf einen Mann richtend.

Alle blicken neugierig auf, doch keiner traut sich, einen Laut von sich zu geben. Der Mann ist aufgeregt, schüttelt nervös den Kopf und zuckt zurück.

„Nein!", zittert er ängstlich und beginnt fast zu weinen.

Mehrere Schlepper haben sich gesammelt.

„Du vergeudest unsere Zeit!"

Einer von ihnen packt seinen Arm und zerrt ihn in die Richtung des Boots. Mit aller Kraft wehrt er sich dagegen und versucht zu entkommen.

Während ich ihn wie alle anderen beobachte, male ich mir seine Angst aus, die größer als meine sein muss, wenn er sich gegen die Schlepper stellt. So große Angst davor im Meer zu ertrinken, dass er bereit ist, sich von ihnen erschießen zu lassen.

Aus dem Arm des Schleppers befreit, rennt der alte Mann schnell zum Zaun, läuft diesen entlang und zerrt daran, keinen Ausweg findend.

„Bleib stehen!!", brüllt ein Schlepper und richtet das Gewehr auf ihn. „Ich erschieße dich!"

Der Mann bleibt am Zaun stehen und dreht sich langsam um. Sein Gesicht ist von Verzweiflung gezeichnet und mit Tränen bedeckt.

„Auf das Boot oder ich schieße!", brüllt der Schlepper ein letztes Mal, bevor er dem kopfschüttelnden Mann in die Brust schießt. Bei dem lauten Knall schrecken alle auf, sodass hohe Frauenschreie wiederschallen.

Mein Puls schlägt in meinen Ohren. Schweiß sammelt sich in meinem Nacken.

„Alle werden auf ein Boot steigen!", ruft er drohend in die Menge, das in beängstigtem Getuschel verdumpft.

Meine Panik vor dem Meer, wird nun von der vor den Schleppern übermannt. Zitternd und gleichzeitig steif, versuche ich keine Aufmerksamkeit auf mich zu richten.

Während zwei Schlepper den Mann aus der Sicht zerren, seine Schwimmweste ausziehen und ihn daraufhin liegen lassen, als wäre sein Körper nur ein bedeutungsloser Gegenstand, erfolgt wieder die alte Formation der Aufstellung. Die restlichen Personen steigen zügig auf das Boot, doch jede einzelne in bedrücktes Schluchzen versunken.

Das nächste Schlauchboot wird mit Luft gefüllt und das vollgepackte fährt davon.

Auf einmal scheint alles schneller zu gehen, als wir nur noch wenige Meter vor dem Übergang stehen, das Boot bereits halb gefüllt. Ein Schlepper zählt uns ab und lässt die ersten fünfzig in einen abgesperrten Bereich nahe dem Boot. Wir sind darunter und laufen zügig weiter.

Noch immer spüre ich meinen Puls, der immer stärker durch meine Adern schießt.

„Wer von euch kennt sich mit Motorbooten aus?!", ruft der Schlepper in unsere Gruppe.

Wir schauen uns nervös um, bis ein älterer Mann unsicher seine Hand hebt.

„Komm her!", befiehlt er und zeigt ihm, wie die Motorschnur gezogen wird, um anzuspringen. Er lässt es ihn einmal nachmachen, fügt „immer geradeaus" hinzu und schickt ihn dann wieder zurück.

Unterdessen werden alle mit Westen versorgt, die weitere siebzig Euro kosten. Ohne zu zögern, zieht Haytham zwei Scheine aus seinem Portemonnaie und tauscht sie gegen zwei Westen ein.

Eben war ich mir noch nicht sicher, ob er einen Teil unseres Geldes, der für den Rest unserer Flucht ausreichen musste, einfach nehmen würde, ohne dass ich ihn dazu überreden müsste, doch er scheint vor der Fahrt über das Meer mindestens genauso viel Angst zu haben wie ich.

Während ich mit der Weste wie angewurzelt dastehe und den toten Mann in einer größer werdenden Blutlache liegen sehe, wirft Haytham sie mir um und packt mich mit beiden Händen an den Armen ins Boot.

Da sitzen wir schließlich, schwanken mit den Wellen des Meeres und blicken nun von der anderen Perspektive aus, auf die wir gerade eben noch die vorherigen Boote wegfahren sahen, ans Ufer, an dem alle anderen Personen verschmolzen zu einer großen Menschenmasse darauf wartet, ebenfalls ins Ungewisse zu fahren.

Ich beobachte unsere Sitznachbarn, wie sie ihre in Folie ein-
gewickelten Pässe und Dokumente unter die Weste an die Brust
klemmen.

„Warum haben wir nicht daran gedacht", flüstere ich verzweifelt zu Haytham.

„Geht schon!", antwortet er harsch und versucht seine Panik
zu verbergen, jene intensiver in mir hochzusteigen beginnt.

Wenn wir unsere Dokumente verlieren, ist das Überleben in
Europa genauso, wie im Mittelmeer zu ertrinken.

Die Frau bekam wohl unser Gespräch mit und überreicht
Haytham und mir ein übriges Stück Folie. Erleichtert nehme ich
sie an, wickle meinen Pass mit meinen zusammengefalteten Papieren in das Plastik und stecke es tief in die Weste, während
Haytham das Gleiche tut.

Nachdem unser Boot ausreichend befüllt wurde, sitze ich jetzt
angespannt an den Rand geklammert, Haytham neben mir. Der
Mann, der sich zur Verfügung stellte, unser Boot zu fahren, steigt
als Letzter auf und setzt sich neben den Motor.

Jetzt ist es soweit.

In wenigen Sekunden werden wir auf das offene Meer rausfahren, nichtwissend ob wir in die richtige Richtung fahren und
jemals wieder an Land kommen.

Alle warten gespannt auf den Moment, halten einander und
unterdrücken ihre Angst. Mein Kopf glüht und ist hochrot, oder
auch leichenblass, ich weiß es nicht. Mit zitterndem Körper und
noch zittrigerem Kinn sitze ich wie versteinert da und lasse die
Reaktionen meines Körpers ohne die Wahrnehmung meines
Verstandes zu.

Erst als der Mann den Strick zieht, den Motor laut starten
lässt und wir langsam aufs Meer hinausfahren, beginnt mein Kopf
zu arbeiten. Der Hafen mitsamt der hundert Menschen in der
idyllischen Landschaft wird mit jedem Meter, den wir uns entfernen, kleiner. Die Masse verschmilzt zu einem unidentifizierbaren
Haufen und wirkt surreal.

Plötzlich entdecke ich viele Meter vom Hafen entfernt zwischen den hohen Büscheln des großen Feldes, eine Person stehen, die Hände in den Taschen, dessen Blick aufrecht unserem Boot folgt.

Obwohl von der Person, so klein und unscheinbar, nichts zu erkennen ist und sie von hier aus wie eine kleine Spielfigur aussieht, glaube ich in ihr meinen Onkel wiederzuerkennen. Trotz der hundert Kilometer, die wir vom Ort, an dem wir uns von ihm verabschiedeten, entfernt sind und es nicht möglich sein kann, ihn hier zu sehen, bin ich der festen Überzeugung, dass er es ist.

Vielleicht war er ja nachgekommen, um sicherzugehen, dass wir auch wirklich mit dem Boot wegfahren. Vielleicht arbeitet mein Kopf auch doch noch nicht und ich beginne in der Panik zu halluzinieren, aber ich sehe ihn dort stehen.

Ich drücke meinen Ellenbogen in Haythams Hüfte und zeige dann auf die Person. Gerade als Haytham sich aus der Starre befreien und winken will, hebt die Frau neben ihm ihre Hand und winkt der Person zu.

Es trifft mich wie ein Stich ins Herz.

Es ist nicht Onkel Raed. Er hätte es nie sein können.

Doch das kann ich nicht akzeptieren.

Mein Onkel muss dort stehen. Ich habe mich von ihm nicht gewissenhaft verabschieden können, ihm nicht sagen können, was ich wirklich empfinde. Und erst recht meiner Mutter nicht, die es am meisten verdient hätte. Ich sehe sie am Flughafen stehen, als sie plötzlich wie ein Geist meiner Erinnerung flackernd neben der Figur meines Onkels erscheint, die uns gemeinsam zuwinken. Beide zurückgelassen auf der Seite unmittelbar am Kriegsgeschehen und wir auf dem Weg auf die sichere.

Ihren Blick, den sie uns zuwarf, sehe ich eindringlich vor mir. Wieder hält sie sich die Hände vors Gesicht, um nicht laut zu schluchzen. Und wieder füllt es meine Augen mit Tränen.

Doch diesmal bin ich noch schwächer als zuvor und diesmal ist weder sie noch mein Onkel da, für die ich stark sein müsste.

Langsam und doch intensiv, breche ich in Tränen aus. Meine

Hände ans Boot geklammert, schluchze ich laut, ohne jede Rücksicht auf Haytham oder die anderen sechzig Personen, die mit mir die kleine Fläche des Schlauchbootes teilen, meinen viel zu lang unterdrückten Schmerz aus.

Meine Mutter bedeckt mit ihren Händen ihren Mund und weint unaufhörlich. Ihre Verzweiflung ist in ihren Augen erkennbar. Unser Blick verbindet uns über die immer größer werdende Entfernung, bis ihre Gestalt langsam in Verschwommenheit untergeht.

Im unscharf werdenden Gesicht sehe ich trotz ihrer Schmerzen das winzige Anzeichen eines Lächelns auf ihren Lippen, jenes mir Beruhigung schenkt und die Zuversicht, dass es ihr und auch uns gutgehen wird.

In diesem Augenblick spüre ich Haythams Hand um meine Schulter greifen. Der Griff, der kraftvoll und dennoch liebevoll ist, wie man ihn nur aus der Familie kennt, während einer harten Zeit, in der Hoffnung auf eine bessere.

Der Griff, der mehr sagt, als Worte es in solchen Momenten je könnten.

Kapitel 10

Mit unsicheren und langsamen Schritten geht sie zum Zauntor der Notunterkunft.

Sie war bereits zwei Stunden herumgefahren, hatte sich verschiedene Unterkünfte für Flüchtlinge angesehen und überall andere Umstände wahrnehmen können. Kleinere, in denen es für die Familien jeweils eigene Zimmer gab und deshalb nur in den Gemeinschaftsräumen etwas los war. Andere, in denen nur junge Männer wohnten und sie anstarrten, sobald sie den Raum betrat, weil sie auf dem ganzen Gelände das einzige weibliche Wesen zu sein schien. Und eins, das genauso aussah, wie sie es aus den Nachrichten kannte: Stockbetten nebeneinander den Raum füllend.

Vom Personal wurde sie nur mit skeptischen Blicken begrüßt, die sich offenbar nicht darum scherten, einen guten Eindruck zu machen. Doch weiter als nur wenige Kilometer von ihrer Wohnung entfernt wollte sie nicht rausfahren.

Zunächst nahm sie sich vor, sich alle Unterkünfte in der Nähe anzuschauen und wenn sie dann nichts findet, wäre sie eventuell bereit, weiter außerhalb zu suchen. Ob es ihr das wert wäre, wüsste sie dann schon rechtzeitig.

Und jetzt steht sie hier, vor der ehemaligen Sportturnhalle ihrer alten Grundschule, die letzte Unterkunft ihrer Liste, bei der sie es für heute ein letztes Mal wagen will. Mit von blauer Plastikfolie beklebten hohen Metallzäunen, wird eine strikte Trennung zur Schule markiert, sodass sie sie fast nicht wiedererkennt.

Sie tritt bis zum Wachmann am Zaun hervor und spricht ihn an: „Ich möchte gerne zum Leiter und nach einer Stelle fragen."

Sie hat eindeutig genuschelt, doch versucht ihre Nervosität zu verbergen.

Durch ein Funkgerät spricht er nur undeutlich zu seinem Kollegen, der kurz darauf aus der Hallentür kommt und Sarah zum Büro begleitet.

Bereits auf dem Weg dorthin kommt ihr alles bekannt vor.

Selbst den Flur, in dem sich jetzt ein Tisch zur Anmeldung befindet und viele Pinnwände mit Prospekten, erkennt sie wieder, durch den sie damals als fünfjähriges Mädchen wöchentlich mit ihrer Klasse zum Sportunterricht ging.

Ein paar Flüchtlinge begegnen ihr auf dem Weg, die ihr freundlich zulächeln. Nervös lächelt sie ein wenig zurück, doch schaut dann schnell wieder geradeaus, um nicht in zu langen Blicken zu verweilen.

Schließlich gelangt sie in die große Halle.

Wie in die Vergangenheit zurückversetzt, kommt ihr der größte Teil der Halle so vertraut vor, dass sie ihre Schulklasse Fußball spielen sieht. Die Tore sind noch eingeklappt an den Seiten befestigt, ebenso wie die Basketballkörbe. Die Ringe, an denen sie voller Freude hochschwangen und die Kletterseile, welche sie gezwungen waren, angestrengt hinaufzuklettern, hängen von der Decke hinab, unmittelbar über dem neuen unvertrauten Teil der Halle, als hätte sich nie etwas verändert.

Die nebeneinander gereihten Doppelbetten, die mithilfe von Decken als Wände darum gehangen eine private Zone bilden, zerren sie ins Jetzt zurück.

Zwei Welten, die aufeinandertreffen wie zwei verschiedene Zeitabschnitte ihres Lebens, in der sie einst ein kleines Mädchen war, das Sport lernte und heute eine junge Frau, die womöglich vor Krieg geflüchteten Menschen helfen wird, jene sich in einer kleinen Turnhalle ein bisschen Frieden erhoffen.

Obwohl sie die Doppelbetten heute nicht zum ersten Mal sieht, bereitet es ihr jedes Mal aufs Neue Gänsehaut.

Dass Menschen gezwungen sind, auf das Mindeste reduziert, auf kleinster Fläche eingeengt zusammenzuleben, gibt ihr zum ersten Mal im Leben einen Einblick in die Folgen eines Krieges auf der Welt, den sie vorher nur durch das Fernsehen bekam und nie zuvor greifbar nah war. Aber vor allem verspürt sie Dankbarkeit, nicht unter denselben Umständen leben zu müssen und ihnen stattdessen helfen zu können.

Sie kommen zum Büro, das sich direkt neben der Halle in einem Extrazimmer befindet, in dem damals die Sportgeräte abgestellt wurden. Der Wachmann klopft an die Tür und stellt dem Heimleiter Sarah vor.

„Komm herein!", begrüßt sie der bebrillte, schlanke und sehr große Mann heiter und schüttelt ihre Hand.

„Maier. Setz dich", sagt er auf den Stuhl zeigend und schwingt mit seinem Drehstuhl ihr gegenüber. „Du willst also hier arbeiten?"

Auf seine ineinander eingeschränkten Finger stützt er sein Kinn und blickt sie lächelnd an.

„Ähm ja… Also, ich möchte gerne helfen. Ich habe momentan viel Zeit, bis das nächste Lehrjahr beginnt. Die Zeit möchte ich nutzen, um mich nach Ausbildungs- oder Studienplätzen umzusehen, während ich arbeite und etwas Geld verdiene, aber auch helfe. Wegen des Kindergeldes könnte ich nur einen Teilzeitjob übernehmen, aber ich würde auch gerne ehrenamtlich was machen, weil ich, wiegesagt, viel Zeit habe."

Nichtwissend, ob sie zu viel gesagt hat, hört sie auf und lächelt ihn an.

„Na, das klingt doch prima. Unsere Firma bietet übrigens auch Ausbildungsplätze an", zwinkert er.

„Ich muss noch herausfinden, was ich später gerne machen möchte, aber vielleicht komme ich darauf zurück."

„Das würde uns freuen. Was hast du vorher gemacht? Hast du Erfahrungen im sozialen Bereich?"

Sie überreicht ihm ihren Lebenslauf.

„Ich habe mein Schulpraktikum in einem Pflegeheim gemacht und auch einmal nach der Schule für ein paar Wochen in dem Altersheim." Sie zeigt auf die Auflistung ihrer Praktika. „Und danach habe ich eine Ausbildung beim Bäcker angefangen, aber gemerkt, dass es nicht so meins ist."

„Warum?", unterbricht er sie neugierig.

„Also, eigentlich liebe ich es zu backen, aber als Beruf… war das dann doch anders, als ich mir das vorgestellt hatte. Ich musste sehr früh aufstehen und jeden Tag den gleichen Vorgaben nachgehen, obwohl ich viele eigene Ideen hatte." Er nickt. „Und während der Schule und nach der Ausbildung habe ich viele verschiedene Minijobs gehabt."

Er blickt auf den Lebenslauf, während sie spricht.

„Du hast sehr viel ausprobiert, das ist schön. Was würdest du denn hier gerne übernehmen?"

„Je nachdem, was Sie gerade brauchen. Jemanden, der betreut oder organisiert, verwaltet... Ich bin für alles offen."

Er schaut in seine Dokumente.

„Wir brauchen tatsächlich Sozialbetreuer, die sich um all das kümmern. Da muss von allem ein bisschen was gemacht werden. Bisher hatten wir leider nur für kurze Zeit Sozialarbeiter, die dann die Stelle gewechselt haben oder Betreuer, die nur halbtags in den Semesterferien des Studiums da waren. Vieles, was eigentlich Sozialarbeiter machen müssen, musste die Security übernehmen. Und weil diese Unterkunft noch sehr neu ist, muss einiges getan werden."

Er spricht sehr schnell und viel am Stück, doch wirkt auf sie durch seine herzliche und offene Art sympathisch.

„Wie oft könntest du denn in der Woche?"

„Also, Zeit hätte ich jeden Tag. Von zehn bis achtzehn Uhr. Je nachdem, wann und wie lange ich gebraucht werde, aber alles außerhalb der Teilzeitarbeit würde ich ehrenamtlich machen", sagt sie und greift nervös in ihr Haar.

„Ich würde sagen, du kommst diese Woche mal zum Probearbeiten vorbei und dann schauen wir, ob dir das hier liegt", lächelt er. „Und wenn das gut läuft und es dir gefällt, kannst du hier anfangen. Im sozialen Bereich ist es für nur wenige Wochen oder Monate zu arbeiten nicht so vorteilhaft, weil die Bewohner natürlich auch nach einer Vertrauensperson suchen. Da ist es hilfreich, wenn die Gesichter nicht mehr so oft wechseln", nickt er über seine eigenen Worte, während er beim Sprechen mit den Händen kreist. Sarah nickt ebenfalls. „Wann möchtest du die Woche denn mal vorbeischauen?"

„Morgen könnte ich kommen", antwortet sie.

„Prima, dann komm doch bitte gegen zehn Uhr. Am besten zeigt Hakan dir jetzt nochmal alles." Lächelnd steht er auf, schüttelt ihre Hand und ruft nach ihm. Der Wachmann, der sie zum Büro gebracht hatte, kommt gerade mit sechs Kindern in die Halle herein.

„Ich hab grad die Kinder von der Schule abgeholt, ich bringe sie noch nach Hause und komme dann", sagt er.

Sarah steht einen Moment lang da und blickt ihnen hinterher, wie sie hinter dem Vorhang zum zweiten Teil der Halle verschwinden. Sie ist sich nicht sicher, ob er es als Zuhause bezeichnet, weil ihm kein taktvolleres Wort für die Betten einfällt, oder weil es für sie nun mal ihr Zuhause ist. Doch für diesen kurzen Moment herrscht in ihr ein bedrückendes Gefühl. Froh darüber, mehr als ein paar zusammengestellte Betten zu haben, das sie als ihr Zuhause bezeichnen kann.

„Wir haben die Halle sozusagen geteilt. In der einen Hälfte wohnen die Männer und in der anderen die Familien zusammen."

Während Hakan spricht, zeigt er auf die Wand, die sich durch die Halle erstreckt. Mit Laken bedeckte Metallzäune, die normalerweise draußen bei Bauarbeiten verwendet werden, um die Privatsphäre der Frauen und Kinder vom Bereich der alleinstehenden Männer zu trennen.

„Hier wird das Essen vom Caterer serviert."

Eine Ecke, in der auf Tischen das Essen in großen Thermokisten steht und offenbar von weiteren Wachmännern serviert wird.

„Hier gibt es Frühstück, Mittag und Abendessen. Und hier ist der Bereich zum Essen, aber meistens verkriechen sie sich in ihre Betten und essen da."

Er zeigt auf die davorstehenden langen Tische, die an Bankreihen stehen, an denen ein paar Flüchtlinge ihren Tee trinken. Sie drehen sich zu Sarah um, die so tut, als würde sie die Blicke nicht bemerken, die sie jedoch ein wenig einschüchtern.

„Naja, sieht alles 'bisschen traurig aus. Ist halt noch ganz neu

hier. Muss noch viel gemacht werden, Scheibe vor der Essensausgabe, neuer Boden, Duschvorhänge und so", nuschelt er.

„Ja, hab ich schon gehört", antwortet sie kaum hörbar.

„Und hier, wo die Familien schlafen", beginnt er zu erzählen,
während er die andere Hälfte der Halle betritt, indem er das Laken zur Seite nimmt, das wie ein Vorhang dient.

Auch hier stehen ein paar Bänke mit Tischen zwischen weniger, aber größeren Räumen aus Betten.

„'ne Spielecke für die Kinder. Und ein paar Bücher und Spielsachen und sowas. Die kleine Rutsche haben wir gespendet bekommen."

Er deutet mit desinteressiertem Kopfnicken in die Ecke, in
der auf einem ausgerollten Spielteppich, einige Spielsachen und
ein kleiner Schrank mit Büchern stehen. Die Art wie er spricht,
hinterlässt den Eindruck, dass er öfter den Leuten die Halle zeigen muss und dabei immer dasselbe sagt.

Sie kommen zu einer offenstehenden Doppeltür, die sich gegenüber der Eingangstür genau an der Hallengrenze befindet.

Sie weiß, dass sich dort eigentlich eine Wiese mit einer langen
Tartanbahn befindet, an dessen Ende ein Weitsprungkasten liegt,
doch lässt sich überraschen, inwieweit sich das verändert haben
mag.

Als er ihr den Vortritt lässt, geht sie durch und wird von einem hellen Sonnenstrahl gefangen. Sie hält sich die Hand vors
Gesicht und erblickt erst nach einigem Blinzeln ein paar Männer
im Schneidersitz auf dem Stück Wiese neben der Tartanbahn
sitzen und rauchen. Ein Stuhlkreis aus Frauen sitzt am anderen
Ende der Tartanbahn neben dem Sandkasten und achtet auf die
Kinder, die darin spielen. Über ihnen der große Baum, dessen
weiten Äste auch schon damals rausragten und den Platz noch
immer ein wenig überdachen.

„Hier ist eine Raucherecke", zeigt er zu den Bänken. „Und die
Kinder können hier draußen toben."

Ausdruckslos bleibt er dann mit den Händen in den Hosenta-
schen stehen. Sarah lässt sich Zeit, alles in Augenschein zu neh-

men.

Um die Wiese herum, über die man sonst aus der Schule direkt auf die Tartanbahn konnte und auf die auch sie sich oft in den Hofpausen setzte, wurde ebenfalls mit dem Bauzaun und der blauen Folie eine Grenze gezogen. Sie schaut zu den Kindern rüber, die konzentriert kleine Sandburgen mit ihren Händen bauen.

Ihr ehemaliger Sportplatz wurde neu zum Leben erweckt.

Die Kinder etwas machen zu sehen, was sie als Kind auch tat, lässt sie schmunzeln. Obwohl der Ort etwas Bedrückendes an sich haben müsste, herrscht eine zufriedene Atmosphäre. Es wirkt auf sie wie eine einfache Gemeinschaft desselben Wohnhauses, in dessen Garten sie zusammen Zeit verbringen. Wie eine Gartenparty nach einem langen Tag und nicht etwa Bewohner einer Notunterkunft, die aus Angst und Verzweiflung vor dem Krieg flohen.

Ein Kind bemerkt Sarah und starrt sie an. Weil es nicht aufhört, beginnt Sarah zu grinsen, woraufhin es kichert und sein Gesicht hinter den Händen versteckt. Nun muss Sarah auch lachen. Die anderen Kinder und Mütter bemerken das Geschehen und drehen sich zu ihr um.

Obwohl Sarah sonst sehr schüchtern und zurückhaltend ist, scheint sie in diesem Garten bei sonnigem Wetter aufzublühen. Sie winkt und ist überrascht, wie viele ihr ohne weiteres Zögern zurückwinken.

Als sie daraufhin spürt, wie sie rot anläuft, schaut sie schnell zu Hakan, dem sie mit einem Nicken mitteilt, wieder reinzugehen.

Sie laufen durch die Halle zurück zur Eingangstür und erreichen den Flur.

„Hier sind noch die Toiletten und Duschräume. Links die Männer und rechts die Frauen. Und der Raum hier ist 'ne Kleiderkammer. Sind alles Spenden. Für alle Fälle ist da auch Verbandszeug und so drin", sagt er und geht den Haupteingang hinaus.

Ein Flüchtling, der gerade aus der Toilette herauskam und ebenfalls die Tür hinaus möchte, bleibt stehen, tritt einen Schritt zurück und lässt Sarah mit gestischer Handbewegung lächelnd den Vortritt.

„Dankeschön", lächelt sie auch und geht hindurch. Lange ist es her, dass sie so vorbildhaftem Verhalten begegnete.

Mit Hakan steht sie neben zwei weiteren Wachmännern.

„Ich hoffe, ich konnte dir alles zeigen", zwinkert er.

„Ja, danke. Ich möchte dann gerne morgen zum Probearbeiten kommen", formuliert sie mehr wie eine Frage, woraufhin Hakan nickt. Unsicher nickt sie ebenfalls und dreht sich um.

Das, was sie heute tat, war womöglich die größte Überwindung seit Jahren.

Kapitel 11

Noch immer sitzen wir zwischen den sechzig weiteren Leuten eingeengt auf dem kleinen Schlauchboot. Noch immer klammern sich meine Hände an den Rand des Bootes und ich starre in die Richtung, in der noch immer die Erscheinung meiner weinenden Mutter lebt, jene in der zunehmenden Ferne verblasst und in den blauen Horizont eintaucht. Dessen Licht läuft in die Schwärze des Himmels über, der seine vollste Sternenpracht preisgibt und sich in der Weite des Meeres spiegelt, das uns umringt und uns wie die Sterne im Universum zu einem kleinen Punkt im Grenzenlosen macht.

Eben noch hatte Maher, der im Boot neben mir sitzt, mir sein Herz geöffnet und mir von seinem traurigen Verlust erzählt, als ich nicht zu Schluchzen aufhörte. Er sah nach oben zu den Sternen und erzählte sie mir ganz leise, so als hätte ich ihn nach seinem Geheimnis gefragt. Einer seiner neun älteren Brüder war so stolz auf ihn gewesen, als er vor fünf Jahren sein Abitur absolvierte. So stolz, dass er ihm einen Laptop kaufen wollte und dafür unachtsam über die Stadtgrenze fuhr und von Soldaten erschossen wurde. Sein Name war Shihab, Sternschnuppe.

Vielleicht hatte er gerade eine Sternenschnuppe gesehen, die ihm das Gefühl gab, dass sein Bruder an ihn denkt und über ihn wacht. Vielleicht aber wollte er mich nur beruhigen. Und jetzt sitzt er wieder schweigsam da und bleibt mir der Fremde, der er eben noch war, bevor er mir seine tiefste Wunde offenbarte.

Wir fahren immer weiter hinaus.

Eine gerade Strecke durch eine endlose Weite zu fahren, erscheint ziellos, so als existierten keine Richtungen. Genauso gut wäre es möglich, dass wir im Kreis fahren.

Ich starre mit verträumtem Blick in die Ferne. Meine Tränen liegen auf meinen Wangen und stehen wie schimmernde Glasperlen.

Die unbeschreibliche Stille des Meeres, die lediglich durch das Rauschen der Wellen unterbrochen wird, füllt sich mit immer lauter werdendem Schluchzen.

Ich schaue mich im Boot um. Die Frauen weinen leise in sich hinein, woraufhin die nächsten Frauen anfangen, die Männer ihre Schultern halten und ihre Babys zu schreien beginnen. Ebenso von Angst gezeichnet, unterhalten sich die Männer leise, um nicht ihre Nerven zu verlieren.

Ich schaue zu Haytham, der starr in die Ferne blickt.

Was er wohl gerade denken mag.

Die ganze Reise über, seit der Trennung unserer Mutter bis hin zu der unseres Onkels, sprach er kein einziges Wort und gab auch mimisch nichts von sich. Haytham war noch nie eine sehr gesprächige Person, aber vollkommen schweigsam wie in den letzten Stunden ebenso wenig.

Die Wellen schlagen auf das Boot und lassen uns heftig hin und her wippen. Das Wasser fließt mit jedem Mal ein wenig hinein und wieder hinaus und hinterlässt genug im Boot, um unsere Knöchel darin versinken zu lassen. All unsere Anziehsachen sind nass und kleben an unseren Körpern, die uns mit pfeifendem, kaltem Wind zum Zittern bringen.

Eine Frau beginnt plötzlich zu würgen und hat alles auf ihren Beinen. Ohne zu zögern oder etwas zu sagen, wischen die Frauen und Männer neben ihr das Erbrochene mit bloßen Händen und dem Wasser unter den Füßen aus dem Boot. Ihr bleiches Gesicht starrt erschöpft auf ihre Beine.

Ich schaue wieder ins Meer. Es ist das erste Mal, dass ich es nicht in seiner klaren blauen Farbe wahrnehme. Es ist schwarz. Ich wusste nicht, dass das Meer schwarz sein könnte. In seinem endlosen Raum ließe sich die hohe Dichte von uns sechzig Personen auf zehn Quadratmetern problemlos auflösen.

Ich komme auf Gedanken, auf die ich vorher niemals gekommen wäre.

Langsam löse ich meine linke Hand vom Boot und greife in meine Hosentasche. Wieder spüre ich die kalte Fläche an meinen

Fingern, die mir versichert, dass es noch da ist. Ich greife danach und hole es umschlungen in meiner Faust heraus. Als ich sie öffne, halte ich den kleinen runden Stein in meiner Hand.

Er ist grau-braun gestreift, etwa so groß wie eine Haselnuss und flach. Ich schaue ihn lange an und alles um mich herum verblasst. Die Leute samt Boot und Meer scheinen stehen zu bleiben und ich bewege mich in meine Vergangenheit zurück.

Ich erinnere mich an eine wunderschöne Zeit, in der ich noch keine Sorgen kannte und mit meiner ersten und einzigen wahren Liebe an meinem Lieblingsort saß.

Ich war immer zur Beruhigung an den kleinen See in der Nähe meines Hauses gefahren und fast einmal die Woche dort gewesen. Es war eigentlich recht bescheiden, doch das ruhige Plätzchen, an dem ich am glasklaren Wasser, das die grünen Bäume drum rum spiegelte, meinen Gedanken freien Lauf lassen konnte, war der bedeutungsvollste Ort für mich geworden. Ich hatte meine emotionalen Tiefpunkte dort ausgelebt und einen klaren Kopf bekommen, wenn ich Streitereien am Hals hatte oder mich einfach nur dort entspannt, wenn ich vom Alltag gestresst war.

All die Steine um den See herum hatten die gleiche Farbe wie der, den ich in den Händen halte.

Ich bin froh, einen Teil der wunderbarsten Erinnerung meines Lebens dabei zu haben. Und auch, wenn es mich traurig macht, den Moment nie wieder erleben zu können, bin ich glücklich, wenigstens die Erinnerung bei mir und erlebt zu haben. Dass ich das Beste aus dem machte, was ich hatte.

Meine Freundin war die erste Person, der ich den Ort zeigte und wir legten uns nebeneinander auf eine ausgebreitete Decke, die so dünn war, dass man trotzdem jeden einzelnen Kieselstein spürte und doch waren wir wunschlos glücklich, ohne auch nur ein Wort zu sagen.

Wir lagen einfach nur da, hielten unsere Hände und schauten einander in die Augen. Wie ihre im Sonnenlicht funkeln. Sie ist so wunderschön…

Plötzlich wird es unruhig.

Ich werde aus dem geborgenen Gefühl, meinem Lieblingsort und von meiner Freundin gerissen, als der Himmel sich verdunkelt. Ich packe den Stein schnell in meine Hosentasche zurück und klammere mich wieder ans Boot, als ich in den Himmel schaue.

Eine leichte Wolkenschicht bedeckt den Mond und wirft einen Schatten auf uns. Alle schauen besorgt auf und lautes Getuschel beginnt in Panik auszubrechen. Tatsächlich zeigen sich viele Meter entfernt dunkelgrau, aufgetürmte Wolkendecken. Kurz hinter den ersten Wolken, lösen sich weitere am Horizont in Regen auf, der wie dicker Nebel in der Luft schwebt.

Es vergehen einige Minuten, bis der Wind beginnt stärker, in noch kälteren Zügen durch das Boot zu ziehen. Die Wellen werden stürmischer und lassen das Meer aufbrausen.

Die vielen Sterne, die man eben noch sah, gehen im dünnen Dunst der Wolken unter und verschwinden schließlich ganz, als die dichten Wolkenberge sich über dem Boot aufbauen. Ein dünner Sprühregen erreicht uns, der mit salzigem Meerwasser vermischt durchs Boot weht. Die Winde beginnen zu pfeifen und lassen uns stärker schaukeln.

Als uns dann der Nebel des Regens erreicht, den ich eben noch am Horizont sah, sind auch die Strömungen stärker. Die Leute werden immer unruhiger und beginnen zu weinen, doch ihre Laute gehen im starken Rauschen des Meeres verloren.

Jetzt befinden wir uns im dichtesten Regen, der mit seiner schwarzen Wolkendecke die Dunkelheit herbeiführt. Man kann kaum den Partner erkennen, geschweige denn die Augen offenhalten, die vom körnenden Regen getroffen werden.

Das Boot schwingt mit den Wellen, die unrhythmisch den Horizont verdecken, bis er schließlich mit dem Meer und Regen verschmilzt. In den Rand des Bootes greifend, ducke ich mich tief an meine Beine, um meinen Kopf zu schützen und schaue mit halb geschlossenen Augen zu Haytham rüber, der genau dasselbe tut.

„Halt dich gut fest!", ruft er zu mir rüber, so viel Wasser

schluckend, wie auch durch seinen Schrei von ihm abprallen.

Die Wellen brechen immer stärker am Boot, sodass sie wie heftiger Platzregen hineinklatschen. Ich versuche aufzublicken und sehe vor uns eine riesige Welle sich auftürmen. Mit rasender Geschwindigkeit prallt sie aufs Boot und bricht auf unser aller Köpfe. Als wären wir gerade mit dem Boot ins Meer untergetaucht, schnappe ich mit zusammengedrückten Augen nach Luft.

Wieder schaue ich zu Haytham rüber, um zu sehen, ob er noch bei mir ist.

„Alles okay?", ruft er mir zu und ich nicke überdeutlich den Kopf.

Plötzlich wird laut und aufgebracht geschrien. Ich drehe mich um und versuche im Geschehen etwas zu erkennen. Das Boot beginnt sich zu neigen und fast zu wenden, durch die Personen, die sich dicht an den Rand gepresst haben und ihre Arme austrecken, um die zwei Männer und die Frau ins Boot zurückzuziehen, die in ihren orangenen Westen zwischen den schwarzen Wellen hervorscheinen.

„Greifen Sie meine Hand!", höre ich zwischen den vielen Rufen und sehe die Frau nur verzweifelt schreien und hysterisch mit ihren Armen im Wasser paddeln.

Jede Welle trifft die drei wie ein Schlag, der sie schwächer macht. Sie schlucken zu viel Wasser und tauchen einige Male unter, dessen Sekunden mir den Atem rauben und Erleichterung in mir ausgelöst wird, sobald sie wieder zu sehen sind.

„Mein Kind!!", vernehme ich plötzlich aus der Richtung der Frau, als sei der Schall ihrer Stimme erst durch die vielen Winde abgetragen und schließlich durch weitere zwischen den dicken Regentropfen zu mir gelangt.

Ihr Schrei weckt mich wie aus einer Trance. Ich schaue ins Meer, drehe hektisch den Kopf und prüfe jede sich brechende Welle nach einem Kind, das sich darin verbergen mag, doch vergebens.

Kaum nehme ich war, was gerade geschieht, nähern sich die zwei Männer ihr auch schon und versuchen gemeinsam zum

Boot zurückzuschwimmen, doch jede Welle hält sie davon ab. Sie klatscht ihre Arme immer wieder verzweifelt ins Wasser und schlägt wie wild um sich, schreit und weint. Sie haben sich bereits viele Meter von uns entfernt und verschwinden schließlich in der nächsten Welle.

Während das Boot sich weiterhin bei immer ruhiger werdenden Strömungen neigt und Wasser hineinschwappt, das unsere Füße umschlingt und uns schwerer macht, starren alle mit platschnassen Gesichtern ins Meer. Ihre Tränen sind nicht zu erkennen, doch sie sind da.

Der hagelnde Regen prasselt mit dem heulenden Wind auf alle Köpfe, dennoch wird die gesamte Geräuschkulisse ohne die drei rufenden Personen plötzlich in Schweigen verhüllt.

Eine Familie, die vom unbarmherzigen Schicksal auseinandergerissen wurde. Die gnadenlose Naturgewalt hat nun Besitz über eine Familie ergriffen. Einem kleinen Jungen, der eben noch umklammert auf dem Schoss seiner Mutter saß und zwei Männern, die eventuell zu ihnen gehörten oder auch nichts miteinander zu tun hatten, schrieb es das Schicksal.

Vier kleine Punkte im Grenzenlosen.

Kapitel 12

Es klingelt an der Wohnungstür, viel früher als Sarah es erwartete, sodass nicht mal sie als überpünktliche Person es geschafft hat, sich fertig zu machen. Ihr Vater ist noch auf der Arbeit, also öffnet sie zögernd die Tür und wirft einen bescheidenen Blick hinaus.

David steht mit einer roten Rose vor ihr und muss über ihre Schüchternheit lachen. Sie kaut auf ihrer Lippe und nuschelt: „Du hast doch gesagt, du kommst um achtzehn Uhr."

„Ich weiß. Ich wollte dich überraschen", grinst er.

„Das ist dir gelungen."

Als Sarah die Tür öffnet, umarmt David sie fest und sie bleiben einige Sekunden ineinander verschmolzen stehen. Sie löst sich von ihm und schmollt: „Ich sehe schrecklich aus."

„Och", sagt er nur und sieht sie gerührt an. „Niemals!" Sie lächelt mild, blickt nervös auf den Boden und dann wieder zu ihm.

„Gehen wir rein", sagt sie dann und schließt die Tür hinter sich.

Er setzt sich auf ihr Bett und beobachtet sie, wie sie unsicher umherläuft, ihre Sachen zusammensucht und ihren Kleiderschrank aufmacht, während sie ihr Haar bürstet.

Die tausend Kleidungsstücke, die gedankenlos übereinander gepackt wurden, quillen buchstäblich aus dem Schrank heraus. Sarah greift zwischen ihnen hinein, als hätte sie darin eine Ordnung geschaffen, die einzig sie kennt.

Sie nimmt ein paar Shirts raus und wirft sie aufs Bett.

„Ich weiß noch nicht mal, was ich anziehen soll", sagt Sarah verzweifelt und hält weitere in der Hand.

David schaut sich die Kleidung, die auf dem Bett liegt, genauer an und lacht: „Du hast doch schon was Tolles an!"

Sie legt ihren Kopf in die Schulter und schaut ihn verdutzt an.

„Das ist mein Schlafanzug."

Er lacht wieder.

„Ja und darin bist du wunderschön!"

Sie lächelt nur halbherzig, nicht wissend, ob er sich nur über sie lustig macht. David steht auf, nimmt die Anziehsachen aus ihren Händen, wirft diese aufs Bett und hält ihre Hand.

„Schau mal", zeigt er aufs Bett. „Die sehen doch alle gleich aus."

Sarah blickt auf kurzärmliche Shirts in bläulichen oder grauen Tönen, auf denen wenig oder gar nichts bedruckt ist.

Obwohl sie in jedem Shirt etwas Anderes sieht, weil sie es an anderen Tagen zu anderen Anlässen kaufte, versteht sie, was er meint. Und jetzt, wo sie länger darüber nachdenkt, waren die Gründe für den Kauf immer die gleichen. Ihr war langweilig, also ging sie shoppen und wollte nicht ohne etwas nachhause kommen, also kaufte sie irgendwas, dass ihr für den Moment Freude bereitete.

„Du solltest ein Lieblingskleidungsstück haben und weitere, die du dann trägst, wenn das Lieblingsstück gewaschen werden muss." Sarah lacht. „So läuft das bei Männern. Und ich wette, das meiste davon trägst du sowieso nicht. Ich meine das ehrlich. Du brauchst das alles gar nicht. Du bist doch so schön."

Von seinen vielen Komplimenten überhäuft, wird sie ganz verlegen und schweigt. Sie weiß, dass er recht hat wie so oft.

„Also, was ist dein Lieblingsstück?", fragt er.

Sie überlegt kurz und nimmt schließlich die Bluse, die mit ihren Rüschen heraussticht.

„Das hat mir damals meine Mutter gekauft und obwohl es mir irgendwie nicht steht, weil es so bunt ist, hab ich es so oft getragen, einfach weil ich früher nicht so viel hatte. Und es ist bequem." Er nickt.

„Es steht dir ausgezeichnet. Es ist perfekt."

„Passt es denn zu dem, wo wir hingehen?"

„Wir gehen essen!", lacht er. „Man kann auch in Kartoffelsäcken essen."

Kapitel 13

Als uns nun nach gefühlten Stunden inmitten des weiten Meeres das Wasser bis zu unseren Knien umzingelt, als bestünde der Planet nur noch aus flüssiger, schwarzer Substanz und der Horizont wie ein Ring um uns herum liegt, habe ich endgültig meinen Orientierungssinn verloren.

So sehr jeder Meter, den wir vorankommen, genauso gut fünf oder zehn Meter sein könnten und die Richtung nach Westen genauso gut Norden, Osten oder Süden, so habe ich auch kein Zeitgefühl mehr.

Ob es nun Sekunden, Minuten oder sogar Stunden sind, die vorübergehen, kann ich nicht sagen. Nur, dass Zeit seit meiner Flucht etwas Relatives für mich geworden ist und sich Momente strecken können wie Gummibänder, oder sogar reißen und alles stehen bleibt.

So viele Augenblicke nahm ich schon wie in Zeitlupe war oder versteinerten zu einem Bild wie ein Foto meiner Erinnerung. Wenn wir es eilig hatten und rannten, schienen die Sekunden vor uns her zu rennen, doch wenn man hoffte, zum nächsten Moment springen zu können, legte sich der jetzige noch enger an einen und schien nie vorüberzugehen.

Und jetzt ist wieder einer dieser Momente, in denen die Minuten schneller als in sechzig Sekunden vorübergehen, seit der Motor im Sturm kaputt ging und das Wasser immer höher tritt, sodass wir fast nicht mehr den Boden unter uns spüren.

Bleiche Gesichter um mich herum versuchen verzweifelt das viele Wasser mit den Händen raus zu schippen, doch es dringt immer wieder ein.

Die Vorstellung hier draußen mit allen sechzig Personen zu sterben wie die vielen vor uns, die es nicht schafften, dringt jetzt stärker in mir durch.

Wir beten auf die letzte Rettung, hoffen innerlich um ein Wunder, reden zu Allah, der uns in den rennenden Sekunden zurück zum Leben verhelfen kann, die womöglich unsere letzten sein werden.

Plötzlich ruft einer auf: „Da! Ein Boot!!"

Alle schauen zum Horizont hinaus und tatsächlich, in der Ferne ist ein Boot einer Rettungsorganisation zu sehen, auf denen viele Personen mit roten Westen und Ferngläsern auf uns zukommen.

Ich strecke meinen Kopf hinter Haytham aus, um etwas sehen zu können, der sich zu mir umdreht. Ein erleichterter Blick in seinem Gesicht.

Alle beginnen erlösend zu klatschen, winken und rufen das Boot zu uns rüber.

Während es immer näher kommt, wird nach einer Weile auch Land erkennbar. Aus der Richtung des Boots kommen laute Durchsagen über ein Megafon unverständlich bei uns an. Die meisten Männer springen bereits ab und schwimmen in die Richtung, während in das Schlauchboot langsam mehr Wasser eindringt und es sich von unseren Füßen löst.

Mit Haytham bleibe ich am selben Fleck und versuche für die weinenden Frauen nicht in Panik auszubrechen. Nachdem die Helfer die vielen Männer aufs Boot aufgenommen haben und uns erreichen, helfen Haytham und ich die Frauen zur Leiter zu führen. Nacheinander steigen alle auf, bis auch Haytham die Hand eines Helfers greifend hinaufklettert, woraufhin er seine hinausstreckt, die ich greife.

Alle Leute umarmen sich weinend und werfen sich sogar dankbar den Helfern in die Arme. Ich blicke lächelnd zu Haytham rüber, der vor Erleichterung strahlt.

Auf unser langsam untergehendes Schlauchboot hinunterzuschauen, das vergleichsweise zu diesem deutlich kleiner ist, wirkt plötzlich befremdlich.

Als dann auch der Letzte zugestiegen ist, startet der Motor und unser Schlauchboot wird achtlos zurückgelassen, als hätte es keinerlei Bedeutung und nicht gerade das Leben von fast sechzig Leuten gerettet.

Wir fahren Richtung Küste und diesmal ist das Ziel direkt vor unseren Augen erkennbar und die Orientierungslosigkeit vergangen. Auf dem großen Boot haben nun alle mehr Platz. Zügig wechseln die Helfer den Kindern ihre nasse Kleidung und verteilen jedem eine warme Decke.

Es dauert nur ein paar Minuten, bis wir am Hafen ankommen, eine Rampe runtergelassen wird und alle Personen an Land treten können.

Es ist ein unbeschreibliches Gefühl, wie viel es ausmacht, festen Boden unter seinen Füßen spüren zu können.

Zwischen den Felsen kletternd erreichen wir ein flaches Feld, auf dem weitere Helfer mit Koffern bereitstehen. Schnell versorgen sie alle mit Decken, die noch keine haben und ziehen nun auch die Männer und Frauen um. Weitere Helfer kommen mit Obst und Wasserflaschen angerannt und verteilen an jeden etwas. Zitternd und mit geschocktem Gesichtsausdruck, stehen die Kinder regungslos in ihrer Decke umwickelt da. Und vermutlich schaue ich genauso drein wie sie.

Während einige eine Banane essen, ganze Flaschen austrinken oder sich weinend umarmen, stehe ich sprachlos auf gleicher Stelle, genieße das Gefühl des Bodens an meinen Füßen und verarbeite die Tatsache, dass ich lebe und die fünfzigprozentige Wahrscheinlichkeit zu sterben, ausgeschlossen wurde.

Die Morgensonne bringt am Horizont in rot-goldenem Licht strahlend den neuen Tag herbei und glitzert auf dem hellblauen Wasser.

Ein neuer Tag und ein neues Leben.

Kapitel 14

Sie läuft wieder zum Zauntor der Unterkunft, diesmal etwas selbstbewusster, nachdem sie weiß, was auf sie zukommt.

„Ich bin fürs Probearbeiten hier", sagt sie dem Wachmann, der heute ein anderer ist.

Durch Funkgeräte wird sie wieder angekündigt und darf anschließend ins Büro gehen.

„Warte!", ruft ihr ein anderer Wachmann zu, der sie im Flur aufschnappt. „Du musst dich in die Liste eintragen, wenn du kommst und wenn du gehst. Muss jeder."

Schweigend trägt sie Name und Uhrzeit ein und unterschreibt das Ganze.

„Gestern warst du auch da, ne'? Machst' hier 'ne Ausbildung?", fragt er dann.

„Genau. Nein, ich arbeite hier als Betreuerin. Also, heute ist erstmal nur Probearbeiten. Mal schauen wie es so wird", antwortet sie nickend.

Verblüfft von der Tatsache, dass er sie direkt wiedererkannte, sie jedoch keinen blassen Schimmer hat, wer von den vielen Leuten von gestern er gewesen sein soll, läuft sie durch den kurzen Flur und trifft auf zwei weitere Wachmänner, die an ihr vorbeilaufen und sie nett grüßen.

„Hallo", lächelt sie unsicher zurück, nicht wissend, ob sie diese gestern auch schon einmal sah und kommt in die Halle, in der viele Flüchtlinge an den Bänken sitzen und zu ihr rüber schauen. Sie entgeht den Blicken, klopft an die Bürotür und sieht vorsichtig hinein.

Herr Maier steht mit einigen Unterlagen in der Hand vor dem Schrank.

„Ah, Hallo!", begrüßt er Sarah fröhlich. „Komm rein."

Lächelnd betritt sie das Büro und legt ihre Sachen ab.

„Was kann ich tun?", fragt sie.

„Erstmal gibt es einiges an Papierkram zu erledigen. Hat sich in den letzten Wochen etwas angestaut und so schnell krieg ich das allein nicht fertig", grinst er.

Alles, was er sagt, wirkt durch seine begeisterte Ausdrucksweise ironisch, wodurch sie ihn schwer ernst nehmen kann.

„Erstmal müssen die Akten der Bewohner in den Ordnern alphabetisch geordnet werden", sagt er und holt den Batzen Papiere, getrennt in braunen Hüllen, mit leeren Ordnern hervor. „Hier stehen die Nachnamen, nach denen musst du ordnen und dann immer schön ein Trennblatt mit dem Buchstaben dazwischen und wenn ein Ordner voll ist, nimmst du den nächsten. Und die Buchstaben schreibst du anschließend auf den Ordner drauf. Alles klar?", grinst er wieder.

Obwohl sie immer glaubte, dass der viele Papierkram um Ordnung langweiliger und unnötiger Stress ist, wirkt es durch ihn wie großer Spaß.

„Alles klar!", sagt sie ebenfalls und setzt sich hin.

Durch die Akten mit Namen, Foto, Herkunftsort und anderen wichtigen Daten, bekommt sie ein erstes Bild der Bewohner. Auch Kopien der Asylpässe und Unterlagen der Ämter sind vorhanden, denen sie nur kurze Blicke widmet, da sie von dem unwohlen Gefühl geplagt wird, einen zu großen Einblick in ihre Privatsphäre zu bekommen.

Sie stellt fest, dass hauptsächlich männliche Flüchtlinge bei ihnen untergebracht sind, die bei einem durchschnittlichen Alter von gerademal Anfang zwanzig liegen. Sarahs Alter und bereits allein auf riskantester Weise auf der Flucht gewesen. Sie stellt sich vor, wie sie plötzlich solch einem Schicksal ausgesetzt wäre.

Sie beginnt die Namen, die mit ‚A' anfangen auszusortieren und weil das so schnell geht, ordnet sie auch noch die darauffolgenden Buchstaben und sogar die Vornamen, wenn es sich um den gleichen Familiennamen handelt. Das Ganze macht sie mit den nächsten Buchstaben und heftet ordentlich immer ein Trennblatt dazwischen.

Währenddessen tippt Herr Maier in den Computer, füllt irgendwelche Dokumente aus, läuft zu Regalen, sortiert etwas und tippt dann wieder. Als ihr erster Ordner voll ist, klebt sie die

Beschriftung darauf und beginnt den nächsten Ordner. Die paar Frauen, die darunter vorkommen, bei denen es sich um Mütter, Großmütter oder Töchter handelt, sind nur mit Kopftüchern abgebildet, dass es ihr erschwert, einen ersten charakteristischeren Eindruck von ihnen zu bekommen.

Sie fragt sich, wie es dazu kommt, dass nur so wenige Frauen unter ihnen sind. Sie hatte zwar damals im Schulunterricht ein wenig über die Religion und Kultur Vorderasiens gelernt, dennoch kommt es ihr suspekt vor, dass Männer sogar den Vorrang auf eine hoffnungsvolle Zukunft haben, wenn es um Leben und Tod geht. Oder ist es etwa so, dass die Frauen aus Sicherheitsgründen zurückbleiben, weil die Flucht zu gefährlich ist?

Sie weiß es nicht. Sie hatte sich zuvor nicht mit solch einem Thema auseinandersetzen müssen.

Nach einer knappen Stunde hat Sarah die gesamten Akten, der einhundertsiebenundvierzig Leute sortiert und überreicht dem Leiter die Ordner.

„Sehr schön!", lächelt er. „Hast du noch Lust?"

„Klar", antwortet sie sicher.

Er lässt die Ordner stehen und überreicht ihr direkt den nächsten kleinen Stapel an Dokumenten.

„Alle Kinder zwischen sechs und sechzehn Jahren haben Schulpflicht und vor ein paar Tagen sind neue Familien zu uns gekommen, dessen Kinder noch angemeldet werden müssen. Dazu musst du in den Ordnern alle Kinder, die das betrifft, raussuchen und jeweils ein Blatt ausfüllen. Die bereits angemeldeten Kinder haben eine Kopie der Anmeldung in den Akten, also nur die, die noch keine haben. Die schicken wir dann per Fax an die Adresse weiter."

Er zeigt ihr das Formular und die darauf angegebene Nummer. Sie lächelt und fängt sofort damit an.

Sarah scheint sich zurechtzufinden und füllt problemlos ein Formular nach dem anderen aus.

Immer wieder klopfen Bewohner an die Tür und treten hinein. „Post", oder „Shampoo", sagen sie, wenn sie das brauchen und Herr Maier reicht es ihnen, nachdem sie ein wenig geplaudert haben. „Das scheint was ganz Wichtiges zu sein!", oder „Wir wollen ja nicht, dass es anfängt zu stinken!", spaßt er umher, um sie bei Laune zu halten.

Sarah lächelt ebenfalls bei jeder Person, die hereinkommt. Zum einen, weil die Bewohner sie höflich begrüßen und zum anderen, weil Herr Maier sie mit seiner Eigenart zum Lachen bringt. Doch sie bewundert ihn für seine Ausdauer und Geduld für die Bewohner, denen er für all ihre Sorgen Zeit gibt.

Obwohl er fließend Arabisch, ein wenig Kurdisch und auch Persisch spricht, wie er ihr verriet, wovon die Bewohner aber nichts ahnen, beschränkt er sich nur auf das Mindeste und drängt sie so dazu Deutsch zu sprechen. So behält er die Kontrolle über die Bewohner, wenn es zu Streitereien kommt.

Als Sarah auch die Anmeldungen verfasst hat, nachdem sie die siebenundzwanzig Kinder durchblätterte, hält sie um die zwanzig Formulare in der Hand, die sie nach kurzer Erklärung des Leiters weiterfaxt. Obwohl schon einige Stunden vergangen sind, hat ihr Tatendrang gerade erst begonnen.

„Was kann ich noch tun?", fragt sie selbstbewusst, ein wenig von seiner Begeisterung aufgenommen.

Mit einigen Notizen in der Hand blickt er durch die sich streuenden Dokumente auf seinem Arbeitsplatz.

„Ich muss hier noch einiges ausfüllen", beginnt er zu nuscheln, während er alles etwas ordnet. „Hier, diese Sachen können unter den Namen in die Ordner geheftet werden", sagt er und reicht ihr ein paar Blätter weiter. „Und wenn du danach noch Lust hast, kannst du Ablagefächer anfertigen, mit Klebeschildchen dran. Eins für Schulformulare, Kindergarten, Kostenübernahmen-"

Sie schnappt sich schnell einen Notizzettel und schreibt mit.

„Ärztliche Dokumente und eins mit meinem Namen", grinst er. „Bitte", fügt er noch lachend hinzu.

Gerne", antwortet sie und setzt sich gleich ran.

Dabei beginnt sie das System in der Unterkunft langsam zu

verstehen. Die meisten Bewohner reisten zur selben Zeit ein, merkt sie, als sie die Daten vergleicht, weshalb es im Flüchtlingsstrom offensichtlich immer wieder Schübe gibt. Alle wichtigen Dokumente werden kopiert und alles weitere, dass bei den Neueren noch nicht vorhanden ist, beantragt.

Als auch das nach einer weiteren Stunde fertiggestellt ist, zeigt sie ihm stolz ihr Werk: „Die Ablagefächer haben jetzt ihr Schildchen und stehen im Regal übereinander, direkt neben den Ordnern, die fertig geordnet sind."

„Wow, das ist ja super! Das wäre geschafft", pustet er laut aus.

Sie schmunzelt und fühlt sich in dem kleinen Büro mit der durch sie neu geschaffenen Ordnung und dem entspannten Leiter wohl.

„Kann ich noch etwas tun?"

„Na wir arbeiten ja mit einem super Engagement, großartig!", klatscht Herr Maier begeistert in die Hände. „Und so schnell gehen die ersten Stunden rum, nicht wahr? Nimm dir erstmal eine kleine Pause, du kannst dir auch gerne bei der Essensausgabe einen Tee oder Kaffee nehmen!", scheucht er sie mit einer wedelnden Handbewegung fort, nachdem er auf die Uhr sah.

In der Raucherecke, die eigentlich für die vielen Raucher unter den Bewohnern entstand, stehen ebenso viele Wachmänner. Sie stellt sich dazu, versucht den Blicken der vielen Männer auszuweichen, lehnt sich an die Wand und dreht sich eine Zigarette.

Sie hört flüsternde Stimmen und obwohl sie nichts davon versteht, weiß sie, dass man über sie spricht. Das Getuschel klebt samt derer Blicke in ihrem Nacken und bereitet ihr zitterige Finger, die ihr das Drehen erschweren.

Die Zigarette zwischen ihre Lippen gesteckt, tastet sie ihre Jackentasche nach ihrem Feuerzeug ab, als plötzlich ein kleines Feuer vor ihrem Gesicht erscheint. Ein älterer Mann steht lächelnd vor ihr, seine Zähne gelblich vom Alter, aber noch viel mehr vom Rauchen, und wartet darauf, dass sie ihre Zigarette anzündet. Sie lächelt überfordert und streckt zögernd ihren Kopf nach vorne, bis der Ansatz ihrer Zigarette aufglüht.

„Dankeschön", sagt sie und zieht ihren Kopf zurück, woraufhin er nickt und sich zu seinen Freunden zurücksetzt. Sie folgt ihm mit ihrem Blick und schaut schnell weg, als sie sich zu ihr umdrehen.

Es rauchen definitiv zu viele Menschen auf einem kleinen Plätzchen, denkt sie und schweift ihren Blick über die Wiese. Die Frauen tuscheln ebenfalls und werfen immer wieder kurze Blicke zu ihr rüber.

Als ihr Blick zufällig den, eines fünfzehn jährigen Mädchens trifft, die sie eben noch in den Akten gesehen hatte, lächeln sie einander an. Dennoch verspürt sie ihre negative Abneigung gegenüber der Tatsache, dass sie zusammen mit den vielen rauchenden Männern in der Ecke steht und das Gleiche tut.

Sie beginnt sich etwas zu schämen. Für sie war es normal gewesen, überall Raucher zu sehen, sogar Minderjährige vor Schulen. Doch für die Bewohner scheint es skandalös zu sein. Sie weiß es nicht genau, doch ist sich ziemlich sicher, dass sie weniger rauchen sollte.

Ihr Blick geht weiter zum Sandkasten, in dem nun die Kinder sitzen und spielen. Sie beobachtet sie ein wenig, zieht an ihrer Zigarette und muss schmunzeln, als sie kleine Kuchen aus Sand formen, auf denen sie liebevoll und konzentriert Sandkörner zwischen Zeigfinger und Daumen oben drauf streuseln lassen, als seien es echte Streusel.

Als ein Kind plötzlich zu ihr rüber schaut, erschreckt sie förmlich, als würde sie bei etwas ertappt. Die anderen Kinder blicken daraufhin ebenfalls in ihre Richtung. Wie aus einem Instinkt, senkt Sarah schnell ihren Arm und versteckt die Zigarette hinter ihrem Bein. Sie lächelt und winkt den Kindern zu, die kichernd zurückwinken.

Dann dreht sie sich um, drückt die Zigarette im Aschenbecher aus und ist sich ziemlich sicher, dass sie weniger rauchen wird.

Kapitel 15

Wir stehen am Eingang der riesigen Yacht, die etwas Luxuriöses an sich hat und durch ihre enorme Größe dem Rettungsboot, das uns abholte, kaum vergleichbar ist, geschweige denn mit unserem Schlauchboot. Es ist so groß, dass die vielen Etagen durch ihre zahlreichen Fenster von außen zu erkennen sind und sogar Autos mit rüber transportiert werden.

Und dennoch habe ich den Anblick von Booten und allem, das uns den des Meers ermöglicht, satt. Allein der Gedanke daran, wieder in die ewige Weite hinauszutreiben, ermüdet mich.

Die meisten der Personen, die mit uns vor dem Eingang warten, sind ebenfalls auf der Flucht und auch gewöhnliche Europäer oder Touristen sind darunter, die einfach nur von einem zum nächsten Ort fahren wollen. Aber was heißt gewöhnlich. Wir sind auch gewöhnliche Menschen, nur eben auf der Flucht vor Krieg, vor dem jeder Mensch fliehen würde.

Jetzt werden die Tore geöffnet und die Tickets mit dazugehörigen Papieren geprüft. Langsam wird die Gruppe kleiner und die Yacht befüllter.

Als mich die Empfangsdame begrüßt, mich lächelnd auf die Yacht lässt und ich die Rampe auf das riesige Boot hinaufsteige, komme ich mir wie auf einer Urlaubsreise vor.

Nach einigen Gängen folgt ein großer Empfangssaal, in dem sich Sessel wie in einer Lounge befinden und Fahrstühle, die zu den anderen Etagen führen.

Alle, die genug Geld haben, um sich ein Zimmer für die nächsten zwölf Stunden leisten zu können, verschwinden bereits in den Fahrstühlen und alle anderen sitzen in den Sesseln oder daneben auf dem Boden und beginnen die Zeit abzusitzen.

Leider haben auch Haytham und ich uns dafür entschieden, das viele Geld für alle Fälle lieber aufzuheben. Haytham schaut auf den Schiffsplan mit seinen zehn Etagen und speziellen Bereichen.

„Lass uns ganz oben aufs Deck gehen und uns die Abfahrt

anschauen", sagt er begeistert und wartet auf den Fahrstuhl.

Es ist das erste Mal, dass wir auf einer Yacht sind und Haytham ist offenbar neugierig darauf, alles zu erkunden.

Wir steigen mit fünf weiteren Personen die zehn Etagen hinauf und kommen direkt vor einem verglasten Restaurant hinaus. Einige der vielen Tische sind besetzt. Wir laufen durch das Restaurant durch, das zum Außendeck führt, von dem man einen überragend schönen Ausblick bekommt.

Die Sonne leuchtet weiß am weiten blauen Himmel auf. Wir stellen uns zwischen die vielen anderen Personen ans Geländer und erblicken die Landschaft von oben. Die Erhebungen des Reliefs mit ihren Felsen und Pflanzen lässt die Station der Fluchtroute wie ein idyllisches Örtchen aussehen.

Hier oben bläst der Wind deutlich stürmischer, der von weitem an den Felswänden entlang durch die Gassen strömt und als eines sich sammelnd hinaufwirbelt, über alle Etagen des Schiffs, über das Deck und unser aller Köpfe hinweg, über das weite Meer wieder hinaus in die Freiheit.

Wir laufen eine Runde um das Schiff und bleiben an der langen Seite stehen, mit Blick zum Ufer auf der linken und zum Meer auf der rechten Seite. Nach und nach sammeln sich hinter uns mehr Leute, die ebenfalls das Deck besuchen.

Als die Yacht schließlich losfährt, merke ich kaum eine Bewegung. Es fährt sehr langsam und schwankt überhaupt nicht, wie ich es seit gestern gewöhnt bin.

Das Ufer bewegt sich fort, als würde es unter uns hinweggleiten und wir nähern uns wieder dem Horizont. Wieder ins Grenzenlose hinaus in die dunkle Schwärze, die einem Menschenleben raubt. Immer weiter entfernen wir uns vom Land und befinden uns bereits nach einigen Minuten wieder inmitten des Nichts.

Ich beobachte das noch hellblaue Meerwasser, wie es zwischen den Schiffsturbinen aufwirbelt und als weißer Schaum sich von uns entfernend unseren vorangegangenen Weg markiert. Ein langer harter Weg, der im Horizont verschwindet, jener uns wie die Grenze eines Zauns von unserer Heimat trennt.

Während Haytham das Geländer greifend ins Meer hinaus-
schaut, als wäre es eine Kreuzfahrt, gehe ich hinein und setze
mich auf einen freien Platz, wo ich mir das Ganze nicht ansehen
muss.

Kapitel 16

„Du kannst ruhig länger Pause machen!", sagt Herr Maier, als er sie überraschend früh wiedersieht.

„Das ist schon in Ordnung, ich würde gerne weiterhelfen", antwortet Sarah zielstrebig.

„Der Papierkram sollte für heute erstmal reichen. Weil du als Betreuerin hier arbeitest, oder besser gesagt, hoffentlich arbeiten wirst", zwinkert er grinsend, „musst du nur einen Teil des Papierkrieges übernehmen."

Sie lächelt mit vollkommen abgenommener Nervosität.

„Ich finde die Halle braucht noch ein bisschen Farbe. Wenn du Lust hast, kannst du ein paar laminierte Plakate anfertigen. Wir brauchen auf jeden Fall nochmal die Hausordnung in bildlicher Form. Außerdem vielleicht die Uhrzeiten der Essensausgabe und Beschriftungen an den Duschraumtüren, Mülleimern und was dir noch einfällt."

„Klar", antwortet sie, holt Plakatpapier und die Hausordnung heraus, die sie durch ihre Ordnung sofort findet und beginnt zu malen.

Mit großer Überschrift folgen bildlich alle Regeln, die zu beachten sind wie das Alkoholverbot, den sie mit durchgestrichenen Weinflaschen symbolisiert oder die Ruhezeit mit Musikplayer und angegeben Uhrzeiten. Das Ganze fertigt sie zweimal an, damit auch der zweite Teil der Halle eins bekommt. Schließlich folgen kleine Plakate mit Mülleimern darauf, Raucherzeichen und Markierungen für die Toiletten. Nachdem sie alles laminiert hat, betritt sie selbstbewusst die Halle.

Während sie auf der Hausordnung Klebestreifen befestigt, stellen sich zwei Bewohner neben sie, die gerade an ihr vorbeikommen. Sie begrüßen sich und daraufhin warten neugierig Sarahs Vorhaben ab. Als sie das Plakat möglichst gerade aufzukleben versucht, hilft der eine Mann ihr, nimmt eine Ecke des Blattes und klebt es an.

„Danke, oh, das ist die Hausordnung", beginnt Sarah langsam

zu erklären, als die beiden das Plakat begutachten. „Sachen, die in der Halle gut sind und nicht gut. Alkohol nicht gut, laute Musik von zehn bis zweiundzwanzig Uhr gut, danach nicht mehr gut."

Bei jeder einzelnen Erklärung schüttelt sie den Kopf oder hält einen Daumen hoch. Die beiden Männer scheinen sie zu verstehen und nicken lachend.

Als sie schließlich zu den Müllkörben geht, um die Beschriftungen darüber zu kleben, begleiten die Beiden sie und nehmen ihr einige Plakate ab. Fragend zeigt der eine dabei auf die Plätze, wo es hingeklebt werden soll.

„Ja, genau, die hier da hin und das kommt hier hin. Danke!"

Glücklich, zwei Bewohner beschäftigt und zum Lächeln gebracht zu haben, geht Sarah zum Cateringbereich und überlegt, wo die Uhrzeiten für die Essensausgaben am besten hinpassen.

„Hier ist gut", sagt dann der Wachmann hinter der Theke, tief im Stuhl sitzend und zeigt auf die schmale Wand neben ihm, während er sich gelangweilt auf seinem Handy ein Video anschaut. „Bist du neu hier?", fragt er, als sie es anklebt.

„Ja, ich heiße Sarah. Ich werde hier als Betreuerin anfangen", antwortet sie entschlossen.

„Was macht man so als Betreuer?"

„Ein bisschen Papierkram, Verwaltung, Kinderbetreuung…", zählt sie auf. „Einfach helfen, wo Hilfe gebraucht wird."

„Voll gut, wir müssen immer mit den Kindern spielen oder die Erziehung übernehmen, weil die Eltern kein' Bock haben. Das geht aber nicht, weißt du, wir müssen hier aufpassen, wir sind die Security." Sarah versucht freundlich zu bleiben, weil es ihr erster Tag ist und bleibt im Gespräch.

„Ja, habe ich schon gesehen, es gibt ja niemanden außer den Leiter."

„Naja, paar Leute waren manchmal da, dann gibt's noch ehrenamtliche Helfer paar Mal die Woche und der Hausmeister hilft ein bisschen", sagt er und zeigt auf den etwas älteren, kleinen Mann mit dunklen Haaren und Schnurbart an der Wandlampe hantieren, dessen Glühbirne den Geist aufgegeben hat.

„Oh, ich dachte er wäre ein Bewohner", gesteht sie.

„Ja, er kommt aus'm Jordan oder so. Der macht mega viel, aber redet nicht so viel. Aber weißt du, die Bewohner kommen immer zu uns mit ihren Papieren, als würde ich checken, was da steht."

„Na, da braucht ihr auf jeden Fall jemanden, der euch unter die Arme greift. Ich werde mein Bestes geben!"

„Cool", antwortet er knapp. „Aber hey, mach erstmal Pause. Nimm dir Tee oder Kaffee, wie du magst. Geht auf mich, ne'!", zwinkert er.

Sie lacht und nimmt sich daraufhin einen Becher, in den sie einen Löffel löslichen Instantkaffee mit kochendem Wasser auffüllt.

„Nächste Runde geht dann auf mich", scherzt sie und geht mit ihrem Kaffee in den anderen Teil der Halle, wo sie ebenfalls die Hausordnung und die restlichen Schilder anhängt.

Schon kommen ein paar Kinder und das Mädchen, der sie beim Rauchen zugewinkt hatte, zu ihr, um die neuen Sachen zu analysieren.

„Hallo", sagt das Mädchen schüchtern.

„Hallo. Ich bin Sarah", antwortet sie deutlich selbstbewusster.

„Dilan."

Jetzt, wo Sarah richtige Aufgaben in der Unterkunft übernimmt und schon ein wenig mit den Bewohnern gesprochen hat, fühlt sie sich sicherer und durch ihre Sprachkenntnisse souverän. Noch einmal erklärt sie langsam, was auf den Plakaten abgebildet ist.

Auf einmal betritt eine Gruppe an Frauen die Halle, die gerade von ihrem gemeinsamen Deutschunterricht aus der Kirche zurückkommen. Als sie die Beiden sich unterhalten sehen, kommen sie zu ihnen.

„Hallo. Ich bin Sarah", grüßt sie erneut.

„Ich heiße Haya", sagt die eine langsam und ordentlich nach den Angaben ihres Unterrichts.

„Ich heiße Shirin", folgt die andere.

„Freut mich", lächelt Sarah.

Nachdem sie die Akten aller Bewohner einmal durchsehen konnte, erkennt sie jede einzelne Person wieder.

„Du hier", beginnt Haya und überlegt. Mit einer werfenden Handbewegung hinter sich, versucht sie Sarah etwas zu sagen.

„Gestern?"

„Gestern! Du gestern hier", fällt Haya ein.

„Genau. Gestern habe ich mir alles zum ersten Mal angeschaut und heute arbeite ich ein bisschen."

„Du Arbeit hier?", fragt Shirin daraufhin.

„Ja, genau. Ein bisschen Büro und mit den Kindern spielen und Ausflüge", erzählt Sarah einfach und deutlich, während sie mit den Händen fuchtelt. Die Frauen schauen aufgeregt zu, beraten sich danach auf Persisch und nicken dann lächelnd.

Kaum bekommen die kleinen Kinder mit, dass ihre Mütter wieder da sind, rennen sie auch schon rufend auf sie zu. Sarah muss lachen, als sie die Kleinen ihre Mütter umarmen sieht, doch diese blicken, nachdem sie die Kinder an die Hand nehmen und ermahnen leise zu sein, verzweifelt zu Sarah.

„Ich. Mama. Saleh", sagt Shirin dann, ihren dreijährigen Sohn mit seinem Topfhaarschnitt dabei abschmusend.

„Du bist also Saleh!", wiederholt Sarah und kitzelt ihn, woraufhin er belustigt auflacht.

„Kinder viele, viele laut. Keine Kindergarten. So viele nicht müde! Immer laut!", versucht Shirin Sarah klarzumachen.

„Ja. Ich verstehe. Wir müssen für alle Kinder einen Kindergartenplatz finden!"

„Ja. Dein Arbeit sehr gut", sagen sie und freuen sich etwas Unterstützung zu bekommen.

Sarah strahlt über beide Ohren. Zum ersten Mal hat sie das Gefühl, ernsthaft gebraucht zu werden und von so vielen dankbaren Menschen umgeben zu sein, die jegliche Hilfe verdienen.

Die Kinder blicken aufgeregt zu ihr auf.

„Malen!", ruft Saleh plötzlich. Daraufhin beginnen auch die anderen begeistert zu rufen.

„Wie spät ist es denn?"

Sie schaut auf die Uhr und ist überrascht, wie viele Stunden bereits vergangen sind. So sehr war sie in die Arbeit eingetaucht, ohne das Gefühl zu verspüren zu arbeiten, sondern sich vielmehr um den Haushalt einer zweiten großen Wohnung zu kümmern.

„Heute ist es schon spät. Aber morgen können wir malen, okay? Morgen."

Die Kinder schauen etwas enttäuscht drein, doch die Mütter bedanken sich und gehen schließlich zu ihren Betten.

Sarah schaut auf das letzte Plakat, das sie in der Hand hält, dass eine Zigarette abbildet. Sie geht die Tür zum Garten hinaus und stellt sich in die Raucherecke, in der ein Wachmann mit einigen Bewohnern rauchend sitzt. Während sie das Klebeband befestigt, erkennt sie unter den Männern die zwei wieder, die ihr geholfen hatten.

„Danke nochmal", lächelt sie.

Die Männer lächeln zurück, zeigen in die Halle und halten ihr fragend den Daumen hoch.

„Ja, sieht sehr gut aus, habt ihr gut gemacht."

Sie freuen sich über ihr positives Feedback und das Gefühl, etwas geschafft zu haben, genauso wie Sarah es tut.

Sie fühlt sich wie eine Erzieherin in einem Kindergarten, die jedes Kind für alles lobt. Doch es scheint gut zu funktionieren und sie kommt langsam aus sich heraus.

Anfangs hatte sie keine Ahnung, was auf sie zukommen würde, als es hieß, dass sie mit Geflüchteten aus für sie unbekannten Kulturen zusammenarbeiten würde. Doch sie stellt fest, dass sie in ihnen ihre verborgene Seite erkennt, die sie aus ihr hervorriefen, obwohl sie ihr verloren schien.

„So", sagt sie, als das Plakat über der Bank neben dem Aschenbecher befestigt ist. „Bis morgen", verabschiedet sie sich winkend, sodass die Bewohner ihr glücklich zurückwinken.

Der erleichterte, fröhliche Gesichtsausdruck ist es, der sie antreibt wiederzukommen. Es ist das erste Mal in ihrem Leben, dass so viele Menschen an einem Tag so offen und fröhlich auf sie zukommen und wertschätzen.

Sie geht über die Tür in die erste Hallenhälfte zurück zum Büro. Kurz bevor sie die Tür öffnet, vernimmt sie ein leises: „Hallo."

Als sie sich umdreht und einen Bewohner vorbeilaufen sieht, der ihr noch ein flüchtiges Lächeln schenkt, braucht sie einen Moment, um zu bemerken, dass es kein Anliegen gab, auf das sie in ihrer Position als Betreuerin reagieren sollte, sondern er ihr lediglich grüßte.

„Na, da bist du ja wieder. Ach Gott, na da schau mal auf die Uhr! Heute ist nur der Probetag, du musst nicht so lange bleiben!", erschreckt Herr Maier.

„Nein, ich bleibe gerne hier. Ich fühle mich richtig wohl. Ich habe schon mit ein paar Leuten gesprochen. Hier sind alle so hilfsbereit."

„Das freut mich zu hören. Ja auf jeden Fall, die freuen sich, wenn sie etwas zu tun haben. Es gefällt dir hier also?", fragt er erwartungsvoll.

„Ja, sehr!"

Wie zu einem neuen Menschen aufgeblüht, ist Sarahs gesamte Nervosität, die sie dem Leiter gegenüber gestern noch hatte, vollkommen verflogen. Auf einmal fühlt es sich für sie an, wie mit einem guten Bekannten zu sprechen.

„Also, wenn die folgenden Tage auch so aussehen, möchte ich gerne hier arbeiten", sagt sie.

„Es gibt viel zu tun! Und neben dem ganzen Papierkram, von dem ich dir jeden Tag etwas geben kann, wirst du die Bewohner zu Arztterminen oder Ämtern begleiten müssen. Und ein integratives Freizeitprogramm erstellen, wie Ausflüge oder Veranstaltungen."

Sie lächelt noch immer. „Das klingt großartig. Das würde mich freuen!"

„Klasse! Na, dann können wir uns doch morgen an den Vertrag setzen, wenn du Zeit hast und dann kann es am offiziellen Vertragsbeginn auch schon losgehen!"

Kapitel 17

„Wach auf!", rüttelt mich Haytham wach.

Ich blinzele ein wenig und sitze nach wie vor auf dem gleichen Platz auf dem obersten Deck. Haytham setzt sich neben mich.

„Ich habe mir jede Etage angesehen, es gibt so viele Bars!", erzählt er begeistert. „Wie ein riesiges fahrendes Hotel oder so."

Ich blicke auf meine Arme herunter, die während meines Tiefschlafs meinen Rucksack umklammerten.

„Es gab Durchsagen. Wir sind in einer halben Stunde da."

Kaum sind wir von der Yacht runter, gehen wir wie die meisten anderen, zum Busbahnhof und stehen am Schalter an. Als hätten wir so viel Zeit, stehen wir seit der Flucht nur noch in Warteschlangen oder auf Wartelisten.

Diesmal geht es jedoch ein wenig schneller voran. Nach einigen Minuten sind wir an der Reihe und Haytham übernimmt das Sprechen. „Mazedonia", sagt er und zeigt zwei Finger hoch. Ohne weitere Worte bekommt er zwei Tickets für einen Bus in zwei Stunden, für die wir achtunddreißig Euro bezahlen.

„Wir haben noch ein bisschen Zeit. Willst du was essen?"

Ich denke an unsere Geldscheine, die sich seit Libanon stark reduzierten und an die vielen nächsten Stationen, die noch folgen würden. Ich schüttele den Kopf.

Wir laufen über den gepflasterten Weg in eine Fußgängerzone und erreichen ein großes Einkaufszentrum. Weil wir ein wenig Zeit haben, gehen wir hinein. Ich sehe mich neugierig um, bewundere Griechenlands Läden und spiele mit dem Gedanken, was ich an diesem sonnigen Tag unternehmen würde, wäre ich hier geboren und aufgewachsen, als plötzlich etwas bei jedem Schritt zu klappern beginnt.

Haytham und ich schauen dem Geräusch folgend zu Boden hinab und blicken auf meinen Schuh, dessen Sohle sich von der Hacke bis zur Mitte gelöst hat.

„Ich würde sagen, du brauchst neue Schuhe", sagt er matt.

Das erinnert mich an einen Moment in meinem Leben, den ich wohl nie vergessen werde.

Ich hatte schon öfter neue Schuhe nötig gehabt und auch viel öfter als Haytham. Ich weiß nicht, ob es an meinem Umgang mit meinen Schuhen liegt, dass sie immer kaputt gehen, oder an der Tatsache, dass ich nur noch günstige bekomme, weil ich sie immer kaputt mache. Doch während des Krieges und vor allem während der Flucht, hatte ich neue Schuhe nötiger denn je.

Und da war dieser eine Tag.

Er begann wie ein ganz gewöhnlicher, wie sie im Krieg immer erst wirken, wenn man gerade in der Innenstadt herumläuft, nur um wichtige Besorgungen zu machen und im nächsten Moment zerfetzen Bomben, die plötzlich vom Himmel herabstürzen, alles in deiner Umgebung.

Und dann liegt man da, vom Druck und einigen Trümmern, die mit einem flogen, getroffen, unverletzt aber, weil man glücklicherweise weit genug entfernt war. Ein Schuh jedoch wurde weggerissen und der andere endgültig in seine Einzelteile getrennt.

„Schnell!", ruft dann der Onkel. „Wir müssen in einen Bunker!" Alle rennen verzweifelt um ihr Leben, man selbst hinter dem Onkel mit der panischen Menge in Richtung des Bunkers, in den der Bruder und die Mutter bereits rechtzeitig fliehen konnten, weil sie an dem Tag in der Nähe Zuhause blieben. Doch jeder einzelne Schritt, den man barfuß durch die heißen und scharfen Trümmer von Glas, Metall und Beton läuft, hinterlässt Schnitte.

„Ich kann nicht so schnell! Ich brauche Schuhe!"

Man hört die vielen Explosionen neben sich, die einem noch mehr Panik bereiten. Man läuft in den rauchigen Nebel des Gebäudes, das eben explodiert war und rennt an toten Körpern vorbei.

Weil man immer langsamer wird, von Schmerzen an den Füßen behindert, rennt der Onkel schnell zu einem toten Mann, der mit eiskaltem, steifen Blick in die Leere starrt und zieht ihm, das

Gebet dabei aufsagend, die Schuhe aus, die er einem vors Gesicht wirft, in die man, ohne auch nur eine Millisekunde zu zögern, mit einem Finger in der Hacke hineintritt und davonrennt.

Nötiger als an diesem Tag werde ich sie wohl nie wieder haben.

Kapitel 18

Der zweite Arbeitstag steht an, dem Sarah entschlossen mit neuer Frische entgegentreten will.

Bereits geduscht, Haare geföhnt und in ihre Lieblingssachen geschlüpft, auf die David sie aufmerksam gemacht hatte, steht sie nun vor ihrem vollgepackten Schuhschrank.

Das kleine Schränkchen, das ihre Mutter sich für ihre Schuhe gekauft hatte, weil sie ebenfalls gerne viele davon besaß, ist nun bis oben hin voll. All ihre Schuhe, seien es Sneaker, Sandalen, Boots oder Pumps, wurden lieblos übereinander hineingequetscht.

Im länglichen Spiegel an der Wand betrachtet sie sich und überlegt, welche am besten zu dem Rüschentop und der dunkelblauen Jeans, passen.

Sie stellt sich in den blauen Turnschuhen vor, die sie oft trägt. Das Blau würde in diesem Outfit jedoch dominieren, also grübelt sie weiter. Die schwarzen Sneaker lehnt sie sowohl farblich als auch aufgrund ihrer Bequemlichkeit ab, da sie ihr an den Seiten zu sehr drücken und sie ihre Füße abends massieren müsste. Die weißen sind noch schlimmer. Für Sandalen ist es zu kalt und für Boots zu warm.

Plötzlich kommen ihr ihre grauen Turnschuhe mit den dezenten blauen Streifen in den Sinn. Sarah kramt diese zwischen den anderen Paaren heraus, wobei ihr drei Schuhe aus dem Schrank fallen, die sie nicht mehr zu besitzen glaubte, stopft sie wieder hinein und probiert die grauen an.

Vor dem Spiegel dreht sie sich einmal, schließt dann ihr Schränkchen und verlässt mit ihrer Handtasche das Haus.

Kapitel 19

Vor einem Laden, der alles Mögliche an billigem Krempel verkauft, entdeckt Haytham eine Kiste mit einem Haufen von Schuhen, um die einige Syrer stehen. ‚8 €' steht in auffällig roter Farbe auf einem Schild und lockt die Kunden mit stark reduzierter Ware an.

Einen Berg voll Schuhe mit riesigem Angebotsschild vor den Krempelladen zu stellen, erscheint mir, als wüssten die Inhaber genau, worin unser Schwachpunkt liegt und wie sie am besten Profit daraus schöpfen können.

Wir stellen uns dazu und schenken den Schuhen einen Blick. Mit einem Gummiband sind die Paare miteinander verbunden. Sie sind eintönig, die Form schlicht gehalten und sehen aus wie eine nachgeahmte Version von Markenschuhen.

Ich nehme einen und knicke ihn mit beiden Händen, um seine Elastizität zu prüfen.

„Billigere kriegen wir nicht und die sehen gut aus. Such dir welche aus", sagt Haytham.

Ich nicke, ziehe mir schnell einen an, um die Größe zu prüfen und suche mir schließlich ein Paar der Größe in Schwarz raus.

Als wir an einem Elektroladen vorbeikommen, in den einige Araber hineingehen, bleibt Haytham stehen.

„Wir sollten uns SIM-Karten besorgen und Mama und Onkel Raed anrufen. Die machen sich bestimmt Sorgen", sagt er und geht hinein.

Schon beim Eintreten werden wir von dem Verkäufer auf Arabisch begrüßt, der, wie sich herausstellt, aus Irak kommt. Problemlos bekommen wir von ihm günstig neue SIM-Karten und setzen uns damit an einen runden Tisch in der Essensabteilung, der sich neben dem Laden befindet.

Haytham aktiviert die neue Karte in seinem Handy, während ich meine Schuhe wechsle. Nachdem die Sohlen meiner durchgelaufenen, schlaffen Schuhe so dünn wurden, dass alles hindurch spürbar war, sitzen die neuen mit der harten, geraden Plastiksohle ungewöhnlich fest an meinen Füßen.

Ich nehme die alten in die Hand und schaue sie mir genauer an. Die Sohle hängt bis zur Hälfte des Schuhs wie ein schlaffes Brot runter. Auch die Nähte an der Seite sind aufgerissen und es hätte nicht mehr lange gedauert, bis mein nackter Fuß entblößt worden wäre. Genauso ist beim anderen Schuh die Sohle an der Außenseite etwas gelöst. Ganz zu schweigen von den Löchern an den Seiten, die zwischen dem Gummirand, durch das Einknicken der Schuhe, aufrissen.

Haytham hält sein Handy ans Ohr und wartet.

„Onkel Raed! Ja, uns geht es gut. Wir sind jetzt in Athen, wir fahren in einer Stunde mit dem Bus nach Mazedonien weiter. Ja, alles in Ordnung. Es war ein sehr harter Weg über das Meer und es lief nicht alles problemlos, aber uns geht es gut, mach dir keine Sorgen", kürzt er die ganze Geschichte ab, die selbst ungekürzt nicht in Worte zu fassen wäre.

Auch wenn er aufgeregt schnell spricht, unter anderem vermutlich, weil er endlich eine vertraute Stimme wieder hören kann, äußert sich gleichzeitig eine Erleichterung, die sich mir zum ersten Mal seit dem Boden unter den Füßen von Haytham erkennbar macht. Und das stärkt mich.

„Ist bei dir alles okay?", fragt er meinen Onkel.

Seiner Mimik entnehme ich, dass es wohl nichts Neues gibt.

„Und hast du was von Mama gehört?"

Sein Blick wechselt vom Aufgeregten ins Besorgte: „Schon wieder? Verflucht, ich hoffe es ist alles in Ordnung. Du musst auf dem Laufenden bleiben."

Wie so oft, scheint es in Daraa wieder kein Internet zu geben.

Es war anstrengend, sich immer um Telefon- oder Internetempfang kümmern zu müssen und Geduld zu beweisen, bevor man erfuhr, wie es den Verwandten und Freunden auf der anderen Seite der Stadt geht oder man ihnen versichern konnte, dass man noch lebte.

Doch jetzt ist es das erste Mal, dass Haytham und ich auf der sicheren Seite sind und unsere Mutter beten müssen.

Ich schaue mich im Raum um. Viele Syrer, Iraker und Afghanen sehe ich an den runden Tischen verteilt sitzen, essen und nur wenige sich unterhalten, während auf den Fernsehern, die im Raum an den Seiten verteilt angebracht sind, die Nachrichten verfolgt werden.

Davon abgesehen, dass es im Saal zu laut ist, um etwas aus den Fernsehern verstehen zu können, ist alles auf Griechisch, ebenso die durchlaufenden Texteinblenden. Mit ausdruckslosen Gesichtern tragen Nachrichtensprecher und Reporter die neuesten Meldungen vor, während Fotos und Videoaufnahmen hinter ihnen abgespielt werden. Und dennoch sehen alle zu, als wäre es ein spannender Spielfilm.

„Okay, ja. Pass auf dich auf", beendet Haytham sein Telefonat. „Onkel Raed geht es gut, aber Mama hat wieder kein Internet", erzählt er.

Ich nicke, ohne nach außen hin ein weiteres Anzeichen von Besorgnis zu vermitteln, das innerlich seit Jahren ein Teil von uns ist.

Jetzt aktiviere auch ich meine SIM-Karte in meinem Handy, woraufhin mich mit einem Schlag zig Nachrichten von meinen Freunden erreichen. Darunter einige von meiner Freundin, die besorgt nachfragt, wann ich über das Meer fahre. Sofort antworte ich ihr: „Wir sind gestern gefahren. Jetzt bin ich in Athen. Es geht mir gut, mach dir keine Sorgen."

Es ist nicht sicher, wann wir wieder die Gelegenheit haben werden, unserer Familie zu schreiben, also muss ich alles so knapp wie möglich so vielen wie möglich mitteilen.

Nach wenigen Minuten antwortet sie: „Was?? Ist das dein Ernst? Ich dachte, du bist noch in Izmir. Ich wusste nicht, dass ihr das so früh macht!"

„Ja, ich auch nicht. Es ist alles gut, Habibti."

„Ich bin so erleichtert!"

Sie scheint sehr besorgt gewesen zu sein, denn nacheinander folgen viele Herzen und Smileys, die ihre Reaktion dieses Augenblicks ausdrücken. Ich schmunzele, während mein Herz pocht.

„Wie geht es dir? Ist bei euch alles in Ordnung?", frage ich besorgt, jedes Mal auf eine positive Antwort hoffend.

„Ja, alles gut. Ich vermisse dich nur so sehr."

„Du hast keine Vorstellung, wie sehr ich dich vermisse", gebe ich zurück.

Es ist schrecklich, solche Worte zu lesen, ohne sie in den Arm nehmen zu können, womöglich nie wieder. Die Vorstellung bereitet mir immer wieder einen stechenden Schmerz in der Brust, doch sprechen tun wir darüber nicht.

Mein Blick schweift zu meinem alten Schuh, als ich bemerke, dass der eine Schnürsenkel gerissen sein muss, da er kürzer ist als der andere. Gerade, als ich darüber nachdenke, einmal einen Aberglauben gehört zu haben, dass gerissene Schnürsenkel Unglück bringen sollen, wird es im Saal plötzlich unruhig.

Ich schaue auf und sehe alle Personen im Saal, sowohl die Araber als auch Griechen und welche, die gerade an den Fernsehern vorbeikommen, davorstehen und geschockt dreinschauen. Auf Arabisch höre ich Getuschel und Entsetzten ausbrechen: „Ach du meine Güte. Allah beschütze ihn. Allah beschütze uns alle. Was hat nur der Krieg aus uns gemacht."

Auf den Fernsehern sind Fotos eines kleinen Jungen zu sehen, mit dem Gesicht zu Boden ans Ufer gespült, regungslos. Weitere Fotos eines Polizisten folgen, der ihn wegträgt.

Mein Puls rast, mir wird schwindelig und ich kann spüren, wie bleich mein Gesicht sein muss. Die Bilder laufen wie in Zeitlupe durch meinen Kopf. Die Nachrichten über den kleinen Jungen strömen in jeglicher Sprache durch alle Kanäle. Es scheint die ganze Welt zu bewegen.

Ich blicke angespannt zu Haytham, der mit geschocktem Ausdruck zurückblickt. Mein Handy reglos in meiner Hand.

Die folgenden Minuten des Schweigens sind unerträglich.

Kapitel 20

„Hey, na!", begrüßt sie der Wachmann, während sie sich in die Liste einträgt. Sie blickt auf und sieht den gleichen Wachmann, der sie an ihrem Probetag empfing, neben ihr am Eingangstor stehen.

„Hallo", lächelt sie.

„Wieder hier?", fragt er neugierig.

„Ja, ich hab jetzt hier als Betreuerin angefangen."

„Das ist ja cool, dann müssen wir die Arbeit nicht mehr erledigen."

Schmunzelnd geht sie ins Büro.

„Guten Morgen!", wird sie auch dort von Herrn Maier freundlichst begrüßt.

„Ich war so frei und habe schon mal den von dir und dem Arbeitgeber unterzeichneten Arbeitsvertrag hingelegt. Der ist für dich. Jetzt bist du offiziell unsere neue Betreuerin!", sagt er erfreut und reicht ihr die vor sich liegenden Blätter.

Nachdem sie die letzten Tage in der Unterkunft weitere Formulare für die Bewohner ausfüllte, mit dem Arbeitgeber sprach und nach dem guten Eindruck ihre eigenen Formulare ausfüllen durfte, lässt ihr offizieller Titel sie nun wie in einem neuen Mantel erstrahlen.

„Du hast dich ja die letzten Tage wunderbar zurechtgefunden. Es gibt wieder ein paar Dokumente, die auszufüllen sind und sonst kann man ja was für unser kleines Grillfest planen. Ist nicht mehr lang", zwinkert er ihr zu.

Mit einem Becher Tee läuft sie in den zweiten Teil der Halle, der ihr schon etwas vertraut geworden ist. Auf einer Bank mit einem kleinen Tischchen, sitzen ein paar Kleinkinder, die noch auf ihren Kindergartenplatz warten müssen und schauen sich im Fernseher, der an der Wand angebracht wurde, eine Zeichentrickserie an. Als sie Sarah sehen, strahlen sie bis über beide Ohren.

„Hallo!", rufen sie gemeinsam und stützen sich aus ihrer zuvor faulen Position auf.

„Hallo ihr!", ruft Sarah fröhlich zurück und setzt sich zu ihnen.

Überraschenderweise umarmt sie das neben ihr sitzende Kind, woraufhin sie etwas unbeholfen auf seine Schulter klopft. Doch kaum weiß Sarah, was sie machen soll, stürzen sich auch schon die anderen Kinder auf sie. Während sie sich um Sarah klammern, packt sie lachend ebenfalls ein paar und versucht dabei, ihren vollen Becher im Gleichgewicht zu behalten.

„Malen!", sagt plötzlich das kleine Mädchen mit geflochtenen Zöpfen neben ihr, das sie mit ihren großen dunklen Augen erwartungsvoll ansieht.

„Stimmt, das hatte ich euch letztes Mal versprochen", fällt Sarah ein, verblüfft darüber, dass es sich in der Zeit herumgesprochen zu haben scheint.

Nachdem sie noch eine Weile zwischen den vielen Kindern auf der Bank verweilte, mit ihnen über Tom und Jerry lachte und ihren Kaffee austrank, läuft sie schließlich zurück ins Büro. Dort geht Sarah zum Schrank rüber und sieht einige Malsachen in einer großen Tüte.

„Die Kinder möchten gerne mit mir malen. Darf ich?"

„Na, aber sicher! In der Tüte sind ein paar Spenden. Da müssten Malzeug und Spiele drin sein."

Sie schaut hinein und findet eine kleine Pappkiste voller Stifte, teilweise noch originalverpackt und auch Spiele, wie Karten und Memory.

„Ich war übrigens wieder so frei und habe eine Ablage für dich erstellt", sagt er und zeigt dabei auf die vielen übereinandergestapelten Fächer im Schrank, die Sarah angefertigt hatte, zwischen denen jetzt eines mit ihrem Namen bedruckt steht. ‚Sarah' sticht es hervor und ist bereits mit einigen Dokumenten gefüllt.

Sie beginnt zu strahlen. Trotz der vielen Jobs, die sie schon hatte, ist es das erste Mal, dass sie so schnell und überhaupt als ein wichtiges Mitglied des Teams willkommen geheißen wird. Eben erst bekam sie mit dem unterschriebenen Vertrag ihren offiziellen Titel als Betreuerin und nun lässt ihr Fach mit eigenen

Unterlagen ihres Aufgabenfeldes sie in neuem Mantel strahlen. Noch nie fühlte sie sich wohler.

Mit einem Stapel Papier und einer Kiste mit Stiften läuft sie über die Halle. Mit ihr folgen die Blicke einiger Männer, die an den Bänken sitzend zu Mittag essen oder sich unterhalten. Sarah lächelt nur kurz zu ihnen rüber und läuft dann schnell durch den Vorhang.

„Malen!", rufen die Kinder aufgeweckt, als sie Sarah sehen.

„Kommt!" Sie winkt die Kinder zu sich und läuft zur Spielecke.

Auf dem Weg dorthin ruft sie alle anderen Kinder aus ihren Betten, die gerade mit ihren Eltern fertig gegessen haben und hält dabei die Stifte und das Papier hoch. Von überall her kommen Kinder angelaufen, die ihr nachsprechen und gemeinsam „Malen!", rufen, sodass sie schließlich zu zehnt auf dem Teppich stehen.

„So", sagt Sarah und macht mit den Armen eine große Kreisbewegung. „Wir setzen uns alle in einen großen Kreis", sagt sie, woraufhin sie sich setzen und die Stifte in der Mitte ausschütten.

Als jedes Kind ein Blatt bekommt, fangen die kleineren zu kritzeln an. Die älteren Kinder zögern zunächst, bevor sie ihre durchdachten Motive aufmalen, die Sarah in kurzer Zeit erkennt.

Auch sie hält ein weißes Blatt vor sich und überlegt. Was könnte sie malen? Sie denkt scharf nach. Was würde sie malen, wenn sie vier Jahre alt wäre? Was hat sie gemalt, als sie vier Jahre alt war? Es fällt ihr nicht ein.

Sie versucht an etwas Simples zu denken, doch stattdessen fallen ihr nur komplizierte Motive, wie Landschaften, Städte oder Gemälde berühmter Maler ein.

Schon hält das Mädchen mit den Zöpfen ihr Kunstwerk hoch.

„Ist das eine Blume?", fragt Sarah.

„Ja!", antwortet sie.

„Eine Blume auf einer Wiese?", fragt Sarah weiter, um dem Mädchen sprachlich etwas näherzukommen.

89

„Ja", antwortet sie wieder.

Sarah kommt sich mit ihren vielen Fragen blöd vor, doch das ist die Art, wie man mit Kindern sprechen muss, denkt sie sich. Damit sie verstehen, dass sie ihnen Fragen stellt, darauf eingehen und sprechen lernen. Und das ist Sarahs wichtigste Aufgabe.

„Und unter einem schönen blauen Himmel!", fragt sie zum letzten Mal.

„Ja und viele Vogel", antwortet das Mädchen und zeigt auf ihr Blatt.

Über die ersten Worte, die Sarah aus ihr herauslocken konnte, würde sie am liebsten vor Freude aufspringen. Stattdessen sitzt sie mit einem weiten Grinsen da.

Wie seltsam sich dieser für sie neu entdeckte Umgang mit Menschen auch anfühlen mag, es lässt ihr Herz aufgehen. Schon leistete sie ihren Beitrag zur Entwicklung eines Kindes.

Sarah nimmt das Bild in die Hand und betrachtet es näher. Eine simpel gemalte rote Blume auf einem grünen Streifen Wiese, der auf der unteren Seitenkante liegt und auf der oberen Seitenkante ein blauer Streifen, der den Himmel darstellt. Sie muss schmunzeln.

Genau das hatte sie gemalt, als sie vier war.

Himmel und Erde waren immer nur ein dünner Streifen und nie miteinander verbunden, sie waren immer getrennt. Warum auch sollte man das komplette Blatt zur Hälfte grün und zur Hälfte blau anmalen, nur um eine realitätsnahe Malerei zu erstellen, denkt sie sich, wenn man sich die Kraft und Zeit sparen kann, indem man es nur andeutet.

Sarah schüttelt lächelnd den Kopf. Die Unschuld der Kinder macht sie so viel klüger als Erwachsene, die Stunden für solch etwas Simples bräuchten, weil sie zu viel über alles nachdenken.

Sie versinkt in dem Bild. Wie kann es sein, überlegt sie weiter, dass alle Kinder der Welt, ganz egal von wo sie herkommen, obgleich sie auf der einen Seite der Welt aufgewachsen, oder von der anderen Seite der Welt dorthin fliehen, die Erde ganz genauso sehen. Dass offenbar nicht einmal die Generation eine Rolle spielt, die sie auf das Bild hinabblickt, das vor vielen Jahren sie hätte gemalt haben können. Als wäre die Sicht der Welt wie ein Instinkt in jedem Menschen von Geburt an vorhanden, die durch genetische Information weitervererbt würde.

„Wow und schaut euch das an. Ein Fluss mit ganz vielen kleinen Booten", staunt Sarah weiter, als sie ein weiteres Bild von ihr entdeckt.

„Nicht gut!", protestiert ein anderes Mädchen.

„Warum nicht gut?", fragt Sarah überrumpelt.

Dann zeigt das Mädchen auf die Boote und schüttelt den Kopf.

„Nicht gut", sagt sie erneut.

Die Antwort genügt Sarah, um sie zu verstehen. Ihre eben noch nostalgische Erinnerung an ihre unbefleckte Kindheit verdunkelt.

Niemals wird sie sich je vorstellen können, was die Kinder erleben mussten. Etwas, das sie ohne Widerstand so hinnehmen mussten, wie es ist. Plötzlich wird sie aus ihren tiefen Gedanken gezogen, als etwas an ihrem Arm rüttelt. Ein größerer Junge von acht Jahren streckt sein Bild vor ihr Gesicht. Sie nimmt es in die Hand und erkennt viele kleine Männchen in verschiedenen Uniformen und Farben.

„Wow! Sind das alles verschiedene Personen?", fragt Sarah.

Der Junge lächelt. Dann überlegt sie, was die Figuren darstellen könnten, doch da steht er schon auf. Er zeigt auf das erste Männchen.

„Diese so", sagt er und macht eine kämpferische Bewegung.

„Aha, das ist also ein Kämpfer!", errät sie. Daraufhin lässt er mit seinen Händen Feuerbälle werfen, was er mit Geräuschen untermalt.

„Feuer! Er kämpft mit Feuer!", ruft Sarah begeistert auf, als spielten sie Scharade.

„Ja, Feuer", wiederholt er nickend und zeigt auf die nächste Figur. „Diese."

Wieder ein Kämpfer, doch dieses Mal trinkt er gestisch aus

einem imaginären Becher.

„Der kämpft mit Wasser", errät sie. „Das sind alles verschiedene Superhelden!", wird ihr klar, woraufhin er aufgeregter nickt.

„Superhelden", versucht er nun das für ihn neue Wort nachzusprechen.

Jetzt werden Sarah alle Figuren klarer.

„Und das sind Pflanzen!" Sie macht mit den Händen Bewegungen von Blumen, die aus der Erde wachsen. „Und der ist ganz stark und der ganz schnell."

Sarah starrt beeindruckt auf das Blatt, während er sich nickend freut. Es fasziniert sie, dass ein noch so junges Kind die kreativsten Ideen hat. Doch was sie noch mehr fasziniert, ist die Tatsache, dass sie sich mit ihm fast ohne ein einziges Wort verständigen konnte.

„Das ist ganz toll!", lobt sie ihn und gibt ihm das Bild zurück.

Da fällt ihr ein Mädchen auf, das neben dem Mädchen mit den Zöpfen sitzt, auf ihr Blatt starrt und noch nichts darauf gemalt hat. Nervös hält sie ihren Wachsmalstift zwischen den Fingern und scheint zu überlegen. Sarah setzt sich neben sie.

„Weißt du nicht, was du malen sollst?", fragt sie leise, ihr Kinn auf dem Arm liegend, um in ihr Gesicht schauen zu können.

Die beiden Mädchen haben genau die gleichen großen Augen mit der dunklen, fast schwarzen Iris, weshalb sie ihre kleine Schwester zu sein scheint. Also fragt sie das es nach ihrem Namen. Sie grinst nur und schaut verlegen weg. Daraufhin antwortet ihre Schwester: „Saba". Sarah wiederholt den Namen, doch sie regt sich nicht.

Von allen Kindern ist sie die jüngste und schüchternste, die am wenigsten spricht. Stattdessen hat sie alle vor sich liegenden Bunt-, Fils- und Glitzerstifte farblich sortiert.

„Hast du das gemacht?", fragt Sarah neugierig. „Du hast hier alle roten Stifte zusammengetan", sagt sie. „Und hier haben wir die grünen Stifte und hier die blauen."

Saba lächelt immer wieder, doch sieht dann weg. Ganz egal

was Sarah sagt, sie bekommt keine Chance ihr näherzukommen.

Also nimmt sie sich einen grünen Stift und malt einen Punkt auf das weiße Blatt. Saba starrt darauf, schaut dann auf und grinst. Sarah freut sich, ihre Aufmerksamkeit geweckt zu haben und lächelt zurück. Dann nimmt sie sich einen gelben Stift, mit dem sie langsam einen Kreis um den Punkt malt. Wieder starrt Saba darauf. Sarah legt ihr einen blauen Stift in die Hand. Saba greift ihn und beginnt, einen weiteren Kreis um das Ganze zu malen.

„Super!", freut sich Sarah laut. Wieder malt sie einen Kreis, woraufhin Saba einen drum herum malt. Nun malt Sarah Blüten an den Kreis, doch hört bei der Mitte auf, damit Saba es fortsetzen kann. Sie schaut zu ihr auf und scheint wie um Erlaubnis zu warten, also nickt Sarah. Jetzt setzt sie den Stift an den Kreis am letzten Bogen an und führt die Blüten fort. Zwar sind diese viel zu groß und unförmig, doch schließt sie erfolgreich den Letzten wieder am Ersten an.

„Das hast du super gemacht!", lobt Sarah sie freudig und versucht es weiter zu probieren. Sie platziert zwischen den ersten paar Blüten jeweils einen Punkt. Saba macht das Gleiche zwischen den übrigen, woraufhin wieder Kreise um die Punkte folgen, die Saba engagiert nachmalt und Schritt für Schritt gemeinsam ein immer größer werdendes Mandala entstehen lassen.

Stolz blickt Sarah mit funkelnden Augen auf ihr Werk. Auch, wenn sie Saba nicht zum Reden gebracht hatte, war ihr doch eine eigene Art der Kommunikation gelungen, die sie öffnen ließ.

Währenddessen zeigen die anderen Kinder Sarah stolz ihre Malereien. Auf den noch blank gewesenen Blättern wird ihr plötzlich ein Einblick in die Gedanken der Kinder gewährt, dass sie ganz warm ums Herz werden lässt. Zum ersten Mal seit langer Zeit entfachen die Kinder, die noch nicht den Problemen eines komplizierten Erwachsenenverstandes zum Opfer fallen, in ihr das Gefühl, sie selbst zu sein und sich nicht verstellen zu müssen.

Sie begann sich plötzlich an ihre Kindergartenzeit zu erinnern. Alles, was sie zu vergessen glaubte, kehrte auf einmal in ihr

Gedächtnis zurück, als wäre es erst gestern gewesen. So, als wäre ihre Kindheit nie weg gewesen und alle Erwachsenen auch nur Kinder, die irgendwann vergessen hatten, zu spielen.

Und ehe sie es sich versieht, ist mehr als eine Stunde vergangen, jene die Kinder ihr zwanglos raubten und sie in eine Welt entführten, in der man die Dinge sieht, wie sie sind und in der Worte nicht wichtig sind.

„Hiwa", liest der Junge seinen auf Kurdisch geschriebenen Namen auf seinem Superheldenbild vor.

„Gute Idee. Schreibt alle eure Namen auf eure Bilder!"

Das Mädchen mit den Zöpfen beginnt sauber aufzuschreiben, was sie gelernt hat.

„Safiya", liest Sarah die zum Teil spiegelverkehrten Buchstaben vor. „Das ist ein wunderschöner Name. Ihr beiden seid also Schwestern. Saba und Safiya." Sie kichern. „Kommt! Die schönen Bilder hängen wir auf!"

Sarah beginnt einzelne Stücke vom Klebeband abzuschneiden und auf die Ecken der Bilder zu kleben. Nachdem die Kinder sie beobachtet haben, greifen sie aufgeregt nach ihren Klebebandstücken. Ein anderes Kind befestigt diese an den Bilderecken und wieder ein anderes beginnt eifrig die Wand zu bekleben.

„Super!", lobt Sarah sie, als fast alle an der kalten Mauerwand zu sehen sind. Nachdem auch das letzte Bild angeklebt ist, klatschten sie begeistert und betrachten ihre Meisterwerke.

Der kahle Backstein, der bisher tobende Kinder im Sportunterricht umhüllte, schützt nun andere Kinder vor Krieg und wurde soeben zu neuem Leben erweckt. Wie ein neues Zuhause wurde es mit Erinnerungen eines neuen Lebensabschnitts heimischer gemacht.

Kapitel 21

Nachdem eineinhalb Stunden vergangen sind, erreichen wir wieder den Busbahnhof, an dem wir die Tickets kauften.

Unser Bus steht schon da, ebenso die vielen weiteren Araber und Afghanen, die mit uns fahren werden, doch kein einziger Europäer.

Offenbar möchte in den nächsten Stunden kein Grieche oder Tourist nach Mazedonien.

Es herrscht ein lautes Chaos, bis wir endlich unsere Tickets vorzeigen und in den überfüllten Bus dazusteigen können. Wir erreichen das Ende des Gangs, wo wir uns die Knie einziehend zu den anderen Männern auf den Boden setzen.

Erst als auch der Letzte eingestiegen ist und wir dicht mit den Beinen an Rücken zusammensitzen, brummt der Motor auf und wir fahren mit unserem schweren Gewicht los.

Der Raum erhitzt sich mit den fünfzig Personen, die die gleiche Luft atmen. Die Wärme macht mich müde. Ich kämpfe mit meinen fallenden Augenlidern, während meine Arme meinen Rucksack umgreifen. Es gibt auf der Reise und in unserer Situation zu viele Diebe und Mörder, als dass man es sich leisten könnte, unaufmerksam einzunicken. Und das ermüdet einen noch mehr.

So vergehen die nächsten dreizehn Stunden, in denen wir zwei Mal anhalten, um eine dreißigminütige Pause zu machen.

Als wir dann an der Haltestelle einer Hauptstraße aussteigen, laufen wir der Gruppe hinterher zum Polizeiamt. Natürlich stellen wir uns wieder gemeinsam in die lange Schlange der anderen hundert Syrer, die ebenfalls das Papier zur Weiterreise benötigen.

Und als dann auch wir nach zwei Stunden unsere Dokumente wiedermal vorgezeigt, ein weiteres bekommen, fünfundvierzig Euro bezahlt und zwei Zugtickets erhalten haben, begeben wir uns mit den anderen zu einem Bahnsteig einen Kilometer entfernt.

Ein verlassener Bahnsteig außerhalb der belebten Innenstadt

inmitten eines weiten Feldes, auf dem einige Grasbüschel aus erdigem Boden emporwachsen. Bis zum Horizont erstreckt sich das Feld und bildet sanfte Hügel, auf denen die hohen, trockenen Gräser im Wind wehen. Nicht einmal ein Supermarkt oder Kiosk ist zu sehen, wo wir uns etwas zu Essen oder zu Trinken kaufen könnten.

Auf dem staubigen Boden direkt neben den Gleisen sitze ich zwischen hundert weiteren Arabern neben Haytham und ziehe meine Kapuze hoch, die mich von den kalten Windstößen abschirmt. Ein Polizeibeamter steht ebenfalls an den Gleisen, überwacht die Gruppe und kommuniziert über sein Walkie-Talkie mit seinen Kollegen.

Ein leichter Nieselregen beginnt auf unsere Köpfe zu tröpfeln, sodass einige hoch in den Himmel schauen und ebenfalls die Jacken zuziehen.

„Wie lange müssen wir warten?", frage ich Haytham.

„Keine Ahnung. Die haben nicht gesagt, wann er kommt. Aber demnächst müsste er da sein."

Ich seufze. Der Regen beginnt stärker zu werden und fällt in dicken Tropfen hinab.

„Ich bin so müde", sage ich, während der prasselnde Regen an meine Kapuze prallt.

„Du kannst nachher im Zug schlafen", antwortet er.

Wenn es nur so einfach wäre.

Der Wind zieht über das Feld, sammelt den Regen und lässt ihn uns von der Seite erwischen.

„Mach deine Jacke richtig zu", sagt Haytham, während er seine bis obenhin zuzieht und sein Gesicht in der Kapuze versteckt.

Ich beobachte die Gleise, wie sie immer nasser werdend schimmern. Auf dem weiten Feld bilden sich nun Pfützen, in welche die dicken Tropfen hineinplatschen und mehrere kleine bilden, die abspringen und erneut in die Pfütze springen. Meine Jacke ist jetzt völlig durchnässt und bringt mich mit den tobenden Winden zum Zittern. Ich grabe mich in sie hinein, umklammere meine Knie mit meinen Armen und versuche mich warm zu halten.

Das nasse Gras beginnt zu duften und steigt mit dem der nassen Erde hinauf. Ich muss nießen.

„Saha", sagt Haytham, schlingt seinen Arm um mich und reibt meine Schulter.

„Danke", schniefe ich leise, meine Handfläche über die Nasenspitze wischend.

„Du musst dich warmhalten!"

Die folgenden vier oder fünf Stunden sitze ich mit geknicktem Kopf an Haytham angelehnt, der noch immer seinen Arm um mich hält, und schwebe wie in einer Trance zwischen Wachheit und Schlaf.

Einige Male stand ich mit Haytham auf, lief eine Runde oder hüpfte ein wenig, um wach, warm und fit zu bleiben. Wir aßen ein Stück des Fladenbrots mit einer Dose Thunfisch, die wir unterwegs von Caritashelfern bekamen, als unser Magen lauter zu grummeln begann.

Der unaufhörliche Schauer wechselt zwischen Sprüh- und Schuttregen und raubt mir meine letzte Energie. Kurz bevor sich meine Augenlider schließen, rüttelt Haytham an meiner Schulter: „Der Zug kommt."

Und tatsächlich erscheint aus der Ferne mildes Licht zweier Schweinwerfer, das in der feuchten Luft reflektiert. Alle stehen auf und reden aufgeregt, während sie zu drängeln beginnen. Der Polizist empfängt immer wieder rauschende Nachrichten seiner Kollegen durch sein Funkgerät, doch ignoriert sie, als er uns von den Gleisen entfernt und zu einer Gruppe zusammenrückt. Der Zug nähert sich langsam und hält schließlich direkt vor uns.

„Alle zusammen. Einen Meter zurück. Jeder nacheinander, sonst fährt hier niemand los!", brüllt der Polizist, seinen Schlagstock in den Händen bereithaltend.

Langsam formt sich die Gruppe in eine Schlange. Die Türen öffnen sich und nacheinander tritt jeder hinein.

Wir sind glücklicherweise früh genug im Zug, sodass wir uns einen freien Platz erhaschen können. Alle weiteren sind nun besetzt. Mütter setzen ihre Kinder auf den Schoß, während die restlichen Personen wie immer im Gang auf dem Boden zwischen den Beinen fremder Menschen Platz nehmen.

In die paar Kabinen, die es im Wagon nebenan gibt, stürmten bereits die großen Familien oder Gruppen, sodass auch diese befüllt sind.

Der Letzte zwängt sich in die freie Lücke vor der Tür, die sich daraufhin schließt. Kopfnickend gibt der Polizist ein Zeichen zum Schaffner und wir fahren los.

Ich sehe ihm hinterher, wie er ein letztes Mal in sein Funkgerät spricht und immer kleiner werdend im dichten Regen verblasst, während wir uns Serbien nähern.

Kapitel 22

Die Sonne scheint in goldenem Licht in ihr Zimmer und kitzelt ihre Augen. Die Vögel zwitschern durch das Fenster fröhlich den Tag herbei, der Geruch von frisch gemähtem Gras und jungen Blütenblättern liegt in der Luft, als sie langsam aufwacht. Ein Lächeln liegt auf ihren Lippen. Wie lange ist es her, dass sie mal durchschlief. Die Osterzeit war schon immer ihre liebste.

Nach einem ordentlichen Frühstück sucht sie die passenden Schuhe für ihr gut durchdachtes Outfit, nimmt ihr Fahrrad und schlendert zur Unterkunft.

Obwohl heute Sonntag und zudem noch ein Feiertag ist, müsste sie nicht arbeiten gehen, doch es fiel ihr nichts Schöneres ein, als an diesem Tag den vor Krieg geflüchteten Kindern eine Freude zu machen, indem sie ihnen einen Teil ihrer Kultur zeigt und sie mit versteckten Schokohasen überrascht. Genauso wie sie früher Schokolade im Garten suchte, die ihre Mutter für sie versteckt hatte, als ihr Leben noch sorgenfrei schien.

Herr Maier war begeistert von der Idee, also bereitete sie alles Weitere vor. An die glücklichen Gesichter der Kinder und Jugendlichen denkend, konnte sie die letzten Tage vor Aufregung an nichts Anderes mehr denken.

Sie muss die Wachmänner mittlerweile nur noch grüßen, um ohne viele Erklärungen reinzukommen. Sie schließt das Büro auf und findet ihre Schokohasen vor, die sie den vorigen Tag besorgt hatte, nachdem sie die Kinder auf der Bewohnerliste abzählte.

Alle Kinder bis zu sechzehn Jahren hatte sie markiert und für jeden Einzelnen einen Hasen gekauft. Insgesamt zweiundzwanzig Stück.

Jetzt fertigt sie Namensschilder an, die sie auf jeden klebt und in die Tüte zurück packt. Als sie nach einer Stunde fertig ist, läuft sie in die Halle und sucht, weil sie Hakan nicht finden kann, den Hausmeister.

„Guten Morgen", begrüßt sie ihn, als sie ihn in der zweiten Hallenhälfte trifft, wie er gerade einige Laken mit Klebeband an

Betten festbindet. „Dich habe ich gesucht", sagt sie etwas nervös.

Bisher hatte sie keine Gelegenheit gefunden, sich mit ihm zu unterhalten.

„Schön dich wiederzusehen!", sagt er mit tiefer Stimme und leichtem Akzent. „Was kann ich für dich tun?"

„Heute ist Ostern, deshalb möchte ich Schokohasen auf dem Spielplatz für die Kinder verstecken", erzählt sie ein wenig stotternd.

„Sehr nett von dir." Sie lächelt verlegen.

„Deshalb wäre es schön, wenn du vielleicht mit Hakan oder noch jemand anderem mit allen Kindern dorthin kommen könntest, wenn ich alle versteckt habe. Ich will nicht, dass sie wegkommen. Geht das?"

„Klar! Ich bin hier auch gleich fertig und dann kann ich das machen." Ihr Herz pocht vor Freude.

„Klasse! Dann gehe ich vor und du kommst in fünfzehn Minuten nach? Es ist der Spielplatz die Straße runter auf der rechten Seite. Und ich habe hier eine Liste mit den Kindern, die suchen kommen müssen, aber es können natürlich alle kommen, die Lust haben", plappert sie für ihre Verhältnisse viel, doch läuft schließlich rot an.

„Kein Problem. Mache ich gerne."

„Super! Tut mir leid, wir wurden gar nicht richtig vorgestellt. Ich heiße Sarah."

„Ich heiße Salam", lächelt er und reicht ihr die Hand.

„Freut mich", lächelt Sarah auch und schüttelt sie.

Mit der vollen Tüte läuft sie schließlich los, bis sie den Spielplatz erreicht und ist erleichtert, niemand anderen vorzufinden.

Sie arbeitet sich von vorne bis hinten durch, versteckt hinter einigen Baumstumpfen einen Hasen, klettert auf das Spielgerüst und legt in jede Ecke einen hinein. Als sie alle Hasen in jeder Spalte, die sie finden konnte, platziert hat, setzt sie sich auf die Bank und wartet.

Und tatsächlich, nach ein paar Minuten erscheint hinter den dichten Bäumen eine Gruppe kleiner Kinder angeführt durch

Salam und mit ihnen einige Erwachsene. Erfreut steht sie auf und wartet.

Je näher sie ihr kommen, desto mehr Kinder mit ihren Eltern erkennt sie, die Sarah ebenfalls bemerken und auf sie zulaufen.

„Sarah!", rufen alle aufgeregt und stürzen sich auf sie. Die Arme öffnend, wird sie lachend ein Teil des Haufens. Als Salam mit den Restlichen eintrudelt, versammeln sie sich vor ihr.

Ein warmes Gefühl breitet sich in ihr aus, als sie in die zufriedenen Gesichter der Eltern und auch der Älteren blickt, die sich für ihren Plan auf den Spaziergang eingelassen haben. Den Jugendlichen ihrer Liste konnte sie bisher noch keine Gesichter zuordnen.

„Hallo. Ich bin Sarah", versucht sie sich selbstbewusst vorzustellen, doch ihre Stimme dringt nicht richtig durch. Sie hustet nervös, woraufhin die Gruppe auflacht.

„Hallo!", grüßen sie Sarah zurück.

„Also", fährt sie fort. „Heute ist Ostern. Und an Ostern versteckt man traditionell Schokolade für die Kinder."

Sie spricht laut und deutlich und überrascht sich selbst. Dass so eine Stimme aus ihr herauskommen könnte, hätte sie nicht gedacht.

Sie macht eine kurze Pause, um Salam ein wenig übersetzen zu lassen.

„Auf dem ganzen Spielplatz habe ich Schokohasen versteckt", erzählt sie weiter, während sie mit ihren Armen die Fläche umschreibt. „Für jedes Kind gibt es einen Hasen mit seinem Namen darauf. Das müsst ihr finden!"

Nachdem er zu Ende übersetzt hat, warten die Kinder bereits auf die Genehmigung losrennen zu dürfen, also wirft Sarah ihre Hände in die Richtung des Spielplatzes und ruft: „Los!"

Die Kleinen flitzen auf den Platz und suchen eifrig in jeder Ecke, während Sarah strahlend hinterherblickt. Den Kindern Freude bereiten zu können, ist ihr größtes Geschenk.

Die Jugendlichen jedoch bleiben schüchtern am selben Fleck stehen. Sarah schaut mehrmals unsicher rüber. Dass sie nur wenige Jahre jünger als sie sind, verunsichert sie. Doch dann nimmt sie ihren Mut zusammen: „Ihr auch!" Sie lächelt und winkt sie zum Spielplatz.

Verlegen schauen die Jungen sich an und schütteln den Kopf.

„Es gibt für jedes Kind einen eigenen Schokohasen!", betont Sarah noch einmal.

Langsam fragt sie sich, warum sie jemals so unsicher vor anderen Personen gewesen war, noch dazu welche, die ihre Muttersprache gerade erst lernen und noch fast kein Wort von dem verstehen, was sie sagt.

Die ersten Kinder springen fröhlich mit Schokohasen in der Hand auf.

„Super!", ruft Sarah und klatscht. Im Umfeld der Kinder blüht sie wieder auf und bringt ihr wahres und jahrelang verstecktes Ich zum Vorschein.

Doch sobald ihr wieder einfällt, neben gleichaltrigen Personen zu stehen, fühlt sie sich entblößt.

Schnell lenkt sie sich ab und spricht zu Salam: „Danke, dass du alle hergebracht hast. Das hat echt super geklappt!"

„Immer gerne", nickt er bestätigend und beobachtet neben ihr die Kinder beim Suchen.

Als nach einer Weile alle Kinder einen Hasen in der Hand haben, ruft Sarah lobend in die Runde: „Toll! Ihr habt alle Hasen gefunden! Jetzt könnt ihr spielen!"

„Komm!", ruft Saleh daraufhin selbstbewusst und winkt sie zu sich.

Gepackt von seiner Offenheit läuft Sarah zu den Kindern in den Sand und greift Salehs ausgestreckte Hand. Die Kinder ziehen sie zum Klettergerüst, das sie dann nacheinander hinaufklettern.

Als erwachsene Frau auf dem verengten Klettergerüst kommt sie sich wie ein Riese in einer falschen Welt vor. Doch auf den einzelnen Holzbalken balancierend, läuft sie problemlos über die Brücke und erinnert sich an ihre Kindheit zurück.

Sie war mit ihren Eltern so oft auf dem Spielplatz gewesen, das in ihr das Gefühl auslöste, welches in dem Augenblick wieder aufgelebt wird. So als wäre es nie fort gewesen und habe nur auf sie gewartet.

„Komm!", ruft Saleh wieder und animiert Sarah dazu, ihm schneller zu folgen.

Sie läuft auf ihn zu und stellt sich direkt hinter ihn.

„Buh!", erschreckt Sarah ihn, als er sich zu ihr umdreht und auflacht.

Die anderen Kinder kommen bereits die zweite Runde durch das Gerüst auf die Beiden zu und packen sie lachend.

„Schnell weiter Saleh! Wir müssen vor den Monstern wegrennen! Auf die Rutsche!", ruft sie und rennt mit ihm gemeinsam vor den Kindern weg.

Gemeinsam erreichen sie die Rutsche und schliddern nacheinander hinunter.

„Noch eine Runde!", ruft Sarah, nachdem sie jedes Kind einzeln aufgefangen hat. Wie auf Kommando laufen sie erneut auf das Gerüst und meistern jede Ebene von klirrenden Metallnetzen bis hin zu schiefen Holzklotzen.

Sie winken ihr, als sie wieder an der Rutsche stehen, sodass Sarah sich erneut bereitmacht, sie einzufangen.

Erst rutscht Saleh hinab in ihre Arme. Sie schnappt ihn, schwingt ihn einmal um sich herum durch die Luft und stellt ihn dann liebevoll auf seine Füße ab.

Danach folgt Saba, mit der sie das Gleiche macht. Als sie die schon größere Safiya als Letzte um sich schwingt, prustet sie laut aus: „Hui, so das reicht erstmal."

Sie stützt sich mit den Händen auf den Knien ab.

„Nochmal", rufen die Kinder lachend.

„Geht weiterspielen", schickt Sarah sie fort.

Dann läuft sie mit den übrigen Schokohasen, welche die kleinen Kinder für die großen Jungen einsammelten, zur Bank rüber, auf der sie sich unterhalten.

„Für euch gibt es auch Schokolade. Die Kinder haben sie für euch gefunden."

Nacheinander liest sie die Namen auf den Hasen vor.

„Amar?"

Die Jungen zeigen auf den ganz am Rand sitzenden stillen Jungen von sechszehn Jahren, der mit leichtem Lächeln den Hasen ohne weiteres entgegennimmt.

„Kamil?"

„Ich", antwortet ein vierzehnjähriger Junge mit gelocktem Haar leise, der neben ihr steht.

Sie hatte ihn vorher nicht bemerkt und erschreckt leicht. Dann überreicht sie ihm lachend den Hasen. Strahlend blickt er auf seinen Namen, so wie Sarah einst auf ihre Ablage.

„Sarah!", rufen die Kinder sie von hinten, auf der Rutsche darauf wartend, dass sie sie wieder auffängt.

„Später Kinder!", ruft sie zurück. „Spielt erstmal allein weiter."

Daraufhin rutschen sie nacheinander hinab, Salam stattdessen auf sie achtend.

„Dilan", liest Sarah weiter vor. Amar meldet sich, tippt auf seine Brust und dann in Richtung Unterkunft. Sarah überlegt kurz, doch versteht ihn nicht.

Kamil beginnt zu erklären: „Dilan Schwester Amar und meiner. Dilan Camp!"

Er zeigt ebenfalls in die Richtung.

„Ah, okay. Sie ist eure Schwester. Und ihr seid Brüder!"

Sie lächeln schüchtern. Erst jetzt fällt ihr ein, dass sie am ersten Probetag mit Dilan gesprochen hatte.

Auch, wenn Kamil etwas aufgeweckter als seine Geschwister ist, weisen sie doch alle die gleiche familiäre Zurückhaltung auf, so wie Dilan es bei ihrem ersten Gespräch tat.

Die anderen bekamen ihre Hasen bereits von den Kleinen oder überließen sie ihnen. Sarah steht zwischen den Bänken, auf denen die Eltern sitzen.

„Viele Danke", sagt ein Vater und fasst sich dankbar an die Brust.

„Sehr gerne", gibt Sarah gerührt zurück.

Dann sieht sie stolz mit ihnen den Kindern auf dem Gerüst

verteilt beim Spielen zu, während sie die warmen Sonnenstrahlen auf ihre Haut fallen lassen.

Es ist das erste gemeinsame Erlebnis, das Sarah in der Unterkunft selbst geplant und durchgeführt hat, um den Menschen eine Freude zu machen.

Kapitel 23

Ich schrecke auf. Schweißperlen liegen auf meinem Nacken.

Wo bin ich?

Langsam dämmert mir die Realität.

Ich sitze im Zug nach Serbien.

Im anderen Wagon hinter uns herrscht eine aufgebrachte Pöbelei. Ich bin zu müde, um mich dem Geschehen zuzudrehen.

Keine Ahnung, was ich gerade träumte, oder ob ich überhaupt richtig schlief, aber mein Herzrasen verweist auf schlimme Bilder, die in mir aufstiegen.

Es ist ganz egal, ob ich schlafe oder wach bin. Ich sehe immer das Gleiche vor meinen Augen. Meine wunderschöne von mir getrennte Freundin, meine alleingelassene Mutter, das am Ufer liegende Kind, meine besten Freunde, die in meinen Armen sterben.

Ich bin mir nicht mehr sicher, ob es besser ist, sie in meinen Träumen zu sehen oder sie am Tage aus meinen Gedanken zu verdrängen.

Mit geschlossenen Augen lasse ich das laute Geschrei bei mir ankommen. Den vielen Vorwürfen nach machen sich offenbar drei Afghanen in einer Zimmerkabine breit und lassen alle anderen draußen im Gang sitzen.

Ich höre lautes Klopfen mehrerer Personen an der Kabinentür.

„Macht auf, ihr könnt nicht allein eine Kabine haben!", schreit ein Araber. Mehr Leute stampfen an uns vorbei und schließen sich der zornigen Gruppe an.

Jetzt drehe ich mich zu ihnen um. Die enge Masse an Männern verdichtet sich. Nach einigen Minuten öffnet sich langsam die Tür. Und tatsächlich, drei Afghanen sitzen darin.

Wieso hast du nur die Tür geöffnet? Die schlechteste Entscheidung seines Lebens und vermutlich die letzte.

Ich sehe seinen verzweifelten Gesichtsausdruck nur kurz, bevor die pöbelnde Menge hineinstürmt und sie überfällt. Die Kabinentür schließt sich, hinter der ihr Schicksal geschrieben wird.

Die abgedämpften Schreie gehen im Donner unter. Das Wetter draußen tobt, der starke Wind pfeift durch den offenen Spalt der Fenster und lässt den Regen an die Scheiben prallen. Ein miefiger Geruch liegt in der Luft, der sich mit dem des Regens mischt.

Ich blicke aus dem Fenster und sehe durch den tiefschwarzen Himmel nur mein Spiegelbild. Sogar meine dunklen Augenringe sind darin zu erkennen.

Mit jeder Nacht, die ich nicht durchschlafe und jedem Tag, den ich nicht richtig wach bin, sehe ich müder aus. So als versuche mein Körper tagsüber lediglich zu überleben, während mein Geist in einer Zwischenwelt aus Realität und Traum herumschlendert und nachts in der Vergangenheit lebt, die mich mit verstörenden Erinnerungen wachhält.

Doch mein Gesicht sieht schon besser aus als noch vor ein paar Wochen. Die Fältchen unter meinen Augen und die paar grauen Haare vermindern sich, je mehr ich mich der neuen Hoffnung nähere. Bloß die leichte Erkältung, die ich in Mazedonien bekam, macht mir ein wenig zu schaffen.

Alle paar Minuten leuchtet ein Blitz auf. Ein starker Donner folgt, der den uralten knarrenden Zug zum Rütteln bringt und mein Spiegelbild für einige Sekunden zerreißt, bevor ich mich wieder klar erkennen kann.

Wieder donnert es. Wie Bombenschläge überrascht er einen. Vielleicht hatte mich dieses laute Krachen geweckt.

Und doch wird es im Wagon auf einmal ganz still. Das Licht flackert dumpf bei Klappern des Zuges.

Alle hundert Personen, mit denen ich den engen Wagon teile, scheinen jetzt tief und fest zu schlafen und auch Haytham rührt sich nicht. Die Kinder liegen im Gang auf dem Boden, einige im Arm des Nächsten und lassen sich vom lauten Rappeln nicht wecken.

Der prasselnde Ton des Regens dröhnt in meinen Ohren, wie die von Gewehrschüssen. Es wird immer lauter. Ich halte mir die

Ohren zu. Im Weiten des grauen Himmels, wo der Wind in Wirbeln gegen den Regen prallt, sehe ich das Szenario vor mir, als wäre ich wieder dort.

Ich war gerade mit meiner Familie, meinem besten Freund und seiner Familie in einer kleinen Seitenstraße der Stadt gewesen, als wir plötzlich dutzende Flugzeuge zwischen den hohen Häusern über uns hinwegfliegen sahen.

Alle rannten panisch vor den tausend hintereinander fallenden Schüssen davon. Ich hatte mit allen rechtzeitig in ein Gebäude rennen können, das uns vor den Schüssen bewahrte.

Doch als eine Bombe fiel, wurden die schützenden Wände von uns gerissen. Eng wie auf einen Haufen saßen wir mit geduckten Köpfen und schließenden Armen um meine Mutter in der Ecke. Ich spürte meinen Freund, mit seinem Rücken an meinen gedrückt, das Gleiche in seinem Haufen tun.

Der Knall war unbeschreiblich laut und einer der Nächsten, den ich je miterlebt hatte. Die Bombe selbst schien weiter entfernt gefallen zu sein, doch der Druck presste sich mitsamt den fliegenden Teilen, die er unmittelbar vorher zerfetze, durch die Wand.

Dessen Schall durchdrang die Fenster, die laut klirrend zersprangen, sodass kleine Scherben meinen Arm schliffen. Große Betonbrocken der Decke fielen herunter, glücklicherweise weit genug von uns entfernt. Erst kleinere Brocken erreichten uns im dichten Betonpulver.

Als der Knall vollkommen erlosch, die Schüsse sich entfernten und der schwarze Rauch verblasste, sodass wir wieder ein wenig Sicht hatten, standen wir langsam auf.

Ein Pfeifen durchlief noch mein Gehör. Wir blickten auf und vergewisserten uns, dass es jedem gut ging, indem wir einander unsere Gesichter in die Hand nahmen und zitternd, aber erleichtert nickten. Trotz der Kratzer und der staubigen Köpfe, war keiner schlimm verletzt.

Doch kaum hatte ich vor, hinter mich zu greifen und auf die Schulter meines Freundes zu klopfen, sah ich ihn reglos auf dem

Schoß seines Vaters liegen. Sie rüttelten ihn und begannen verzweifelt seinen Namen zu schreien, bis sie schließlich realisierten, dass er von einem größeren Trümmerbrocken am Rücken getroffen worden war.

Er lag einfach nur da, mit geschlossenen Augen, als würde er schlafen. Seine Arme waren noch immer um seine Familie gelegt, als sie in flehendes Schluchzen ausbrachen.

Nur ein paar Zentimeter weiter und es hätte mich getroffen. Ich hätte an seiner Stelle sterben können. Aber das Schicksal wählte ihn. Es wollte meinen besten Freund.

Auch ein anderer guter Freund von mir, den ich seit klein auf kannte und wie einen Cousin mindestens zweimal im Jahr sah, weil unsere Mütter beste Freundinnen waren, wurde von mir getrennt.

Obwohl ich ihn nur so selten sah, wir nie etwas Aufregendes zusammen taten und ich ihn auch in der Zeit, die wir uns nicht trafen, telefonierten oder schrieben, ihn nie wirklich vermisst hatte, weil ich wusste, dass wir uns schon bald wiedersehen würden, war er ein bedeutender Teil meines Lebens gewesen.

Und genauso unspektakulär wie unsere Treffen, bekamen wir einen einfachen Anruf. Und so tiefherzig wie unsere Freundschaft stach der Schmerz, als man uns mitteilte, dass er starb.

Einfach so. Ich sah ihn nie wieder.

Er hätte ein heroischeres Ende verdient. Aber er bekam es nicht.

Und warum das alles? Wieso musste es zu so etwas kommen?

Das sind Fragen, die ich mir jeden Tag stelle, doch wofür keine Antworten existieren. So viele müssen sterben. So viele meiner Familie und Freunde sind gestorben. Und nur die schlechten Menschen leben weiter.

Die Schlechten töten für etwas und die Unschuldigen sterben für nichts.

Kapitel 24

Nachdem sie mehrere Outfits anprobierte und mit dem Blumenshirt in Kombination mit ihrer schwarzen Jeans zufrieden ist, verlässt sie das Haus und trifft am Nachmittag in der Unterkunft ein, als das Grillfest bereits begonnen hat.

Sie tritt durch die Halle, die trotz der wenigen Personen, die Tee trinkend auf den Bänken sitzen, vollkommen still ist und plötzlich leblos erscheint. Im Büro, das ebenso leer ist, legt sie ihre Sachen ab. Nervös läuft sie zum Gartentor und kann schon von weitem einige Luftballons sehen und den Rauch des Grills, wie er in grauem Qualm im Sonnenlicht funkelnd in den Himmel aufsteigt. Als sie nähertritt und einige Bewohner erkennt, die eingeengt auf den Bänken sitzen und essen, wird sie nervöser.

Wenn sie nun den Garten betritt, wird sie von allen bemerkt und angeschaut. Es wird das erste Mal sein, dass sie alle Bewohner mit einem Mal kennenlernt. So viele, die sie vorher noch nicht gesehen und mit denen sie noch kein Wort gewechselt hat. Das erste Mal, dass alle sie als offizielle Angestellte der Unterkunft anerkennen und einen selbstbewussten Auftritt, wenn nicht sogar eine Vorstellungsrede erwarten. Plötzlich ist sie völlig überfordert.

Mutig tritt sie bis zum Tor heran und sieht schließlich alle Bänke vollbesetzt in Reihen stehen. Unsicher bleibt sie einige Sekunden den Türrahmen haltend dort stehen und betrachtet die Männer auf den Bänken sitzen, die zu ihr rüber schauen und lächeln. Nervös lächelt sie zurück, doch rührt sich nicht.

Nun bemerkt sie, dass sie jedem schon mindestens einmal in den letzten Tagen begegnet war, sei es im Büro, wenn sie ihre Post abholten, oder nur kurz im Flur oder beim Mittagessen.

Sie schaut sich noch ein wenig um. Ein Koch mit weißer Schürze und Kochmütze steht am Grill, ebenso wie einige Wachmänner, die in der Schlange auf ihr Essen warten.

Als sie schließlich Herrn Maier lachend mit einigen Leuten am Grill stehen sieht, lächelt sie ihm vertraut zu und geht zu ihm rüber.

„Hallo", sagt sie ein wenig erleichtert, die größte Hürde überwunden zu haben und reicht ihm die Hand.

„Ja, einen schönen guten Tag!", schüttelt er freudig ihre. „Ist das nicht ein wundervoller Tag zum Grillen?"

„Allerdings! Und so schön geschmückt. Haben Sie das allein hergerichtet?", fragt Sarah.

„Ach, die lieben Männer haben da mit angepackt!", antwortet er, den Ellbogen in die Schulter des Nachbarn drückend und zwinkert.

Sie blickt zu dem älteren Mann, der unter seinem vollen Schnurrbart ein unschuldiges Lächeln hervorbringt.

„Außerdem hat auch der gute Salam viel dazu beigetragen. Das ist übrigens Sarah! Sarah, Abdul. Abdul, Sarah", stellt Herr Maier sie dem Mann vor, der neugierig der Unterhaltung lauscht. Er reicht ihr die Hand, woraufhin sie sich vorstellt: „Hallo, ich bin Betreuerin."

Er nickt lächelnd.

„Ach, warst du eigentlich am Sonntag hier und hast den Kindern Schokolade versteckt, so wie du es geplant hattest?", fragt Herr Maier aufgeregt.

„Ja, es war so schönes Wetter. Ich hab sie auf dem Spielplatz versteckt und Salam kam dann mit den Kindern nach. Das hat super geklappt und alle haben sich gefreut."

„Großartig, das freut mich zu hören! Aber du musst doch am Wochenende nicht arbeiten, zumal es ein Feiertag war", klopft er ihr dankend auf die Schulter.

„Ja, ich weiß, aber es ist doch so ein besonderer Tag für Kinder und da wollte ich ihnen eine Freude machen. Zuhause hätte ich ja sowieso nicht viel gemacht", lächelt sie.

„Sie lieben dich auf jeden Fall jetzt schon!", zwinkert er. Herr Maier tritt einen Schritt weiter vor zum Grill.

„Du solltest dich gleich zu uns setzen und mit uns essen. Dann kannst du alle einmal besser kennenlernen."

„Klar", antwortet sie.

Das Gefühl seiner Unterstützung lockert Sarah ein wenig. Sie stellt sich bereits in die Schlange, als ihr Blick zum Sandkasten schweift, in dem alle Kinder spielen. Als der kleine Saleh gerade aufgeregt den Eimer mit Sand hebt und zu Sarah schaut, reißt er seine Augen auf.

„Saaarah!", ruft er einmal quer über das Feld, sodass alle Kinder aufblicken. Sarah lacht und winkt gerührt, die Blicke der anderen bereits auf ihr spürend. Doch kaum hat Saleh aufgehört zu rufen, fangen die anderen Kinder auch an: „Sarah, Sarah, Sarah!"

Und schon beginnen sie im Chor zu rufen und gar nicht mehr aufzuhören.

Sie wird langsam rot und winkt den Kindern, damit sie aufhören, doch vergeblich. Jetzt hopsen sie herum, während sie singen und kommen langsam auf Sarah zu. Sie muss lachen, während sie sich verzweifelt umschaut und die anderen Leute um sie herum ebenso lachen hört.

„Na, da hast du ja schon eine Fangemeinschaft!", lacht Herr Maier.

Schließlich läuft Sarah zügig zum Sandkasten auf die Kinder zu: „Schon gut. Danke, danke, danke!"

Sie öffnet die Arme, um die Kinder begrüßend zum Schweigen zu bringen. Sie springen auf und umarmen Sarah alle gleichzeitig.

Dann packt Saba sie an der Hand. „Komm!", sagt sie und will Sarah zum Sandkasten ziehen, doch da fangen die Mütter sie lächelnd ab. „Hallo", begrüßt Sarah jede einzeln und reicht dabei ihre andere freie Hand. „Wie geht es euch?"

„Gut. Sehr gut, Party schön!", antworten sie zusammen und bestätigen einander.

„Ja, finde ich auch. Es sieht auch so schön aus!", sagt Sarah und zeigt dabei auf die Ballons. „Und habt ihr auch schon gegessen?"

„Ja, sehr viele Essen, hier." Sie zeigen auf ihr gemütliches Picknickeck. „Zusammen Essen, komm!", sagen sie dann und führen Sarah an ihrer Schulter zu sich. Noch immer hält sie Saba an ihrer Hand und kniet sich zu ihr runter: „Wir spielen nachher, okay? Erstmal was essen." Sarah macht essende Handbewegungen. „Möchtest du auch etwas essen?", fragt sie liebevoll, doch Saba schüttelt den Kopf und rennt zum Sandkasten.

Während sie zwischen den vielen jungen und älteren Frauen sitzt und an einer Hähnchenkeule knabbert, zählt sie auf: „Also, warte. Du bist Shirin, die Mama von Saleh. Du bist Haya, die Mama von…"

Sie überlegt.

„Meral", antwortet sie und zeigt auf das Mädchen mit den gelockten Haaren.

„Aha, sie heißt also Meral."

In der Zwischenzeit kommt Saba immer wieder zu ihr und bringt ihr Sandkuchen in jeglichen Formen auf einem Teller und wartet darauf, dass Sarah so tut, als würde sie einen Happen davon essen, um dann den nächsten Kuchen zu bringen.

„Saba und Safiya werden immer offener. Am Anfang waren sie so still, aber jetzt blühen sie langsam auf", erzählt Sarah.

„Ja, Kinder so schnell lernen Deutsch!", schwärmt Shirin. „Wir kommen in Camp, kein reden Deutsch. Aber jetzt Kinder immer reden Deutsch. Sagen ‚gut' und ‚nicht gut'."

Sarah muss schmunzeln. Sie hatte bisher mit allen Bewohnern immer mit den Wörtern ‚gut' oder ‚nicht gut' zu kommunizieren versucht. Dass sie offenbar jetzt schon einen Einfluss auf die Kinder hat, freut sie, bereitet ihr gleichzeitig jedoch Sorgen.

Ganz egal was sie tut, sie wird für die Kinder immer als ein Vorbild dastehen und von ihnen kopiert. Also trägt jedes ihrer nächsten Worte eine große Verantwortung, die sie behutsam auswählen muss.

„Für uns Deutsch lernen sehr schwierig. Jetzt wir sind alt und viele denken", erzählt Shirin. „Aber für Kinder Sprache ist wie Luft. Einfach sie atmen."

Als Saba den nächsten Kuchen bringt, folgt Sarah ihr zum Sandkasten.

„Wow, die Sandburg ist ja der Wahnsinn! So groß!", sagt sie und schaut sich die vielen Türme an, die nebeneinanderstehen. „Schau mal", zeigt sie Saleh. „Auf einem Turm muss immer ein Fähnchen oben drauf sein!"

Sie nimmt sich ein Blatt, das vom großen Baum fiel und steckt es auf die Spitze eines Turmes. Schon sammeln die Kinder alle Blätter, die sie finden können und verschönern alle Turmspitzen. Als ein Kind auch Steine anbringt, platziert Sarah sie als kleine Fenster an die Seiten. Die Kinder machen es ihr nach, zeigen es ihr jedes Mal begeistert und warten auf ihr erstauntes Gesicht.

Sie lässt die Kinder mit ihren kreativsten Ideen aufblühen, indem sie Türen mit Steinen umrahmen oder Blätter wie Dächer auf kleine Hügel legen.

„Jetzt muss ich auch mal zu euren Papas. Die warten schon!", sagt Sarah dann, als sie zur Bank zurückkehrt, auf der Herr Maier zwischen den Männern breitmacht.

„Na, das war ja ein langer Umweg!", lacht er. „Jetzt erstmal was trinken. Setz dich zu uns!"

Er schenkt ihr Cola in einen Becher ein, während die Männer ihr Platz machen. Dankend setzt sie sich zwischen sie.

„Essen, bitte", sagt ihr Nachbar und bietet ihr Hühnchen an.

„Oh, nein danke. Ich hatte gerade eben schon welche", lehnt sie winkend ab und klopft auf ihren Bauch.

Ein junger, kräftiger Mann mit Brille traut sich, sie anzusprechen: „Ich sehen du immer hier. Jeden Tag arbeiten?"

„Ja, ich komme fast jeden Tag", antwortet sie.

„Was machen?", fragt er dann.

„Ich bin Betreuerin. Also mache ich ein bisschen Papierkram im Büro, mit den Kindern spielen, Ausflüge, helfen", zählt sie langsam auf.

„Du kann helfen mit Schule?", fragt ein jüngerer Mann am anderen Ende des Tisches.

„Ja natürlich."

„Ich warten Schule. Ich möchte schnell lernen Deutsch", sagt er.

Ihr gehen Ideen für Ausflüge durch den Kopf. Vielleicht Museumsführungen, Tandem-Veranstaltungen oder wöchentliche Nachbarschaftstreffen.

„Selbstverständlich werdet ihr alle in die Schule gehen. Ihr müsst sogar! Ihr werdet noch froh sein, so viel freie Zeit zu haben, denn wenn die Schule losgeht, müsst ihr euch ranhalten!", lacht Herr Maier. „Aber bis dahin müsst ihr eben noch ein bisschen warten. Und Sarah wird ja dann Ausflüge mit euch machen, nicht wahr?", grinst er.

„Ja genau. Wir können zusammen rausgehen. Habt ihr irgendwelche Wünsche?", fragt sie die Runde.

Die Männer müssen sich erst einmal beraten, um zu verstehen, was sie gesagt hat. Dann fangen sie alle an, einzelne Wörter auf Arabisch zu sagen und sie pantomimisch zu erklären.

Einer macht Schwimmbewegungen. Sie müssen alle lachen. Ein anderer macht die Bewegung eines Fahrrads. Wiederum ein anderer fängt zu singen an, dann reden sie wieder auf Arabisch und es bricht in lautem Gelächter aus.

Sarah versteht zwar nichts, doch muss mit Herrn Maier ebenso lachen, während sie versucht sich alle Vorschläge zu merken.

„Dance", sagt dann einer auf Englisch und alle jubeln.

„Du weißt arabisch tanzen?", fragt ein dünner großer Mann mit hellbraunen Haaren und Bart.

„Nein, wie tanzt man das?", fragt sie interessiert.

„Alle zusammen so", erklärt er, nimmt die Hände seines Nachbarn in die Hand, der das Gleiche mit seinem Nachbarn macht und zuckt mit den Schultern. „Und Füße auch", erklärt er. „Fertig essen und dann tanzen", schlägt er begeistert vor.

Salam holt die große Musikanlage aus dem Büro und schließt sie neben der Tartanbahn am Verlängerungskabel an. Viele Bewohner sitzen auf der Wiese und warten bereits gespannt. Als dann der dünne Mann sein Handy anschließt, spielt es laut dröhnend arabische Tanzmusik ab.

Mit einem Mal kommen sechs Männer zu ihm gerannt, greifen seine Hände und tanzen als Kette in rhythmisch gleicher Schrittabfolge seitlich in gleiche Richtung.

Immer mehr Männer, Jugendliche und auch Kinder hängen sich ran und bilden eine in sich fortbewegende Spirale.

Die Frauen sitzen noch immer auf der Wiese in ihrem Kreis zusammen und klatschen zur Musik. Erst als sie Sarah begeistert danebenstehen sehen, gehen sie zu ihr.

„Auch tanzen, komm!", sagt Shirin, greift ihre Hand und die der anderen Frauen.

Mit seitlichen und sich überkreuzenden Fußschritten beginnen sie zu tanzen. Sarah hängt am Ende der Kette und starrt auf Shirins Füße, bis sie die Schritte draufhat.

„Sehr gut!", lobt Shirin sie.

Als Erste tanzt Kamils Oma, die trotz ihres stolzen Alters selbstbewusst ein Tuch in ihrer freien Hand wedelt und ihre Kette führt. Die Frauen tanzen um den großen Kreis der Männer herum, bis der dünne Mann, der seine Kette leitet, sich zu Sarah umdreht. „Oh", lacht er. „Sehr gut!"

Sie strahlt. Noch nie wurde ihr eine Kultur gezeigt, zu der sie so schnell selbst ein Teil wurde.

Sie wünschte, sie könnte ihnen einen traditionellen Tanz zeigen, den man genauso als große Gruppe gemeinsam tanzt und der das gleiche, geborgene Gemeinschaftsgefühl erzeugt, das sie in diesem Augenblick genießt.

„Komm", ruft der dünne Mann und hält ihr seine Hand hin. Während sie konzentriert die Schrittabfolge weitertanzt, kommt sie ihm mit jedem Schritt näher, bis sie schließlich neben ihm steht und seine Hand nimmt. Nun ist eine lange Kette entstanden, die von den Frauen geleitet wird.

„Wie heißt du?", fragt sie ihn schließlich.

„Mazud", antwortet er.

Einige Kinder quetschen sich plötzlich zwischen Sarah.

„Ich auch! Zusammen tanzen!", rufen sie. Sie nimmt Saba an die eine und Hiwa an die andere Hand. Sarah auf ihre Füße schauend, bremsen sie die Kette ein wenig aus ihrem Takt, bis sie sich schließlich einfinden und vor Freude auflachen. Vermutlich teilen sie das Gefühl, das Sarah soeben kennenlernte.

Während sie ohne Halt das lange Lied durchtanzen, sich immer wieder in eine Spirale wickeln und ein größerer Kreis werden, trifft Sarahs Blick die, der gegenüberstehenden Personen. Sie strahlt bis über beide Ohren und bekommt die Freude zurück.

Es ist wie eine große Gartenparty im Garten einer Wohngemeinschaft und nun ist sie ein Teil davon.

Kapitel 25

Das Schreien eines Kindes weckt mich auf.

Ich brauche ein paar Sekunden, bis ich weiß, wo ich bin.

Im Bus nach Kroatien seit den letzten zwölf Stunden.

Nachdem wir die letzte vierzigminütige Pause gemacht haben und wir endlich die Möglichkeit bekamen, an einer Tankstelle unsere Handys aufzuladen, sitze ich jetzt neben Haytham im Gang, lehne mich an einen der Sitze und halte meinen Rucksack zwischen meinen angewinkelten Beinen und meinem Bauch geklemmt, meine Arme auf die Knie gestützt.

Ich hatte gerade eben erst einnicken können und schon bin ich wieder in der Realität.

Wie lange war ich ihr wohl entkommen?

Mit vor Müdigkeit geschwollenen Augen schaue ich auf die rot blinkende Digitaluhr, die sich neben dem Fahrer befindet.

03:28 Uhr.

Ich versuche mich zu erinnern, wann ich eingestiegen war und wann ich ungefähr die Augen schloss. Doch, wenn ich mich richtig erinnere, dann müsste ich gerade etwa sieben Minuten geschlafen haben. Sieben Minuten, die mich von der grausamen Realität in eine schrecklichere Parallelwelt führten, in der ich mich eine endlose Ewigkeit aufhielt.

Die ständigen Wartereien, kilometerweiten Fußstrecken und schlaflosen Fahrten in Zügen oder Bussen machen mich fertig. Ich werde immer müder und immer kränker.

Seit dem Regen in Mazedonien plagt mich ein nervender Schnupfen, aber jetzt kommt auch noch eine permanente Erschöpfung dazu, die mich mit Kopfschmerzen quält. Und zu allem Bedauern habe ich beim einstündigen Weg, den wir hunderte Menschen zusammen nachts unter klarem Sternenhimmel vom Bus aus zur Grenze Serbiens liefen, meine neuen Schuhe eingelaufen.

Ich betrachte das Loch in der Sohle, das sich am Fußballen in der immer dünner werdenden Sohle gebildet hat. Der Silikonrand ist an den Seiten eingerissen, der bei jedem Schritt einknickt. Bis wir Deutschland erreicht haben, werden sie vermutlich komplett kaputt sein, doch ich habe keine andere Wahl, als mich mit ihnen zufrieden zu geben.

Kaum hatten wir den weiten Weg geschafft und waren im Polizeiamt in Serbien eingetroffen, wo wieder einmal zigtausende Araber, Kurden und Afghanen warteten, wurden wir auch noch von den Polizisten zusammengedrängt und bekamen Elektroschocks verpasst, wenn ihnen danach war.

Glücklicherweise erwischte es mich nicht, doch ein Mann neben uns, der protestierte, wie aggressiv man gegen uns handele, bekam einen längeren Schock und zuckte bei funkenden Strahlen zusammen, als würde er einen Anfall bekommen und lag nach einigen Sekunden, als es vorbei war, in sich zusammengefaltet am Boden. Natürlich lief ich zügig voran, um dem zu entkommen.

Die vielen Menschenmassen scheinen alle zu überfordern. Uns auch, doch wir haben keine Wahl. Erst jetzt wird mir klar, wie enorm die Auswirkungen eines Krieges sind. Was es für Folgen und Konsequenzen mit sich zieht, sogar so viele Kilometer vom Ursprungsort entfernt.

Wie viele Menschen ich allein auf dieser Reise sterben sehe. Es ist so schrecklich, was der Krieg aus uns Menschen macht. Die vielen Flüchtenden und die daraus entstehenden grausamen Geschäfte.

Elf Stunden warteten wir in Serbien in der Schlange und gesessen habe ich kaum. Geschweige denn geschlafen. Einen ganzen Tag verbrachten wir dort.

Aber wir hatten noch Glück, dass alle, die einen gültigen Pass besitzen, vorgelassen wurden und es bei uns schneller voranging als bei den anderen. Wie lange die wohl warten mussten, will ich gar nicht wissen.

Der stickige von Menschen überfüllte Bus bringt mich ins Schwitzen. Ich versuche meine Position zu ändern, doch es ist zu wenig Platz. Die letzte Stunde werde ich meine Beine angewinkelt stehen lassen müssen, bis wir ankommen.

Ich schließe die Augen. Mein Puls beginnt an den Schläfen zu pochen, ein starker Druck durchdringt meinen Kopf und mein Hals beginnt zu kratzen, als würde meine gesamte Körperflüssigkeit mich plötzlich verlassen.

Ich stütze meine Ellbogen auf die Knie, lege meinen Kopf in die Hände und versuche meinen nötigen Schlaf nachzuholen.

Wir halten an. Alle blicken auf und erwachen langsam aus ihrer starren Position, die sie über Stunden beibehielten. Dann öffnen sich die Türen und wir hundert Personen versammeln uns am schmalen Wegrand inmitten eines trockenen Strohfeldes, das sich bis in den Horizont hinausweitet.

Die Sonne geht langsam auf und wechselt am leicht bewölkten Himmel von rosanen Farben ins hellgelbe. Der Bus fährt davon und wir folgen dem Polizisten, der uns neben den Feldern in eine Abzweigung führt, in der nach einigen Metern Gleise folgen, die wir entlanglaufen.

Grillen zirpen laut, während der laue Wind durch die Kornfelder weht und das vertrocknete, kurze Stroh aneinander kratzen lässt. Ich atme tief ein und genieße die frische Luft und Bewegung, die mich ein wenig von den ermüdenden, letzten Stunden stärkt.

Obwohl es frisch ist und sich alle ihre Jacken zuziehen, streiche ich mir den Schweiß von der heißen Stirn, nehme eine meiner Kopfschmerztabletten aus meinem Rucksack und schlucke sie mit beinahe der Hälfte unserer ein Liter Flasche Wasser, die wir für ganze zehn Euro in einem kleinen, verlassen Laden in Serbien kauften, in den sich alle drängten.

Nach einigen Metern, die ich langsamer werde und mit Haytham neben älteren Personen erschöpft hinterherschleife, zweigen sich die Gleise und breiten sich aus, zwischen denen größere Steinklumpen liegen. Ich versuche auf den Holzbarren zu laufen, um das unangenehme Gefühl der groben Steine an meiner dünnen Sohle zu vermeiden.

Es sind nur noch wenige Meter, bis das Strohfeld sich hinter einem Zaun von uns entfernt und weitere Schienen hinzukommen. Ich hechele und versuche mit Haytham Schritt zu halten, als wir schließlich große Zugwagons erreichen, die hintereinander an einem kleinen Bahnsteig stehen, unmittelbar vor einem hohen Stacheldrahtzaun und weiteren Polizisten neben einer Schlange von Arabern und Afghanen, die einsteigen.

Nach einer Weile steigen auch wir dazu und setzen uns wie immer neben ihre Beine auf den Boden.

Die stickige Luft umhüllt mich erneut und schließt meinen Hals. Nur noch sechs Stunden, bis wir Wien erreichen.

Kapitel 26

Sie blickt zu ihrem Kleiderschrank rüber.

David würde in wenigen Stunden bei ihr sein. Sie steht auf und öffnet die Schranktüren. Wie noch vor Jahren liegen die gleichen Kleidungsstücke übereinander gestapelt in den Fächern und füllen diese.

Was würde sie für nachher anziehen, wenn er sie wiedersieht.

Ganz oben liegt das Blümchen-Shirt, für das sie sich als Lieblingsshirt entschied, das sie herausnimmt, ebenso wie die Jeans, die daneben liegt.

Jetzt erklärt sich die Tatsache, dass genau diese beiden Kleidungsstücke ganz oben auf dem Stapel lagen dadurch, dass es tatsächlich die einzigen wenigen Teile sind, die sie regelmäßig trägt.

Sie bleibt eine Weile lang davorstehen und blickt auf die Jahre alten Hosen und Hemden, die sie bereits seit der Schule besitzt und nie ausräumte. Bei jedem Einzelnen fällt ihr eine Geschichte ihrer Vergangenheit ein.

Wie sie das rote T-Shirt in der vierten Klasse neben dem süßen Jonas trug, der ihr dafür ein Kompliment machte, woraufhin sie es fast jeden Tag anzog. Oder der Jeansrock, mit dem sie einmal hinfiel und sie tagelang versuchte, den Fleck herauszubekommen. Doch wann das letzte Mal gewesen ist, dass sie die vielen Erinnerungen anhatte, weiß sie nicht mehr.

Sie muss an die Bewohner denken.

Jetzt fällt ihr auf, dass sie jeden Einzelnen mit einem bestimmten Oberteil vor sich sieht, das sie fast immer tragen, einfach weil sie nicht mehr besitzen.

Sie sieht Amar im rot-schwarzen T-Shirt vor sich, Mazud, wie er in seinem hellblauen Kapuzen-Sweatshirt grinsend seinen Tee trinkt und Hiwa in seinem bunten Spiderman-Oberteil seine Helden aufmalen.

Sie stürmt in die Küche, holt große Müllsäcke, läuft zum Schrank zurück, greift grob hinein und packt alles, was sie nicht mehr trägt in die Tüten. Ohne ein zweites Mal hinzuschauen, erkennt sie jedes Kleidungsstück wieder und weiß, ohne lange darüber nachzudenken, so schwer es ihr auch fällt sich von all den Sachen zu trennen, dass sie sie nie wieder tragen würde. Und das reicht ihr, als Grund sie wegzugeben.

Von den oben liegenden Sachen beginnend, packt sie eines nach dem anderen ein, bis die Fächer leerer und die Tüten voller werden. Jetzt liegen nur noch wenige Oberteile und Hosen da, die sie in den letzten Jahren öfter trug.

Diese ordnet sie mit einem neu gestalteten System in ihren Schrank ein, sodass sie sich ihre täglichen Outfits schneller zusammensuchen kann. Die langen Hosen in einem Fach, die kurzen im Fach daneben. Die Fächer darüber für lange und kurze Hemden und die Schubladen für Socken und Unterwäsche. Jetzt hat sie sogar Platz, sich Extrafächer für Sport und Schlafhosen herzurichten.

Das Blumenshirt und die blaue Jeans legt sie mit frischen Socken und Unterwäsche auf ihr Bett. Dann schließt sie den Schank und schleift die vollen schwarzen Tüten davor.

Sarah öffnet lächelnd die Tür, als es klingelt.

„Wow!", sagt David verblüfft und reißt die Augen auf.

„Was ist?", fragt sie.

Er hält eine pinke Gerbera in der Hand, kann den Blick aber nicht von ihr wenden.

„Was ist denn?", lacht sie laut.

„Ich weiß nicht", lächelt er skeptisch. „Du siehst so verändert aus. Du strahlst förmlich, du bist so wunderschön...", sagt er dann leise, während er sie träumerisch ansieht.

Sarah tritt einen Schritt näher zu ihm, legt ihre Hand auf seine Wange und küsst ihn selbstbewusst.

„Ich fühle mich auch gut."

Als er in ihr Zimmer hineintritt, reißt er die Augen erneut auf.

„Wirklich?", fragt er nur. Sie kommt nicht mal dazu, ihm zu antworten, als er begeistert weiterspricht: „Ich bin so stolz auf dich! Jetzt verstehe ich auch, warum du heute so strahlst." Er läuft zu den Tüten rüber, öffnet sie ein wenig und schaut analytisch hinein. „Du hast eine materielle Last von dir gelöst."

„Ähm genau, Herr Therapeut", lacht sie.

„Die Arbeit tut dir richtig gut. Ich freue mich so für dich", sagt er und nimmt ihre Hände.

„Ja… Ich fühle mich, als hätte ich endlich etwas gefunden, das mich ausmacht. Wofür ich da bin."

Sie fasst ihre Hände um ihn, sodass sie dicht umschlungen dastehen. „Danke, dass du immer für mich da warst", sagt sie leise, während ihre Stirn seine berührt. „Ich habe schon so viel durchmachen müssen, einen Job nach dem anderen verloren, aber du warst trotzdem immer da. Egal ob ich Bäckerin, Verkäuferin oder manchmal einfach nur eine Zicke war", lacht sie nervös.

„Hey…", flüstert er und streicht liebevoll eine Haarsträhne hinter ihr Ohr. „Kannst du dich erinnern, als wir das erste Mal nach unseren vielen Nachrichten telefoniert haben?" Sie nickt. „Oh man, ich war so nervös", erinnert er sich. „Ich hatte dich gefragt, wofür du dich instinktiv entscheiden würdest. Für ‚Stolz' oder für ‚Ruhm'. Und du hast dich für ‚Stolz' entschieden. Ab da an wusste ich, dass du ein guter Mensch bist. Dass du anders bist als die anderen. So besonders. An dem Tag habe ich mich in dich verliebt."

Sprachlos schaut sie ihm in Augen und überlegt, was sie sagen könnte. Doch stattdessen küsst sie ihn sanft, schließt ihre Augen und klammert sich dabei fester an ihn, bis sie zu einer Gestalt verschmelzen und aufs Bett fallen. Er legt sich auf sie und tastet ihr Bein ab, das er um sich schlingen lässt, während er sie küsst. Es ist das erste Mal, dass sie sein ganzes Gewicht auf sich spürt. Dann hört er plötzlich auf, streicht mit seiner Nase an ihre und schaut sie an.

„Ganz egal, was noch passieren mag, egal, was du noch alles im Leben beginnst oder abbrichst, oder was für Fehler du noch machen magst, ich bin immer für dich da. Selbst, wenn du mich auf einmal nicht mehr liebst und mich nie wiedersehen willst, ich werde immer für dich da sein. Ich liebe dich", flüstert er.

Ihre Augen werden glasig. Sie greift in sein Haar und streicht über sein Ohr.

„Ich liebe dich noch mehr", flüstert sie zurück.

Sie fühlt sich wie ein neuer Mensch, als hätte sich endlich ihr Innerstes nach außen gekehrt. Und mit ihm fühlt sie sich nun vollkommen.

Kapitel 27

Die Türen öffnen sich und wir erblicken den vollen Bahnhof von Wien.

Alle steigen aus, fügen sich der großen Masse, die hauptsächlich aus Arabern und Afghanen besteht und folgen dem Strom nach draußen.

Ich spüre die Wärme der anderen Personen, wie sie sich auf mich überträgt, während ich mich mit Haytham durch die Menge zwänge und versuche unserer Gruppe aus dem Zug zu folgen. Höllische Schmerzen durchdringen meinen Kopf, als ich im wirren Durcheinander klar zu sehen versuche und mit meinen schweren Augenlidern kämpfe.

Als wir schließlich hinausfinden, in der gepflasterten Innenstadt stehen und feststellen, dass uns kein Polizist oder sonst wer abholt, warten wir darauf, dass jemand aus unserer Gruppe sich rührt.

„Wo müssen wir hin?", fragt ein Araber. Manche zücken ihre Handys und schauen nach, andere verschwinden allein in den Einkaufsstraßen.

Es haben sich kleine Gruppen an Syrern, Kurden und Afghanen gebildet, die sich beraten.

„Das Meldeamt ist da lang", ruft einer, zeigt in eine Richtung und geht vor, dem etwa sechzig Personen folgen.

Der Tag ist gerade angebrochen und viele Menschen gehen an ihrem gewöhnlichen Alltag zur Arbeit oder einkaufen und werfen uns dabei skeptische Blicke zu.

Das Sonnenlicht blendet mich, doch das Zusammenkneifen meiner Augen verstärkt den Druck an meinen Schläfen. Mir wird schummrig und ich beginne zu zittern, als ich wieder langsamer werde und versuche nach Luft zu schnappen. Mit meinem Hemd wedele ich mir Luft zu.

„Geht's dir gut?", fragt Haytham mich, dessen Berührung am Rücken mich erschreckt.

„Ja", antworte ich leise. „Mir ist irgendwie schwindelig. Ich hab mich erkältet", schniefe ich.

„Du musst noch ein bisschen durchhalten. Bald sind wir da."

Ich nicke und hole erneut eine Tablette heraus, die ich mit unserem restlichen Wasser schlucke.

„Du musst was essen, sonst wird es schlimmer", sagt Haytham und reicht mir ein Stück unseres Brots, das ich langsam und angestrengt kaue. Gerade will er die letzte Dose Thunfisch für mich öffnen, als ich meine Hand daraufplege: „Ich habe keinen Hunger."

„Du musst was essen!"

„Ja, das Brot reicht. Sonst muss ich kotzen."

Kaum haben wir die Diskussion beendet, woraufhin Haytham die Dose zurücksteckt und wir zügig der Gruppe folgen, erreichen wir ein großes Gebäude, das mit der meterlangen Schlange an Arabern und Afghanen, nicht zu übersehen ist.

Jetzt heißt es wieder Warten. Keine Ahnung wie viele Stunden unseres Lebens es diesmal rauben wird, doch bald ist es geschafft.

„Mir geht's so schlecht", murmle ich meinen Kopf haltend. Nach den drei Stunden, die wir warteten, erreichen wir die Notunterkunft in einer großen Turnhalle.

Die Hitze meiner Stirn unter dem Schweißfilm dringt in meine Hand, an die ich mich stütze.

„Ich glaube du hast Fieber oder so. Du brauchst einen Doktor!" Seine Stimme brummt in meinen Ohren.

Ich nicke, während ich auf den Boden starre, der unter meinen Füßen verschwimmt. Der Puls schlägt rasend an meiner Schläfe, der hörbar in meinem Kopf hämmert und dennoch fühle ich mich taub. Ich möchte umkippen.

Mit einer ruckartigen Bewegung falle ich plötzlich innerhalb einer Millisekunde, wie mir scheint, mit der Hüfte voran auf meine Matratze.

Wo sind wir?

Ach ja, Wien.

„Ich hole einen Doktor!"

Ich möchte ihm antworten. Ich möchte nicken. Mein Körper

ist zu schwach.

So viele Menschen, so viele Stimmen. Matratzen überall.

Lasst mich schlafen.

„Es ist grad kein Doktor da, aber es kommt einer", höre ich Haytham sagen, der hinausläuft, während ich zur Seite gelegt, meinem Körper keinen Widerstand mehr leiste.

Ich weiß nicht, wie viel Zeit verging, seit Haytham rausrannte. Es ist eine Sekunde her. Oder eine Stunde?

Ich vernehme seine Stimme.

Ich blinzele ein wenig und erkenne im sich drehenden Geschehen zwei Gestalten, wobei die eine Haytham zu sein scheint, der neben mir sitzt und auf Arabisch zur anderen Gestalt spricht, ein Mann in einer knallorangenen, bedruckten Jacke.

Der Mann hält mir einen Becher Saft vor den Mund und lässt mich trinken.

„Das musst du schlucken", sagt er und hält mir eine Tablette hin.

Egal was es ist, ich nehme alles.

Ich schlucke sie und er hält eine weitere hoch. Ich schlucke sie.

Mit einem nassen Handtuch auf meiner Stirn und in eine warme Decke eingehüllt lassen sie mich wieder schlafen.

Kapitel 28

Die vollen Tüten schleppend, läuft sie zum Tor.

„Guten Morgen Hakan", grüßt sie.

„Na, alles klar? Was is'n das?", fragt er verblüfft.

„Ich hab meinen Kleiderschrank ausgemistet", grinst sie stolz.

„Willst' das jetzt spenden?"

„Ja, wollte ich in die Kleiderkammer bringen." Sie stellt die Tüten an ihren Beinen ab und fährt erschöpft ihre Hand durchs Haar.

„Komm, ich helf' dir", sagt Hakan, schnappt sich den Schlüssel der Kleiderkammer von der Rezeptionstafel, packt alle Tüten mit einer Hand und läuft zur Tür rüber.

„Oh, schaffst du das?", ruft sie ihm nach.

„Klar!", zwinkert er.

Nachdem Sarah ihre Sachen im Büro ablegt und ihren Zettel mit den heutigen Erledigungen prüft, geht sie zunächst die zweite Hallenhälfte reihum durch und spricht einzeln mit den Familien.

„Hallo, hier ist Sarah. Ist jemand da?", fragt sie mit Notizblock und Kugelschreiber vor dem Bettvorhang einer Familie stehen.

„Sarah!", hört sie Safiyas Stimme, die mit Saba zusammen freudig den Vorhang öffnet.

„Na ihr! Alles gut?", fragt Sarah und streicht ihre Wangen. Sie nicken glücklich.

„Komm!", packt Saba sie dann und zieht sie hinein. Ihre Eltern sitzen auf dem Boden und essen gerade zu Mittag. „Sarah! Salam aleikum", sagen sie und machen neben sich Platz. Sie setzten sich zu viert in einen Kreis auf den Boden.

„Ich möchte mit allen Bewohnern nächste Woche in den Zoo gehen", beginnt Sarah langsam zu erklären. „Da gibt es ganz viele Tiere. Löwen, Elefanten, Vögel…", zählt sie auf und macht gestische Bewegungen zu jedem Tier.

„Ah, Zoo", wiederholen die Eltern, woraufhin Safiya und Saba die Augen aufreißen.

„Möchtet ihr mitkommen? Nächsten Samstag um dreizehn Uhr."

„Ja, sehr gut!", antworten sie erfreut. Sarah schreibt sich die vier Namen auf, um hinterher die Anzahl für ermäßigte Tickets erfassen und besorgen zu können.

„Super, danke!", sagt sie und läuft zur nächsten Familie. Immer wieder wird sie freudig begrüßt und ins Haus eingeladen. Nacheinander schreibt sie die Namen auf und freut sich, ebenso wie die Kinder, immer mehr auf den Ausflug.

Jetzt kommt sie in den ersten Teil der Halle zurück und fragt dort alle Betten einzeln ab.

Sie ist überrascht darüber, wie viele Gesichter sie mittlerweile kennt, denen sie Namen zuordnen kann. Vor allem auf dem Grillfest lernte sie viele Bewohner persönlich kennen und kann heute gut auf sie zugehen.

„Nächste Woche gehen wir in den Zoo", erklärt sie wieder, hat bereits das arabische und persische Wort dafür parat und macht wieder einige alberne Gesten. „Möchtest du mitkommen?"

„Ja!", sagt einer mit seinem Bettnachbarn gemeinsam zu und diktiert ihr seinen Namen. „E-N-A-Y-A-T. Das ist sehr schwer zu merken", lachen sie.

Sie blickt auf die immer länger werdende Liste. Fast alle Bewohner hatte sie aufschreiben können. Nur die ganz kleinen Kinder bleiben mit einem Elternteil zuhause, ebenso wie die älteren Personen, die einen langen Ausflug mit viel Lauf nicht durchhalten können. Dass dennoch so viele Leute, egal welchen Alters, sich über einen Ausflug in den Zoo freuen, motiviert sie. Sie war sich anfangs unsicher, ob es eine gute Idee wäre, doch jetzt freut sie sich, so vielen Menschen mit einer einfachen Idee eine Freude machen und ihnen zumindest unter sich ein Gemeinschaftsgefühl geben zu können.

„Hallo Mazud", erkennt sie ihn auf dem nächsten Bett wieder.

„Sarah. Wie geht es dir?", fragt er ein wenig schläfrig.

„Gut, danke? Hast du etwa noch geschlafen?", lacht sie. Mazud lacht ebenfalls verlegen und reibt dann seine Stirn. „Dann wohl eher, guten Morgen."

Noch vor einer Woche hätte sie niemals gedacht, sich so vielen Menschen so schnell vertraut zu fühlen.

„Ja, ich nicht schlafen gut. Alle in Nacht viele laut."

„Oh, ich verstehe", antwortet sie verständnisvoll.

Gerade als sie sich daran erinnert, sich auf einer Pyjamaparty in der fünften Klasse so sehr über die anderen Mädchen geärgert zu haben, die bis in die Nacht gekichert hatten und überlegt, wie sehr es der Situation in einer Notunterkunft mit einhundertfünfzig Kriegsflüchtlingen ähnelt, läuft Amar an ihr vorbei.

Einen kurzen Moment überlegt sie, ihn noch anzusprechen, doch hält sich dann zurück, als sie ihn mit dem Handy am Ohr und glasigen Augen den Blick senken sieht. Sprachlos bleibt sie neben Mazud stehen.

Sie hat bisher sehr selten einen Mann weinen sehen. Und nun Amar weinend zu erleben, obwohl sie gestern noch freudig Tischtennis spielten, verwirrt sie ein wenig.

„Was ist los?", fragt sie Mazud leise.

Er flüstert: „Amar Liebe tot."

Sarah schließt langsam die Augen und versucht den plötzlichen Stich im Brustkorb zu unterdrücken.

Fast hatte sie bei all der Freude, welche die Bewohner ihr gegenüber zeigten, vergessen, wo sie eigentlich war.

Sie erinnert sich an den einen Tag, an dem sie versehentlich Shirin vor ihrem Bett erwischte, wie sie sich ihre rot geschwollenen Augen mit den Händen reibend zu verstecken versuchte. Doch besonders Sarah weiß, wie es aussieht, wenn man gerade geweint hat. Zu diesem Zeitpunkt war sie noch naiv gewesen und glaubte, dass es ein Problem mit ihrem Mann oder Kind gebe oder sie schlicht Heimweh habe, aber dass der Krieg ihr eine liebende Person genommen haben könnte, kam Sarah nicht in den Sinn.

Sie weiß, dass sie es nie genau wissen wird und erst recht nicht, wie es sich anfühlen muss, doch zum ersten Mal kommt sie den Schicksalen auf intime Weise ganz nah.

Am Computer sitzend, tippt sie Mails an verschiedene Veranstalter und Organisationen, um die kommenden Wochen mit Ausflügen zu füllen.

Gerade schreibt sie eine Bestätigungsmail an den Zoo zurück, der ihr vorschlug, fünfzig Freikarten für sie zu hinterlegen, als vier junge Männer ins Büro kommen.

Mit einem von ihnen sprach Sarah bereits auf der Grillparty, der nun Salam übersetzen lässt: „Sie möchten gerne zur Schule gehen."

„Ja, das wissen wir", antwortet Herr Maier direkt. „Wir haben schon alle Anmeldungen rausgeschickt. Jetzt müssen wir einfach warten. Da kann niemand was machen."

Obwohl Herr Maier selbst auf Arabisch antworten könnte, lässt er Salam das tun, achtet jedoch darauf, Missverständnisse zu vermeiden. Auf diese Weise bekommt jeder mit, was gesagt wird und Herr Maier selbst kann prüfen, ob richtig übersetzt wurde.

„Es gibt gerade sehr viele Flüchtlinge, die zur Schule wollen und sich zur gleichen Zeit angemeldet haben. Es müssen erstmal neue Klassen und Plätze gebildet werden, bis die Ämter jeden einzelnen zuteilen können. Das kann noch ein paar Wochen dauern."

Sie nicken, während Salam zu ihnen spricht, doch lassen die Köpfe hängen.

„Warum haben so viele schon einen Schulplatz und wir müssen warten?", übersetzt Salam.

„Ihr seid erst später gekommen, deshalb wurde die Anmeldung auch erst später eingereicht." Herr Maier hebt seine Stimme ein wenig, als wäre er genervt von dieser Frage, die er immer und immer wieder beantworten muss.

Es verblüfft Sarah, wie sehr die Jugendlichen zur Schule gehen möchten. So viele Personen mit einer solchen Lernbereitschaft und einem Tatendrang zu sehen, ist für sie völlig neu. Das letzte Mal, dass sie jemanden so aufgeregt sah, war in der Vorschule.

Nach einer längeren Diskussion gehen die jungen Männer aus dem Büro und lassen Herrn Maier mit Sarah zurück. Sie überlegt kurz und knabbert an ihrem Fingernagel.

„Herr Maier", beginnt sie leise.

„Ja?", antwortet er sofort strahlend ganz nach altem Muster, als wäre nichts vorgefallen.

„Ich würde wirklich gerne eine Ausbildung anfangen."

„Tatsächlich?", reagiert er überrascht.

„Ich bin mir noch nicht so sicher, aber ich liebe diesen Job und ich liebe die Menschen. Ich kann mir wirklich vorstellen, weiterhin im sozialen Bereich zu bleiben", erklärt sie ruhig und ein wenig nervös.

„Das ist ja großartig!", ruft er. „Du kannst jederzeit eine hier anfangen. Zumal eh bald die regulären Ausbildungsbeginne sind."

„Ist es viel mehr als das, was ich schon tue?", fragt sie unsicher.

„Naja, du bist dann hinterher eine anerkannte Sozialarbeiterin. Du wirst täglich hier sein, was du ja eh schon bist, aber wirst besser bezahlt. Du wirst paarmal zur Berufsschule gehen und ausführlich in die Büroarbeiten und Systeme eingeführt. Und dann kannst du mit deinem weitgefächerten Wissen viel mehr Formulare ausfüllen, auch in anderen sozialen Einrichtungen tätig werden und vor allem höhere Stellen annehmen, wie zum Beispiel die Heimleiterin", zwinkert er.

„Das klingt richtig gut", lächelt sie.

„Wir müssen auch in der nächsten Woche noch einige Leute einstellen. Wir brauchen noch einen Sozialarbeiter und einen IT-Manager, der unser Computersystem auffrischt. Aber wenn du dann auch als Azubi anfängst, brauchen wir noch mindestens eine Teilzeitkraft. Wie fandest du die Bewerber der letzten Woche?", fragt er dann und erinnert Sarah an die fünf Personen, die sich als Sozialarbeiter vorstellten und unterschiedliche Referenzen oder Empfehlungen von Ämtern besaßen.

„Die wirkten alle sehr engagiert auf mich. Aber am souveränsten fand ich die letzte Frau. Wie hieß sie nochmal? So Ende dreißig, braune Haare…"

„Karin Bauer!", ruft er rein.

„Genau, sie hat klipp und klar auf die Fragen antworten können."

„Das stimmt. Der Chef sagte auch, sie würde ganz gut in die Gruppe passen. Aber dann möchtest du hier wirklich die Ausbildung machen?", fragt er erneut.

„Ich muss mich nochmal genauer informieren, aber denke schon, ja", lächelt sie entschlossen.

„Das wäre wirklich fantastisch. Dann sag doch die Woche nochmal Bescheid und dann können wir endlich ein super Festangestellten-Team aufstellen!"

Nachdem sie im Büro zwei Plakate mit der Überschrift ‚Ausflug in den Zoo', Datum, Uhrzeit und vielen Tieren darauf angefertigt hat, geht sie diese in den Hallenhälften aufkleben.

„Saaarah!", kommen die Kinder angerannt.

„Na, alles gut?"

„Spielen!"

„Spielen wollt ihr? Was denn?", fragt Sarah, während sie das Plakat an der Pinnwand glattstreicht. Safiya zieht an ihrem Ärmel und wartet auf ihre Aufmerksamkeit. Dann hält sie zwischen Daumen und Zeigefinger eine imaginäre Karte, die sie umdreht. Sarah überlegt einen Augenblick und begreift dann.

„Ach, Memory? Möchtest du Memory spielen?", fragt sie und wiederholt Safiyas Bewegung.

Sie nickt aufgeregt.

Nachdem sie es vor ein paar Tagen zusammen spielten, hatte Safiya sich nur die Bewegung eingeprägt. Stärker am Ärmel zerrend, führt sie Sarah zu ihrem Haus, verschwindet kurz hinter dem Vorhang und kommt schließlich mit dem Spiel hervor.

„Super, du hast jetzt dein eigenes! Alles klar. Wir spielen Memory!", trommelt Sarah die Kinder zusammen, die Schachtel dabei hoch in der Luft schüttelnd. Schnell kommen sie hinterhergerannt und setzen sich mit ihr wie immer auf den Spieleteppich. Und wie immer bildet sich ein großer Sitzkreis neben Sarah. Die setzt sich in einen Schneidersitz und Saleh macht es sich darin bequem.

Ohne etwas zu sagen, beginnen die Kinder die Karten verdeckt auszubreiten. Sarah fühlt sich wieder in ihre Kindheit versetzt und kann ihre Maske, unter der sie ihre Bedrücktheit über die Trauer der Bewohner und das komplizierte Erwachsenenleben verbirgt, in Anwesenheit unschuldiger Kinder für kurze Zeit absetzen.

„Wieder Spielrunde mit Sarah?", fragt ein Wachmann die Kinder, der in der Ecke sitzt und alles im Blick hat.

„Muss ja", antwortet Sarah ironisch und zwinkert.

Mit Saleh zusammen beginnt sie dann die erste Karte aufzudecken.

„Erdbeere", sagt Sarah laut. „Erdbeere", sprechen die Kinder ihr nach. „Auto", sagt sie nach der zweiten, das ihr alle nachsprechen. Dann hält sie die beiden Bilder nebeneinander. „Ist das das Gleiche?", fragt sie mit prüfendem Blick darauf. Entsetzt schütteln die Kinder den Kopf.

Saba ist die Nächste. „Was ist das Saba?", fragt Sarah. Sie lächelt schüchtern. „Weiß jemand, was das ist?", fragt Sarah dann die Gruppe. „Blume!", ruft Hiwa sofort. „Richtig, eine Blume!", wiederholt sie, das die Kinder ihr mit einer selbstverständlichen Betonung nachsprechen, als hätte es nie etwas Anderes sein können.

Sarah erinnert sich auf einmal daran, wie sie das Wort ‚Regenbogen' gelernt hatte, das unter den vielen Memorykarten ihre liebste und gleichzeitig verwirrendste war. Denn immer erwartete man von ihr, das Wort zu können, ohne ihr zu erklären, inwiefern gebogener Regen sich darauf abbildete.

Sabas zweite Karte ist leider ein Frosch, also ist Hiwa dran.

Immer wieder ruft Sarah die Begriffe in die Runde, die einige ihr nachsprechen, während die anderen auf Arabisch, Persisch und Kurdisch plappern.

Sie fragt sich jedes Mal, ob die Kinder wissen, dass sie ihre Sprache nicht versteht. Und dennoch hört sie aufmerksam zu und nickt, wenn Saleh ihr unverständlich und doch aufgeregt von seinem Leben berichtet.

Friedlich geht die Runde einmal rum, bis Meral dran ist und das Elefantenpaar findet.

„Super! Du hast beide Elefanten gefunden!", lobt Sarah sie. Direkt deckt Meral das nächste Pärchen auf.

„Wow, zwei Häuser. Du bist ja richtig gut! Dann darfst du nochmal", sagt Sarah, doch Saleh beginnt eine Karte aufzudecken. „Nein Saleh, du musst warten. Meral ist noch dran", erklärt sie.

„Nein! Ich!", ruft er und dreht stur eine zweite Karte um, als er sich aus Sarahs Schoß aufstützt. Hiwa nimmt ihm sauer die Karten weg.

„Nein, nicht du. Meral. Dann du", schimpft er.

Daraufhin beginnt Saleh schreiend seine Karte durch die Luft zu werfen.

„Nein, Saleh! Nicht werfen!", schimpft Sarah jetzt und setzt ihn wieder auf ihren Schoß. „Jeder ist einmal dran und wenn man das Gleiche findet, darf man noch einmal", versucht sie ihm ruhig zu erklären und zeigt auf Merals Pärchen.

Da steht Saleh auf und tritt Meral ihre Karten weg.

„Nein!", ruft Sarah, die aufsteht und ihn einfangen will, doch da weint Meral schon und schreit ihn an. „Es ist alles in Ordnung, nicht schreien", versucht Sarah alle zu beruhigen, die Saleh schließlich einfangen kann und ihn auf die Bank setzt. „Das darfst du nicht machen. Nicht mit den Füßen treten. Das ist nicht gut!", versucht sie ihm mit gehobenem Zeigefinger und strengerer Tonlage klarzumachen. Er streckt ihr die Zunge raus und stampft davon.

Leicht gereizt setzt sich Sarah zurück in den Kreis und nimmt Meral in den Arm. „Schon gut, du musst nicht weinen", tröstet Sarah sie. Hiwa beginnt weiterzuspielen und schafft es, die Gruppe zu beruhigen.

Nach ein paar Minuten kommt Saleh plötzlich mit seinem Vater angelaufen und stellt sich Sarah unsicher gegenüber.

„Hast du dich wieder eingekriegt?", fragt Sarah ihn lächelnd und wartet, die Arme an den Hüften abgestützt, auf eine Entschuldigung. Er macht einen Schmollmund und schaut zu seinem Vater hoch, der ihm auf Kurdisch sagt, sich zu entschuldigen.

„Tut mir leid", flüstert Hiwa zu Saleh.

„Tut mir leid", stammelt Saleh dann leise vor sich hin, während er zu Boden schaut.

„Wie bitte? Ich kann dich nicht verstehen", grinst Sarah und hält ihre Hand an ihr Ohr.

„Tut mir leid", wiederholt Saleh nochmal deutlicher und schmunzelt verlegen.

„Da ist das schöne Lächeln, das wir sehen wollen!", lacht Sarah und umarmt ihn daraufhin tröstend. „Aber das nächste Mal warten wir alle, bis wir dran sind. Okay?"

Mit der Hand klopft sie auf seine Schulter und blickt ihm dabei in die Augen. Er nickt und rennt lächelnd davon.

„Danke", sagt sie dann zu seinem Vater, der auf Kurdisch herzlichst zurückdankt.

Nachdem die Kinder voreilig wegliefen, sammelt Sarah die Karten allein auf, packt sie in die Schachtel zurück und seufzt, die Haare dabei aus dem Gesicht streifend, laut auf.

„Haste richtig gut gemacht", sagt der Wachmann plötzlich, der die ganze Zeit über dort gesessen und zugesehen hatte.

„Was meinst du?", fragt sie müde.

„Mit den Kindern. Richtig ruhig mit denen geredet, nicht gleich ausgerastet wie die Eltern immer. Ernsthaft."

„Findest du?", fragt Sarah zweifelnd.

„Ja man, du wirst voll die gute Mutter, schwöre."

Ein leichtes Lächeln zeigt sich auf ihrem geschafften Gesicht.

„Danke, das freut mich", antwortet sie und geht ein wenig erleichtert über die erste Hallenhälfte zurück zum Büro.

Gerade als sie die Tür öffnen will, sieht sie Amar einige Meter von ihr entfernt in ihre Richtung kommen. Sie muss an seinen traurigen Blick von vor einer Stunde denken. Wartend steht sie vor der Tür, bis er sie bemerkt und auf sie zugeht. Dann bleibt er neben ihr stehen, als würde er auf eine Frage ihrerseits warten.

„Wir gehen nächste Woche in den Zoo", sagt sie, zwingt sich zu einem Lächeln und zeigt auf das Plakat. „Möchtest du mitkommen?"

Er lächelt nur schwermütig.

„Ich weiß nicht", antwortet er mit den Schultern zuckend.

Es geht sie nichts an zu fragen, weshalb er nicht mitkommen möchte, auch wenn sie die Antwort genau weiß.

„Okay", sagt sie nur, woraufhin kurzes Schweigen folgt.

Die Tatsache, dass sie ihn auf keinen Fall darauf ansprechen kann, macht eine Konversation unglaublich schwer.

„Möchtest du Tischtennis spielen?", fragt sie. Er zuckt wieder mit den Schultern, doch bringt hinter dem trüben Gesichtsausdruck einen Hauch eines Schmunzelns hervor. Rasch geht sie ins Büro, legt das Memory in ihre Ablage und kommt mit einem Ball und Tischtennisschlägern wieder.

Sie spielen nur eine Runde bis zu elf Punkten, die sie gewinnt, bis er sich entscheidet, sich genug von der Trauer abgelenkt zu haben, aber jedes einzelne Lachen nach einer albernen Pose beim Versuch den Ball abzufangen, war für sie ein Triumph.

Kapitel 29

„Geht's dir besser?", höre ich Haytham.

Ich blinzle auf.

Wo bin ich? Ich sehe mich um. Stimmt, immer noch Wien.

„Ja", antworte ich leise. Meine Kopfschmerzen sind weg. Unter der dicken Decke schwitzend, setze ich mich auf und fasse an meine Stirn, die nicht mehr heiß ist. Ohne den drückenden Schmerz an den Schläfen, fühle ich mich fast wie neugeboren.

„Wie lange habe ich geschlafen?"

Haytham blickt auf sein Handy.

„Ungefähr sechs Stunden. Du hast leichtes Fieber. Ist es jetzt besser?", fragt er erneut und tastet meine Stirn ab. Ich nicke.

„Wann gehen wir weiter?"

„Wir müssen die Papiere erneuern, aber wir sind so viele, da wird es zwei, drei Tage dauern. Aber das ist nicht schlimm, wir haben es nicht mehr eilig. Ruh dich erstmal aus und werde wieder gesund", sagt er beruhigend und reicht mir einen großen, roten Apfel.

Noch immer ist mir ein wenig schummrig und warm, doch ich bin wieder bei klarem Verstand. Ich greife nach dem Apfel und esse ihn, während ich meinen Blick durch die Turnhalle schweifen lasse. Wir sind in Wien.

Wie alle anderen zweihundert Personen, sitze ich auf meiner Matratze auf dem Boden, während ich die Vitamine des Apfels meinen Körper kräftigen spüre. In meinem neuen Pullover eingekuschelt, der mir irgendwann übergeworfen wurde, fühle ich mich schon viel besser. Die Tabletten und der erholsame Schlaf haben das Fieber offenbar gelöst, auch wenn ich noch leichte Kopfschmerzen und Schnupfen habe.

Erst jetzt bemerke ich, dass ein grünes Band um mein Handgelenk gebunden ist, so wie es alle anderen Personen in der Halle auch tragen. Ich kann mich nicht erinnern, es bekommen zu haben, doch anscheinend gehörte es zur Anmeldung.

Eine Weile schauen wir schweigend durch die Halle. Haytham

legt sich entspannt auf seine Matratze, während wir die Leute beobachten. Viele große Familien mit Kindern sitzen zusammen. Aber hauptsächlich junge Männer sitzen verteilt auf ihren Matratzen, bilden kleine Grüppchen und unterhalten sich erleichtert. Eine gelockerte Stimmung breitet sich aus. Es ist laut, doch Haytham und ich strahlen.

„Wir haben es geschafft", sagt er und greift stolz meine Schulter, genauso wie beim letzten Mal und dennoch anders. „Lass uns was essen, ich habe extra auf dich gewartet", sagt er dann.

Am großzügigen Buffet mit Tee, Saft, Obst und Gemüse, nehmen wir uns wieder einen Apfel und lassen uns im Cateringbereich von einem Küchenhelfer, welcher selbst ein Syrer ist, einen Teller mit warmem Reis, Soße und Brot geben.

Weil er offenbar erkennt, dass ich auch aus Syrien komme, fügt er einen kleinen Löffel Reis hinzu und zwinkert. Lächelnd gehe ich weiter und bemerke, dass er das Gleiche bei einem anderen Syrer tut, der ihn heimlich darum bittet.

Doch kaum sind Haytham und ich wieder auf dem Weg zu unseren Matratzen, protestiert ein Afghane laut durch die Halle, der es bemerkte. Bis auf die Afghanen, schauen alle fraglos drein.

Jetzt versammelt sich eine kleine Gruppe an Leuten, die mit der Security diskutiert, doch als der Küchenhelfer laut auf Deutsch den Ton angibt, die Security ihm nickend und auf die Schulter klopfend zustimmt, ziehen sich die anderen beleidigt zurück.

Ich weiß genau, wie der Syrer alle an der Nase herumführt. Doch auf eine merkwürdige Art bewundere ich ihn für seine offenbar clevere Redegewandtheit.

Erst jetzt wird mir klar, worauf es ankommt. Nur der Sprachbegabte hat als Flüchtling eine gute Chance auf eine Zukunft. Natürlich wird es Naturtalente geben, die eventuell durch ihr gutes Handwerk auffallen, doch nur wer gut Deutsch spricht, kann alle schnell von sich überzeugen und es weit schaffen. Und das möchte ich auch. Ich möchte so gut Deutsch lernen, dass ich einen guten Job bekommen und meiner Familie ein gutes Leben bieten kann.

Ich reiße das Brot ab, das ich in die Soße eingetunkt mit dem Reis esse. Es ist lange her, dass ich so viel, so Gutes esse. Und das zeigt sich auch an meinem Körper. Die Hose, die in Libanon noch passte, hängt jetzt schlaff an mir herunter und sobald ich mein Spiegelbild betrachte, sehe ich nur noch knochige Wangen und Halssehnen.

„Alle haben SIM-Karten von den Helfern geschenkt bekommen", sagt Haytham und reicht mir meine. Während ich mit der einen Hand das Brot esse, aktiviere ich mit der anderen die Karte in meinem Handy und bekomme erneut plötzlich zig Nachrichten. Einige von meiner Freundin, eine von Onkel Raed und zwei verpasste Anrufe meiner Mutter.

„Mama hat wieder Internet!", berichte ich Haytham aufgeregt und rufe sie direkt an. Nach jedem Tuten schlägt mein Herz schneller.

„Mohammed, mein Schatz", antwortet sie mit freudvollem und gleichzeitig erleichtertem Klang.

Ich habe ihre Stimme so vermisst. Jetzt fühle ich mich wieder geborgen, fast als wären wir nicht getrennt worden.

„Mama… Wie geht es dir?"

„Sehr gut, mein Junge. Mach dir keine Sorgen. Wie geht es euch? Wo seid ihr?", fragt sie aufgebracht.

„Wir sind schon in Österreich!"

„Österreich?", fragt sie erstaunt. „So schnell. Das ist ja großartig."

„Ja, wir haben keine Pausen gemacht und nicht geschlafen. Immer sofort von einem Bus zum nächsten Zug und so weiter. Vor der Bootsfahrt über das Meer hatte ich am meisten Angst. Und der Motor ging kaputt, weil es stürmte, aber dann wurden wir von einer Hilfsorganisation abgeholt und sofort versorgt", kürze ich die Geschichte aufgeregt ab. Ich höre, wie sie erlösend ausatmet.

„Das freut mich sehr, dass es euch gut geht."

Ihre Freude beginnt in leichtem Zittern auszuklingen, weil sie weint. Jetzt schluchzt sie leise.

„Mama…", sage ich wieder nur, als ich ihre Tränen vor mir sehe und versuche nicht auch zu weinen. Mein Hals beginnt zu kratzen. Ich schlucke und versuche das Thema zu wechseln.

„Ich habe mich in Mazedonien ein bisschen erkältet. Aber jetzt geht es mir besser. Wir bekommen hier sehr gutes Essen", erzähle ich, um sie aufzumuntern.

„Gib sie mir mal", sagt Haytham dann und streckt seine Hand aus.

Ich reiche ihm mein Handy, darauf hoffend, dass er sie zum Lachen bringen kann und beobachte ihn eine Weile, bis ich mich auf meinen Rücken zurücklege und die langersehnte Bequemlichkeit genieße.

Aus meiner Hosentasche nehme ich in der geballten Faust meinen Stein heraus und halte ihn zwischen meinen Fingern dem Licht entgegen. Seit ich weiß, dass er bei mir ist, passe ich immer auf, ihn nicht zu verlieren und wechsle ihn regelmäßig von Hosentasche zu Hosentasche.

Das dunkle Braun wechselt im Licht zu einer hellen Honigfarbe, die zu funkeln beginnt.

Wenn mein Bruder fertig telefoniert hat, muss ich unbedingt meiner Freundin schreiben.

Ab jetzt ist es nicht mehr weit. Sobald wir unsere Papiere fertig haben, werden wir weiterreisen und endlich unser gewünschtes Ziel erreichen. Deutschland.

Kapitel 30

„Sarah!", kommen Hiwa, Saleh und Safiya ins Büro gestürmt.

„Na, alles gut?", fragt sie, während sie am Computer die Mails durchsieht.

„Ja. Wann wir gehen Zoo?", fragen sie aufgeregt.

Sarah schaut auf die Uhr.

„In einer Stunde. Seid ihr denn bereit?"

„Ja!", rufen sie.

„Ich möchte sehen diese", sagt Hiwa und hopst mit den Händen unter den Achseln sich kratzend herum.

„Affen! Ja, es gibt gaaanz viele Affen", lacht Sarah.

„Und gibt es diese?", fragt er weiter und bildet mit seinen Händen ein Horn auf seiner Nasenspitze.

„Meinst du Nashörner? Ja, die kannst du auch sehen. Eure Eltern kommen mit, oder?" Sie nicken. „Super, in einer Stunde geht's los. Ihr könnt schon mal allen Bescheid sagen!", verkündet sie, sodass die Kinder freudig aus dem Büro rennen.

Als Sarah heute Morgen in die Unterkunft kam, hatte sie bereits alle Bewohner an den Ausflug erinnert und auf das Plakat hingewiesen, das sie vor einer Woche an die Pinnwand hing. Dennoch lässt sie sich überraschen, wer alles mitkommen würde.

Die Stunde, die sie noch Zeit hat, prüft sie jede einzelne Mail. Unter Antworten von Ämtern bezüglich notwendiger Dokumente hat sie auch viele Antworten von Museen und Organisationen bekommen, die den Flüchtlingen eine ermäßigte oder sogar kostenfreie Veranstaltung ermöglichen.

Sarah lächelt vor Freude und macht sich zu jeder einzelnen eine Notiz.

Nächste Woche könnten sie in ein Museum zur Geschichte Berlins gehen, die sogar Dolmetscher organisieren würden. Und hier ist eine Mal- und Bastelveranstaltung für Kinder. Die Woche darauf könnten sie ins Naturkundemuseum. Und hier gibt es eine Einladung einer ehrenamtlichen Organisation zu einem internationalen Frühlingsfest.

Während Sarah ihren Terminplaner durchgeht und sich für jede Veranstaltung einen Tag überlegt, an dem möglichst viele Bewohner mitkommen können, denkt sie schon weiter.

Sie könnte nach Nähkursen schauen, an denen die Frauen teilnehmen, damit sie ein wenig unter sich sind und Beschäftigung bekommen. Woanders gibt es vielleicht Musik- oder Sportkurse, die sowohl den Kindern und Jugendlichen als auch den Älteren Freude bereiten können.

Jetzt fertigt sie sich Notizen für die nächsten Wochen und einen weiteren mit neuen Ideen an.

Dieser Ausflug wird erst der Anfang sein, denkt sie sich und stellt sich schon den Sommer vor, wo sie Schwimmen oder gemeinsam im Park picknicken gehen.

Kaum ist sie dabei einige Antworten zu schreiben, ist die Stunde auch schon vergangen. Sie zieht sich ihre Jacke an, nimmt ihre Tasche und tritt aus dem Büro, als sie bereits einige Männer neben den Kindern mit Rucksack auf der Couch warten sieht. Überrascht tritt sie heran.

„Kommt ihr mit in den Zoo?"

„Zoo", sprechen sie nach, zeigen auf das Plakat und nicken.

„Super! Und ihr habt euch schon fertig gemacht. Das ist Klasse!" Sarah hebt zwei Daumen.

Einmal um die erste Hallenhälfte laufend, ruft sie in jedes Bett: „Wir gehen jetzt in den Zoo! Zoo!" Einige antworten, während sie sich noch schnell ein anderes Hemd überziehen.

„Sarah!", hört sie auf einmal von hinten. Sie dreht sich um und steht vor Salehs Vater.

„Du nicht hier für drei Tage", bemerkt er. „Wir haben vermisst dich"

„Oh, das ist ja süß", antwortet sie gerührt.

Sie hatte sich den letzten Freitag wegen einer leichten Erkältung freigenommen und war auch das Wochenende zuhause geblieben, nachdem sie bereits einige Samstage in der Unterkunft war. „Ja, ich hatte ein bisschen Urlaub", kürzt sie lächelnd ab.

Dann geht sie in die andere Hallenhälfte, wo sie ebenfalls

überrascht wird, denn die Kleinen werden gerade von den Müttern angezogen.

Schnell versammeln sich alle und auch die kleine Saba kommt in einem blauen, langen Hemd mit gelben Blumen darauf, das Sarah sehr bekannt vorkommt, angelaufen.

„Oh, Saba", sagt sie ergriffen. Sie hockt sich zu ihr herunter, um sie zu bewundern. „Das ist mein Hemd."

Saba grinst sie an, ohne eines ihrer Worte zu verstehen.

Genau in dieser Turnhalle hatte Sarah dieses Hemd einmal getragen, als sie ihre Sportsachen vergaß und keine Fehlstunde bekommen wollte, weshalb sie darin über die Sprungböcke hüpfte.

Und jetzt trägt es Saba am selben Ort, nachdem ihre Eltern in der Kleiderkammer offenbar genau danach schicksalshaft griffen, und schenkt dem Hemd ein neues Leben mit neuen Geschichten.

Sie nimmt sie in den Arm: „Du siehst so schön aus."

Als die Familien sich vor ihr versammeln, steht sie auf.

„Seid ihr bereit? Habt ihr euer Busticket und was zu trinken mit?", fragt sie die Gruppe. Sie nicken, während auch der Rest dazukommt. „Na dann können wir ja los!"

In die andere Halle zurückkehrend, sitzen jetzt mehr Leute zusammen, die ihr hinaus folgen.

Vor dem Tor finden sich weitere vor, die rauchend auf sie warteten. „Kommst du auch mit?", fragt sie Adil, der wie immer auf seinem Stammplatz in der Raucherecke sitzt und sich seine Zigarette zwischen seine Lippen steckt.

Er schüttelt bloß skeptisch den Kopf.

„Oh schade. Warum nicht?", fragt sie.

„Die Menschen…", beginnt er und überlegt. „Alle immer denken… wir", dann unterbricht er sich selbst, überlegt weiter und winkt sie schließlich kopfschüttelnd ab.

„Nein, bitte sag es mir", erwidert sie.

„Immer alle denken, wir Flüchtlinge…"

Er seufzt verzweifelt.

Obwohl er seinen Satz nicht beendet, versteht Sarah wovon

er spricht.

„Ich weiß, es ist nicht einfach. Aber es gibt immer überall solche Menschen. Nicht alle denken so. Und das wirst du merken, wenn du rausgehst, offen bist und mit mehr Menschen in Kontakt kommst", versucht sie ihn zu bestärken.

„Also, du musst nicht mitkommen, aber ich bin da und wir sind alle zusammen. Und das ist das einzig Wichtige, das man dagegen tun kann. Stark zu bleiben und den anderen zu zeigen, dass man nicht anders ist als sie selbst. Oder eben, dass jeder einzigartig ist."

Er lächelt.

„Nächste Mal."

Mit Saba an der linken und Saleh an der rechten Hand führt Sarah die Gruppe bestehend aus fünfzig Personen durch den Zoo. Die pralle Sonne strahlt über die Blumenwiesen, die ihren Duft verbreiten.

Sie schlendert im langsamen Tempo, damit ihr alle folgen können und sie niemanden verliert. Immer wieder dreht sie sich um und prüft, ob alle beisammen sind.

Es bilden sich kleine Grüppchen, die sich aufgeregt unterhalten, während sie an den Elefanten, Giraffen und Löwen vorbeikommen. Bei jedem Außengehege bleiben sie einmal stehen, bestaunen die Tiere, machen Fotos und laufen dann gespannt zum nächsten.

„Wie heißt diese auf Deutsch?", fragt Kamil jedes Mal neugierig.

„Eisbär", antwortet Sarah diesmal, während sie dem weißen Riesen dabei zusehen, wie er sich auf dem Boden krault und die Sonne genießt.

Pünktlich zur Fütterung erreichen sie das Pinguinbecken. Sie versammeln sich am Beckenrand und schauen den watschelnden Vögeln dabei zu, wie sie nacheinander ins Wasser hüpfen, eine Runde schwimmen und zur Belohnung am Ufer vom Mitarbeiter einen Fisch bekommen.

„Guck mal Sarah", ruft Kamil und winkt sie zu sich. „Diese!" Er richtet seinen Zeigefinger auf das Nashorn und staunt.

„Ja, ein Nashorn", sagt Sarah unbeeindruckt.

Fasziniert hält sich Kamil seine Hände vor den Mund.

„Hast du etwa noch nie ein Nashorn gesehen?", lacht sie überrascht.

„Nein", antwortet er kopfschüttelnd.

„Hiwa!", ruft Sarah dann, als ihr einfällt, dass er nach Nashörnern gefragt hatte. „Hier, die wolltest du doch sehen", sagt sie und führt ihn an den Schultern zum Gehege.

„Wow!", ruft er begeistert und reißt neben Kamil ebenfalls die Augen auf. „Ich liebe diese. So groß!", sagt er zu ihm.

„Ja, ich auch. Und viel stark!", entgegnet ihm Kamil.

Sie erreichen ein separates Gebäude mit weiteren Gehegen. „Hier sind die Affen!", ruft Sarah der Gruppe zu und führt sie langsam hinein. Sie laufen von Fenster zu Fenster vorbei an Orang-Utans, Schimpansen und Gorillas.

Hiwa läuft neben ihr. „Magst du sie?", fragt Sarah. Hiwa nickt fröhlich. „Schau mal!", sagt sie und zeigt auf zwei kleine Lemuren, die so dicht auf einem Ast nebeneinandersitzen und sich Obstreste teilen, sodass sich ihre langen hinabfallenden Schwänze ineinander wirbeln.

„Familie!", sagt Hiwa lächelnd.

Plötzlich tippt Meral Sarah am Arm.

„Sarah, was hier?", fragt sie neugierig und zeigt auf die Treppe.

„Oh, da ist es ganz dunkel. Da leben Tiere, die nachts wach sind", erklärt sie.

„Wir können gehen?"

„Ja, natürlich. Wir gehen runter!", kündigt Sarah der Gruppe an, die ihr langsam die Stufen hinab folgt.

Es braucht einige Sekunden, bis die Augen sich an die Dunkelheit gewöhnen und die einzelnen Räume hinter den Scheiben erkennbar werden, in denen Wüstenhasen hopsen und Fledermäuse herumflattern.

„Siehst du Kamil? Fledermäuse!", sagt Sarah und tippt ihm auf die Schulter. „Fledermäuse", spricht er nach, als sie bemerkt, dass es sein Bruder Amar ist. „Oh, du bist es Amar. Es ist so dunkel hier. Ich habe dich gar nicht erkannt", lacht sie. Womöglich war es das meiste, das sie von ihm zu hören bekam. Sie kann sein schüchternes Lächeln nicht sehen, doch weiß, dass es da ist.

Als sie die Treppe hinaufsteigen, kommen sie am anderen Ende des Gebäudes heraus. An riesigen Blumenbeeten und Sträuchern vorbei, laufen sie den körnigen Weg entlang.

Mazud läuft neben ihr, der hörbar laut, tief einatmet.

„Das meine Heimat." Noch einmal atmet er tief ein und zeigt dann auf die weißen Blumen in den Sträuchern.

„Jasmin", sagt Sarah und riecht an einer. „Wow, das riecht so gut!"

„Ja, in Damaskus, viele viele das!", erzählt er. Jetzt kommt auch Kamil schnuppern, der daraufhin glücklich ausatmet.

„Kurdistan", sagt er.

„Da gibt es auch viel Jasmin?", fragt Sarah.

„Ja, sehr viele."

Dann zupft Mazud eine Blume an ihrem Stängel ab und überreicht sie Sarah.

„Schöne Blume für schöne Frau."

„Das ist ja lieb, danke", lacht sie. „Ich denke, hier können wir ein Gruppenfoto machen!"

Sie ruft die Gruppe zurück, die bereits ein paar Meter vorgegangen ist und versammelt sich mit ihnen vor dem riesigen Blumenfeld, in der Mitte ein großer Brunnen mit seinem Wasserspiel prahlend.

„Alle zusammen. Die Kleinen nach vorne", sagt sie und schiebt Saleh und Hiwa vor die Männer. Die ältere Dame, der Sarah ihr Handy gab, hält es hoch, blickt mit zusammengekniffenen Augen darauf, geht einige Schritte zurück, macht der Gruppe winkend zu erkennen, noch näher zusammenzurücken und ruft schließlich: „Lächeln!"

Sarah wirft freudig ihre Hände in die Luft und jubelt, woraufhin die Gruppe lachend das gleiche tut. Erst als sie das Foto erblickt, sieht sie, wie groß die Gemeinschaft ist und ist stolz, den gesamten Ausflug allein organisiert und durchgeführt zu haben.

Erschöpft setzen sich Saleh und Saba auf die Wiese, woraufhin sich die anderen neben sie setzen. Sarah blickt zum Eiswagen rüber, der mit aufgeschlagenem Schirm neben den Blumenbeeten steht und überlegt der Gruppe mit dem übriggebliebenen Budget des Ausflugs ein Eis zu spendieren.

„Möchtest du ein Eis?", fragt sie Saleh, der aufstrahlt. „Okay, wir machen kurz Essenspause. Bleibt hier und ich kaufe euch Eis!", ruft sie der Gruppe zu.

„Jaaa!", rufen die Kinder glücklich.

Sie stellt sich an die Schlange vor dem Eiswagen und ist nach einigen Minuten an der Reihe: „Ich hätte gerne fünfzig Flutschfinger."

„Vielen Dank für heute, Sarah. Sehr schön!", sagen die Familien und verschwinden in den zweiten Teil der Halle hinter dem Vorhang. Es ist bereits neunzehn Uhr, als die Gruppe wieder in der Unterkunft eintrifft.

„Möchtest du Tee?", fragt Mazud, der sich gerade kochendes Wasser in seinen Becher eingießt.

„Oh, sehr gerne", antwortet Sarah erschöpft.

Er überreicht ihr seinen und schenkt sich erneut Tee in einen weiteren Becher ein.

„Komm, sitzen", sagt er und leitet sie zur Bank. Neben Amar und einem älteren kurdischen Mann mit tiefen Falten, den sie bisher lediglich begrüßt hatte, nimmt sie Platz. Sie trinkt einen Schluck.

„Oh mein Gott, das ist ja extrem süß! Wie viel Zucker ist das drin?", fragt sie, ihre Mundwinkel dabei verziehend.

„Sechs", grinst Mazud.

„Sechs Stück Zucker?!", lacht Sarah entsetzt.

„Ja, nicht gut? Meine neun!"

„Das ist viel zu viel. Ich trinke Tee nie mit Zucker. Aber, kein

Problem. Schmeckt sehr gut."

Solidarisch nimmt sie einen weiteren Schluck, ohne den Zuckerschock erkenntlich zu machen.

„Hat euch der Ausflug gefallen?", fragt sie die kleine Runde, während sie ihren Tee schlürfen. Sie nicken erfreut.

„Wir sehr glücklich, du machen diese mit uns. Wir freuen, wenn wir können gehen raus und sehen viele und sprechen Deutsch", erzählt Mazud ihr freudig.

„Es macht mich sehr glücklich, wenn ihr euch freut."

Gerade als Adil an ihnen vorbeiläuft und ebenfalls mit einem Becher Tee und einer Zigarette zwischen den Fingern hinausgeht, spricht sie weiter.

„Adil war heute ein bisschen traurig und wollte nicht mitkommen", erzählt sie. „Er hat gesagt, dass euch alle immer nur als Flüchtlinge sehen."

Sie trinkt einen Schluck und wartet auf ihre Reaktionen. Während Mazud für Amar, der noch nicht alles versteht, und ebenso für den älteren Mann übersetzt, der ebenfalls Arabisch zu verstehen scheint, nicken sie.

„Ist es euch auch schon passiert, dass andere gemein zu euch waren, weil ihr Flüchtlinge seid? Also irgendetwas Schlechtes?", versucht sie mit einfachen Worten an das Thema heranzugehen. Mazud übersetzt erneut.

„Manchmal die Menschen sind nicht so viele nett. Zum Beispiel wenn ich brauche Papier", sagt er dann.

„Ja, ich verstehe. Das kenne ich, zu mir waren Beamte auch schon oft unfreundlich. Aber das ist normal. Das hat nichts mit der Person zu tun, mit der sie reden"

„Ja, ich weiß. Ich denke alle Menschen gut und in allen Menschen etwas kleine schlecht. Und ich bin in Deutschland und bekommen viele Helfen und das sehr gut", sagt er selbstsicher.

„Es macht mich traurig, dass Adil deshalb nicht mitkommen möchte."

Sie trinkt den Becher aus, während Mazud übersetzt.

Schweigsam hatte der ältere Mann den anderen immer zugehört, ohne jemals selbst etwas gesagt zu haben, doch als er nun seinen Mund öffnet und mit ruhiger Stimme und gehobenem Finger spricht, horchen die anderen aufmerksam auf.

„Was hat er gesagt?", fragt Sarah neugierig, nachdem er seinen einen Satz aussprach, Amar und Mazud nickten und er wieder in seine schweigsame Position zurückgekehrte.

Mazud antwortet: „Er hat gesagt, er hat auch geredet mit Adil einmal in die Stadt auf Straße, weil Adil war laut und gesagt Sachen auf Kurdisch, die nicht gut. Er gesagt zu Adil: pass auf, was du machst, weil egal was du machst, du machst nicht als Adil, sondern als Kurde."

Kapitel 31

Nachdem ich mit Haytham unsere Betten bereit gemacht, geduscht, mich gewogen und statt einer vierundsiebzig, an die ich mich aus Libanon erinnere, eine einundfünfzig gesehen habe und anschließend beim Mittagessen bereits ein paar Leute kennenlernen konnte, suche ich die letzten Dokumente heraus, die ich dem Büro noch für ihre Akten geben muss.

Obwohl ich erst seit ein paar Stunden in der Turnhalle in Berlin bin und sie verglichen zur Turnhalle in Wien sehr eng ist, gefällt sie mir deutlich besser.

Statt einfacher Matratzen auf dem Boden ohne privaten Raum, haben wir hier wenigstens provisorisch welche aus Decken. Hier sind wir zwar auch viele Menschen auf kleinster Fläche, dennoch weniger als in Wien und es herrscht bereits eine sehr familiäre Atmosphäre.

Die Leute sitzen an den Esstischen zusammen und spielen Karten oder sehen gemeinsam Fern. Auch viele Familien mit Frauen und Kindern sind in der anderen Hälfte der Halle, die man spielen hört.

Mit Haytham gehe ich schließlich zum Büro und klopfe an die Tür. Als ich hineingehe, sitzt eine junge Frau am anderen Computer, die heute Morgen noch nicht da war.

Ihr langes dunkles Haar, das glatt hinabfällt, hat sie hinter ihr Ohr gesteckt. Obwohl sie auf den Computer blickt und etwas abtippt, liegt ein Lächeln auf ihren Lippen, wodurch sie eine sehr fröhliche und gelassene Ausstrahlung hat.

„Hallo", begrüßt sie uns freundlich.

Schüchtern bringe ich nur ein Lächeln zustande. Dann sagt sie etwas zu dem großen Mann, der uns heute Morgen anmeldete. Er antwortet ihr etwas, woraus ich das Wort „Dokumente" höre und grinst uns daraufhin an.

Also strecke ich meine Hand mit den Unterlagen aus und hoffe, dass ich es richtig verstanden habe.

Die junge Frau nimmt sie freundlich entgegen, blättert ein

wenig und tippt am Computer.

Dann sagt sie etwas, als wäre ihr etwas Besonderes durch unsere Dokumente aufgefallen. Unverständlich schaue ich zu Haytham, der mit den Schultern zuckt, woraufhin sie und der Mann lachen.

Nachdem sie die Blätter kopiert und die Kopien in einen dicken Ordner, der alphabetisch unseren Nachnamen enthält, abgeheftet hat, gibt sie uns die Originale wieder.

Ein letztes Mal sagt sie uns etwas, fasst sich dabei ans Herz und vermittelt mir, ohne dass ich auch nur ein Wort verstehe, ein Gefühl von Vertrauen. Vermutlich war es das, was sie sagte. Wie sie heißt und dass wir zu ihr kommen können, wenn wir Hilfe brauchen.

Ich bin sehr nervös und reagiere nur bescheiden.

Haytham nickt dagegen unaufhörlich, obwohl ich weiß, dass er kein Wort versteht. Ich schaffe es gerade noch ein „Danke" herauszubringen, das ich in Wien aufgeschnappt hatte. Genau für unangenehme Situationen wie dieser hier hatte ich einige Phrasen auf Deutsch gelernt, wovon mir jetzt nur das einfällt.

Wir gehen zurück zu unseren Betten.

Da sind wir nun.

An unserem Ziel, das wir endlich erreicht haben. Und mit uns nur eine Tasche mit zwei Hosen, zwei Hemden und ein paar Papieren.

Und jetzt müssen wir ein letztes Mal warten. Ein Warten, das diesmal hoffnungsvoller ist und endlich ein Teil unseres neuen Lebens mit Perspektiven.

Warten auf einen Platz in der Schule. Warten auf den Moment, in dem man so gut Deutsch gelernt und sich in die Gesellschaft integriert hat, dass man deutsche Freunde und Bekannte hat, einen Job und eine Wohnung. Warten auf die Möglichkeit endlich wieder mit der Familie vereint zu sein.

Ich sehe die Bürotür sich plötzlich öffnen, aus der die Frau von gerade herausläuft und dann einmal quer über die Halle in den Teil der Familien.

Gerade überlege ich, ob sie uns ihren Namen genannt hat, als die anderen Bewohner sie strahlend begrüßen, an denen sie vorbeiläuft: „Hallo, Sarah!"

Ein schöner Name, meine Cousine heißt auch so. Sie sagte, es würde Frau des Himmels bedeuten.

Ich beobachte sie eine Weile, wie sie mit einem Mann spricht, mit dem ich vorher am Tisch Mittag gegessen hatte. Sie scheint zu jedem einzelnen einen Draht zu haben, auch wenn ich nicht genau weiß, was sie macht.

Mit jedem, der zu ihr kommt, unterhält sie sich kurz. Offenbar befasst sie sich mit deren Problemen und erklärt ihnen, was sie machen sollen. Obwohl keiner richtig Deutsch spricht, das ich daran erkenne, dass sie immer wieder überlegen und mit den Händen gestikulieren, zeigt Sarah Geduld und nimmt sich für jeden von ihnen Zeit. Und trotzdem ist deren sprachliches Niveau höher als meines, da ich solche Unterhaltungen wie diese nicht führen könnte.

Nachdem ich ein weiteres Mal ins Büro ging, um wegen eines Dokuments nachzufragen, das ich in Wien bekam, es aber lediglich vorzeigen und mit den Händen fuchteln konnte und mich auch danach nur auf Arabisch mit der Security unterhielt, liege ich jetzt mit einem unbeschreiblich eigenartigen Gefühl, wie ich es noch nie hatte, im Bett.

Es gab so vieles, das ich im Büro erklären wollte. Aber ich konnte es einfach nicht.

Wie in einem Käfig aus meinen eigenen sprachlichen Grenzen saß ich fest und fühlte mich wie ein Kleinkind, das nicht kommunizieren kann, obwohl es so dringend etwas zu erzählen hat und bloß auf das Geschehen zeigt, während es darauf wartet, Aufmerksamkeit dafür zu bekommen.

Ich lege meine Hände mit eingeschränkten Fingern auf meinen Bauch und blicke an die hohe Holzdecke mit den daran herunterhängenden Seilen und überlege, was ich tun könnte. Dann öffne ich mein Handy und versuche meine Mutter zu erreichen, doch ebenso wie gestern ertönt kein Signalzeichen.

Jeden einzelnen Tag, den ich sie zu erreichen versuche, zerbreche ich mir den Kopf darüber, ob sie noch da ist, oder bereits von einer Bombe erwischt wurde.

Es schaudert mir, als ich zu lange an der Vorstellung festhalte, also greife ich intuitiv in meine Hosentasche, um den Gedanken von mir zu lösen.

Die glatte Seite des Steins berührt meine Fingerspitzen, den ich beinahe vergessen hatte. Ich hole ihn heraus und blicke nachdenklich darauf, während ich ihn zwischen meinen Fingern rolle.

Nur weil ich geflüchtet bin und meinen Körper in Sicherheit gebracht habe, heißt es nicht, dass mein Herz nicht noch in meiner Heimat bei meiner Familie und meinen Freunden ist.

Ein Teil von mir wird immer dort bleiben.

Als ich meine Augen schließe, sehe ich das Handgelenk meiner Mutter ohne ihr Armband, das sich daran mal befand.

Plötzlich kommt ein drängendes Gefühl in mir hoch, das mich zum Handeln bringt.

Ich öffne YouTube und suche nach Videos zum Deutsch lernen. Wenn ich nichts Sinnvolleres tun kann, als im Bett rumzuliegen und abzuwarten, dass mein Leben vorangeht, nehme ich es eben, soweit ich kann, selbst in die Hand. Mir bleibt nicht viel Zeit und ich muss jede einzelne Sekunde nutzen, um meiner Mutter ihr Armband zurückholen.

Das erste Video beginnt. Ich mache mir Notizen in ein Heft, das ich mir erst gestern gekauft habe. Ich hatte gar nicht gewusst, was genau ich eigentlich vorhaben würde zu schreiben, doch jetzt weiß ich es.

‚Hallo. Mein Name ist Mohammed', schreibe ich mit weiteren Sätzen untereinander, ergänze die Aussprache und die Übersetzung auf Arabisch daneben.

Auf einmal weiß ich, was dieses unbeschreiblich schreckliche Gefühl in meinem Magen zu bedeuten hat.

Unterlegenheit.

Keine Macht über mich zu haben, die stattdessen andere in

der Hand haben. Aber ich möchte, ohne über jedes einzelne Wort und ihre Übersetzung nachdenken zu müssen, reden können. Ich muss verstanden werden, damit ich sein kann.

Frei sein bedeutet, sich keine Sorgen um die menschlichen Notwendigkeiten wie Schutz und Versorgung machen zu müssen.

Aber ebenso bedeutet Freiheit, sich offen und ohne Begrenztheit ausdrücken zu können.

Kapitel 32

Neben der neuen Sozialarbeiterin, mit der Sarah die zu bearbeitenden Dokumente gerecht aufteilte, und einem angestellten IT-Manager, der sich um die Systeme kümmert und dass alle Aktualisierungen der Bewohner registriert werden, sitzt Sarah an ihrem Computer und bearbeitet das letzte dringende Formular für den heutigen Tag.

Es klopft an der offenen Tür und als alle aufblicken, steht Mohammed im Türrahmen, der sich in den letzten Tagen gut in die Unterkunft einfand.

„Guten Tag", lächelt er nervös. „Post?"

Sarah geht mit ihm vor die Bürotür und zeigt auf die Postliste.

„Mohammed… Mohammed", murmelt sie, während sie mit dem Finger die einzelnen Namen durchgeht. „Kein Mohammed, also auch keine Post", erklärt sie.

„Okay. Ich… habe Frage", stottert er und denkt an die erlernten Sätze aus den Videos.

Sarah ist überrascht, wie viel er im Vergleich zum letzten Mal spricht.

„Wann Schule?", fragt er.

„Ich habe die Anmeldung gemacht. Jetzt müssen wir warten", sagt sie langsam und zeigt dabei auf ihre Armbanduhr. „Du bekommst Post und dann sagen sie, wo du zur Schule gehen kannst. Aber das kann noch Wochen dauern. Wir müssen einfach warten", betont sie noch einmal. Er nickt.

Als Sarah wieder ins Büro eintritt, steht Herr Maier auf.

„Wieder die legendäre ‚Wann kann ich zur Schule gehen?'-Frage?", grinst er.

„Ja…", antwortet sie mitleidig.

„Aber du wolltest ja heute Deutschunterricht geben, richtig?", klopft er auf ihre Schulter.

Die neu besorgte, rollbare Tafel schiebend, geht Sarah in die zweite Hallenhälfte und ruft die Frauen und Kinder zusammen.

Da sie sowohl ein Plakat eine Woche vorher an die Informationstafel hing als auch vor ein paar Stunden allen ankündigte Deutschunterricht geben zu wollen, kommen alle mit Stift und Papier aus ihren Betten und versammeln sich an den Bänken.

Die Tafel platziert sie davor.

Zunächst verteilt sie an alle ein Arbeitsblatt mit einem selbsterstellten Dialog, der wie ein Lückentext den Bewohnern das erste Kennenlernen vereinfachen soll.

„Mein Name ist Sarah. Ich bin einundzwanzig Jahre alt. Ich komme aus Berlin und ich spreche Deutsch", geht sie den Lückentext durch und zeigt dann auf Shirin. „Und wer bist du?", fragt sie.

Shirin kann von den Frauen bereits am besten Deutsch und geht den Text rasch durch.

„Mein Name ist Shirin. Ich bin fünfundzwanzig Jahre alt. Ich komme aus Kurdistan und spreche Kurdisch und ein bisschen Deutsch", lächelt sie.

„Sehr gut!", lobt Sarah sie.

Shirin fragt die nächste Person, wer sie ist und so geht das einmal die gesamte Runde durch. Sarah ist glücklich, dass alle mitmachen und ihr Bestes geben.

Weil die Kinder schon zur Schule gehen und mit ihren Freunden viel Deutsch sprechen, meistern sie den Text ohne Schwierigkeiten. Die älteren Frauen jedoch zeigen sich unsicher und vergessen immer wieder einzelne Wörter.

„Ich heißen…", beginnt eine ältere Frau, die neben Saba sitzt.

„Ich heiße", korrigiert Sarah sie.

„Okay. Ich heiße Zada. Und ich kommen aus Damaskus."

Sarah stellt sich an die Tafel und schreibt unter das Infinitiv ,kommen' tabellarisch die Personalpronomen ,Ich, du, er, sie, es, wir, ihr, sie' und ruft dann einzelne Personen auf, um das Wort zu konjugieren.

Wie Geistesblitze rufen einige „Aaah", nachdem sie sich auf Arabisch, Persisch oder Kurdisch beraten und notieren dann die Tabelle auf ihr Blatt.

Nach einer Stunde, die sie die Dialoge durchgegangen, einige Vokabeln besprochen und schließlich dankend zu ihren Betten zurückgekehrt sind, rollt Sarah mit der Tafel in die erste Hallenhälfte zurück und platziert sich ebenfalls vor den Bänken.

Auch den Männern kündigte sie den Unterricht am Morgen an und wie sie Sarah nun mit der Tafel stehen sehen, versammeln sie sich, ohne dass sie einen Appell geben muss.

Sie verteilt die Lückentexte und beginnt sich genauso vorzustellen. Weil die Gruppe an Männern aber zu groß ist, um sie einzeln abzufragen, beschließt sie den Text in Partnerarbeit durchzugehen.

„Ihr macht zusammen und ihr beiden und ihr", zeigt sie auf, bis sie bemerkt, dass Mohammed ohne Partner übrigbleibt. „Und du übst mit mir", sagt sie und gibt der Gruppe mit einer Handbewegung das Signal zu beginnen.

Die Arbeit geht in lautem Gemurmel unter, während sich alle einander vorstellen. Sarah setzt sich neben Mohammed auf die Bank.

„Mein Name ist Sarah. Ich bin einundzwanzig Jahre alt. Ich komme aus Berlin und spreche Deutsch", sagt sie. „Und wer bist du?"

Mohammed hatte diese Lektion erst vor ein paar Tagen auswendig gelernt und war schon weit über das Niveau hinaus fleißig geworden.

„Mein Name ist Mohammed. Ich bin siebzehn Jahre alt. Ich komme aus Daraa aus Syrien und ich spreche Arabisch, Türkisch und ein bisschen Deutsch", antwortet er selbstbewusst.

„Oh, wirklich!", antwortet sie überrascht. „Das war schon sehr gut. Wo ist eigentlich dein Bruder?", fragt sie dann.

Er zuckt mit den Schultern.

„Ich denke, gehen raus mit Freunde", antwortet er langsam.

Nachdem das Gemurmel in lautes Gequatsche wechselt, stellt sich Sarah wieder an die Tafel und ruft:

„Mazud! Bitte stell dich einmal vor."

Er steht sogar ohne weitere Bitte auf, stellt sich neben Sarah und liest den Text vor. Er nimmt selbstständig die nächste Person ran, die seinen Platz neben Sarah einnimmt. Und darauf folgt der Nächste. Sarah strahlt bis über beide Ohren, wie gut alle mitmachen.

„Das macht ihr super!", lobt sie die Männer.

In der Gruppe beginnt eine lockere Atmosphäre zu entstehen und es wird immer wieder aufgelacht.

Als sich dann die gleichen Fehler wie schon bei den Frauen zeigen, lässt sie einzelne Verben wie ‚heißen, kommen, haben, schreiben' an der Tafel konjugieren. Die Männer schreiben fleißig mit.

Mohammed meldet sich sogar und möchte unbedingt das nächste Wort konjugieren, also tritt er zur Tafel und schreibt die Wörter an. Obwohl er erst seit einigen Tagen in Deutschland ist, scheint er schon besser als die Anderen Deutsch zu sprechen.

Als letzte Aufgabe verteilt sie jedem ein Arbeitsblatt mit Bildern und den Wörtern dazu. Zu sehen sind Obst, Gemüse, Anziehsachen und Körperteile. Sie beginnt jedes einzelne Wort vorzulesen, das die Gruppe ihr nachspricht.

„Hose"

„Hose!"

„Jacke"

„Jacke!!", rufen sie zurück und müssen nach jedem Wort lachen. Bei „Nase", und „Augen", tippt sie sich auf ihr Gesicht, jene Bewegungen die Männer ihr nachmachen.

Als auch hier eine Stunde rum ist, beendet sie den Unterricht:

„Okay. Das reicht für heute. Habt ihr sehr schön gemacht." Daraufhin klatschen alle.

„Vielen Dank, Sarah! Wann nochmal machen diese?"

Sarah überlegt, während sie innerlich jubelt.

„Vielleicht nächste Woche?", fragt sie, worauf alle freudig nicken. „Okay, super. Das freut mich. Dann lernt bitte die Dialoge. Und diese Vokabeln hier", kündigt sie an und hält das Blatt dabei hoch. „Nächste Woche schreiben wir einen kleinen Test", grinst sie übermütig.

Auf einmal tritt in ihr die Vorstellung hervor, jede Woche eine Unterrichtseinheit für die Frauen und an einem anderen Tag für die Männer zu gestalten, solange sie auf ihre Schulplätze warten.

„Sarah!", hört sie Mohammed hinter sich rufen, als sie die Tafel wieder ins Büro schieben will. „Ich kann nochmal lesen? Und du sagen gut oder nicht gut?"

„Ja klar!", antwortet sie glücklich.

Sie setzen sich auf die Bank und er nimmt die Arbeitsblätter in die Hand.

„Mein Name ist Mohammed. Ich bin siebzehn Jahre alt. Ich komme aus Daraa aus Syrien und ich spreche Arabisch, Türkisch und ein bisschen Deutsch", sagt er noch einmal langsam. „Gut?"

„Ja, perfekt!", antwortet sie.

„Meine Sprechen wie Deutsch?", fragt er.

„Du meinst, ob deine Aussprache richtig ist? Alles super!"

Glücklich liest er dann jeden Begriff der Vokabeln vor, dessen Betonung er sich nicht ganz sicher ist. Konzentriert überlegt er vor jedem Wort, doch Sarah versteht ihn problemlos.

„Du hast wahnsinnig schnell Deutsch gelernt!", sagt sie erstaunt. „Wie lange bist du schon in Deutschland?"

„Drei Wochen", grinst er stolz. „Ich gucken viele YouTube."

„Du hast nur mit YouTube gelernt?", fragt sie baff.

„Und auch reden viele mit Security."

„Wow, das ist super!"

Jetzt nimmt er all seinen Mut zusammen, um die Konversation fortzuführen: „Ich denken immer, du bist in Deutschland. Du musst sprechen Deutsch!", versucht er ihr klar zu machen. „Diese viel wichtig meiner. Ich muss für Familie. Für mein Mama."

„Das ist richtig. Sehr schön, dass du dir so viel Mühe gibst. Geht es deiner Mutter gut?", fragt Sarah einfühlsam.

„Ja, alles gut. Aber viele traurig und allein. Ich möchte sie kommen bei mir", antwortet er gekränkt.

Sarah nickt, während ihr warm ums Herz wird. Sie hat noch nie jemanden so liebevoll über die Familie sprechen hören. Ob-

wohl er noch so jung ist, scheint er einen klareren Verstand darüber zu besitzen, was er will, als Sarah in seinem Alter.

„Ich wünsche dir alles Gute für dich und deine Familie", sagt
sie gerührt.

„Vielen Dank helfen mir."

Kapitel 33

Es ist erst sieben Uhr in der Früh und nur wenige Leute sind wach.

Seitdem ich vor ein paar Tagen endlich meine Post für den Integrationskurs bekommen habe und zur Schule gehen kann, stehe ich jeden Tag so früh auf, um zu frühstücken.

Sarah war es, die mir am Nachmittag, als ich nach meiner Post fragte, vor Freude hüpfend den Brief gab und sagte: „Guck mal, von wem der ist! Sieht so aus, als wirst du bald zur Schule gehen!"

Sie grinste, als gehörte sie zu meiner Familie, wie eine große Schwester, die sich stolz über die Annahme des kleinen Bruders an einer Universität freut.

Ich weiß nicht, wie es sich anfühlt, eine Schwester zu haben. Noch dazu eine ältere, die einen taff beschützen würde. Aber ich glaube, dass es in etwa so ein Gefühl wäre, wie das, was ich mit Sarah in diesem Moment teilte.

Eine unbeschreibliche Erleichterung kam in mir auf, welche die engen Mauern, hinter denen ich vorher saß, fallen ließ und mir ein wenig mehr Raum schenkte, in dem ich mich werde sprachlich öffnen können.

Mit einem Brötchen und Marmelade von der Essensausgabe setze ich mich allein auf die Bank. Ich genieße die ungewohnte Stille, während die Sonne durch die unter der Decke gelegenen Fenster hineinscheint.

Nachdem ich mir mein Brot geschmiert habe und hineinbeiße, greife ich mit meiner freien Hand nach dem Stein in meiner Hosentasche, kreise ihn wieder zwischen meinen Fingern und lege ihn schließlich neben meinen Plastikteller.

Im Sonnenlicht beginnt er im goldenen Farbton zu funkeln.

Plötzlich höre ich Schritte, die meinen Blick heben. Sarah kommt gerade durch den Flur in die Halle hinein und schließt das Büro auf. So früh habe ich noch keinen der Mitarbeiter gesehen.

Als sie nach einer Weile wieder hinauskommt und zum Buffet

läuft, entdeckt sie mich: „Guten Morgen, Mohammed."

Sie nimmt sich ebenfalls ein Brötchen und einen Kaffee und setzt sich mir mit etwas Distanz gegenüber.

„Hallo", antworte ich schüchtern.

So früh am Morgen mit Deutsch konfrontiert zu werden, macht mir etwas Panik. Einen Moment lang sammele ich meine Worte, bevor ich eine Konversation zu beginnen wage: „Jetzt. Viel früh."

Sie schaut mich an, wartet lächelnd einen Augenblick, ob noch etwas von mir kommt, doch ich schaue nur eingeschüchtert zurück.

„Ja, sehr früh", antwortet sie schließlich und löst etwas Druck von mir. „Heute gehe ich mit Kamil zur Schulanmeldung. Der hat jetzt auch eine Klasse bekommen, weißt du? Deshalb bin ich schon da. Wir müssen um neun Uhr in der Schule sein", erzählt sie, während sie ihr Brötchen schmiert. „Und wie ist deine Schule? Ist es gut?"

„Ja, viele gut! Ich lerne viel."

„Was lernt ihr jetzt?", fragt sie weiter.

„Bisschen schreiben. Wörter. Und auch bisschen sprechen."

Sie nickt.

„Das freut mich sehr für dich! Du hattest ja jeden Tag nach Post gefragt und als ich den Brief gesehen habe, dachte ich ‚Jaaa endlich!' Sie lacht.

„Vielen Dank, Sarah."

„Lernst du denn immer noch mit YouTube?"

„Ja. Jeden Tag und jeden Nacht ich gucken. Ich möchte lernen so schnell. Und immer ich reden mit Security."

„Das ist sehr gut. Man merkt auch, dass du viel gelernt hast. Du sprichst jeden Tag ein bisschen besser!"

Ich bin stolz diese Worte von ihr zu hören. Allein die Tatsache, dass ich mich schon so viel mit einer deutschen Person unterhalten kann, freut mich, aber dass diese mich auch noch lobt, überwältigt mich.

„Was ist das?", fragt sie dann in ihr Brötchen beißend und

zeigt auf meine Hand, nachdem ich den Stein eine Weile in meinen Fingern hielt.

Ich lächle, weil ich nicht weiß, was ich sagen soll, öffne meine Hand und zeige ihr den Stein, der jetzt auf meiner Handfläche liegt.

„Darf ich?", fragt sie mir dabei in die Augen schauend.

Ich nicke. Sie nimmt ihn und überprüft ihn skeptisch.

„Das ist ein Stein", lacht sie und klingt dabei fast enttäuscht.

Ich versuche meine neuerlernten Deutschkenntnisse zu nutzen: „Ja. Das ist Stein von mein Heimat Daraa", zögere ich.

„Oh", sagt sie, als hätte sich dadurch der Sachverhalt verändert, dass es ein Stein ist und schaut ihn sich noch einmal an.

„Immer ich gehen zu meiner Platz. Ich lieben viele", stottere ich nervös.

Nach jeder Unterrichtsstunde, die ich täglich Neues lerne, komme ich in die Unterkunft zurück, unterhalte mich sowohl mit der Security als auch mit den anderen Bewohnern auf Arabisch und frage mich dann jedes Mal, was ich eigentlich gerade gelernt hatte.

Jetzt ist einer der wenigen Momente, in denen ich über Small-Talk hinaus mit jemanden Deutsch sprechen und versuchen kann, etwas zu formulieren, das mir wichtig ist.

„Viele lieben diese Ort. Wasser viel."

Ich mache eine große, kreisende Handbewegung, um es zu beschreiben.

Mist, wie heißt das Wort nochmal. Ich habe es doch letztens gelernt. Und gestern erst haben wir im Unterricht darüber gesprochen.

Sie überlegt: „Mh… Viel Wasser. Das Meer? Oder ein See?"

„Ja genau! See. Richtig!"

Warum fiel mir das nicht gleich ein?

Sie gibt mir den Stein zurück.

„Aber der sieht aus wie ein normaler Kieselstein", grinst sie. Ich schaue sie überfragt an. Sie überlegt kurz. „In Deutschland gibt es auch diese Steine. Sehr viele davon."

„Ja, ich weiß. Aber diese wichtig." Ich muss meine Worte sammeln. „Wichtig mit meine Leben?", frage ich.

„Oh. Du meinst, es ist dir wichtig, weil es ein Teil deines Lebens ist." Sie macht große Bewegungen mit ihren Händen und verdeutlicht den Stein als kleinen Teil des Ganzen.

„Ja genau. Ich denke immer an See und meine Freundin, wenn ich sehen diese Stein. Es ist meine Geschichte."

„Ich verstehe!", sagt sie nickend und schaut dann schmunzelnd auf ihren Teller. „Eine Erinnerung deines Lebens. Dein Lieblingsort mit deiner Freundin. Ein Stück deiner Geschichte", fasst sie zusammen.

Ich nicke stark mit einem Grinsen im Gesicht, erfreut darüber, dass sie mich so gut versteht. Und zwar mehr als nur meine Worte.

„Das ist sehr schön. Auf den musst du aufpassen!"

Ich nicke.

Endlich komme auch ich wieder zum Essen, als sie ihren letzten Bissen nimmt und mit Kaffee runterspült.

„So, jetzt muss ich schnell los. Heute Abend möchte ich euch vorlesen. Safiya hat mir erzählt, dass sie die Geschichte von Rotkäppchen kennt. Ich glaube auf Arabisch heißt sie ‚Laila'?", fragt sie.

„Ja, ich kenne auch diese", antworte ich freudig.

Ich kann mich erinnern, wie oft meine Mutter mir diese Geschichte vorlas und ich gebannt zuhörte.

„Ich denke es ist gut für euch, wenn ihr die Geschichte auf Deutsch vorgelesen bekommt, dann lernt ihr die Sprache vielleicht etwas schneller. Besonders, wenn ihr die Geschichte schon kennt. Meine Mutter hat mir früher auch immer Gutenachtgeschichten vorgelesen. Es wird zwar noch ein bisschen zu früh zum Schlafen sein, aber ich denke es passt trotzdem", lacht sie.

Ich muss auch lachen.

„Ich lese dann am Zaun. Wir machen es uns gemütlich und legen viele große Decken auf den Boden. Ihr sitzt auf eurer Seite und die Familien auf der anderen und dann könnt ihr zusammen zuhören.“

Sie spricht extra langsam, damit ich alles verstehe.

Manchmal komme ich mir zwar wie ein Kleinkind vor, aber verstehen tu ich sie trotzdem wahnsinnig gut und freue mich darüber, als hätte ich Höraufgaben im Unterricht bewältigt.

„Möchtest du nachher auch zuhören?“

Ich nicke begeistert: „Natürlich!“

Den ganzen Tag habe ich auf die Vorlesestunde gewartet, nachdem der Unterricht nicht sehr spannend und dennoch viel zu schnell rumging, ich in der Unterkunft meine Mutter erneut nicht erreichte und stattdessen mit meiner Freundin einen Videocall im Garten führte.

Jetzt ist es kurz vor achtzehn Uhr und ich schaue mich um, ob etwas geschieht.

Sarah hatte im Laufe des Tages alle Bewohner dazu eingeladen, sodass einige bereits am Zaun sitzen und besonders die Kinder ganz hibbelig warten.

„Kommst du mit Haytham?“, frage ich ihn, der sich auf seinem Bett liegend, gelangweilt ein Video auf seinem Handy ansieht.

„Ach ja, das Vorlesen.“

Er rüttelt sich auf und läuft mit mir zu den anderen sieben Männern, die auf einer ausgebreiteten Decke sitzen.

„Salam aleikum“, begrüßen wir sie und setzen uns neben Mazud und Adil, die wir bei abendlichen Gesprächen auf unseren nebeneinanderliegenden Betten kennenlernten.

Obwohl es noch früh am Abend ist und die Sommersonne in die Halle scheinen müsste, bedecken trübe Regenwolken den Himmel, die das Licht abschirmen.

Die Lampen lassen wir aus und es wird ein wenig gemütlich.

Auf der anderen Seite der Wand scheinen viele Mütter mit ihren Kindern zu sitzen, die ich nur durch leises Geflüster wahrnehmen kann.

Schließlich kommt Sarah mit einem Buch in der einen und einem Stapel Decken in der anderen Hand aus dem Büro zu uns gelaufen.

„Wow, super! Ihr habt euch schon bereit gemacht!", sagt sie begeistert und legt die Decken auf beiden Seiten der Halle mit uns zusammen zurecht.

Es sind ein paar mehr Leute zusammengekommen, weshalb ich meine Beine einziehen muss.

Sie schaut sich um und dann auf die Uhr.

„Ich fange mal an", sagt sie und wartet auf unsere Bestätigung. „Also ich bin mir sicher, dass ihr die Geschichte kennt, aber ihr kennt sie unter einem anderen Namen. Ich werde einfach lesen und dann merkt ihr vielleicht welche Geschichte es ist", lächelt sie.

Offenbar erzählte sie nur mir, welche Geschichte sie vorliest.

Dann öffnet sie das Buch, dessen Cover nur durch goldene Blumen beschmückt ist, blättert ein wenig und beginnt zu lesen.

„Rotkäppchen."

Alle schauen aufmerksam auf und es wird in der gesamten Halle ungewöhnlich still.

„Es war einmal eine kleine süße Dirne. Also ein Mädchen", erklärt sie und fährt fort: „Die hatte jedermann lieb, der sie nur ansah, am allerliebsten aber ihre Großmutter, die wusste gar nicht, was sie alles dem Kinde geben sollte. Einmal schenkte sie ihm ein Käppchen von rotem Samt, und weil ihm das sowohl stand und es nichts anders mehr tragen wollte, hieß es nur das Rotkäppchen." Sie liest sehr langsam und klarer als sonst, aber behält ein melodisches Tempo bei.

Sogar die Security, die normalerweise laut ist und irgendwelche Albernheiten treibt, sitzt schweigsam in den Ecken und lauscht ihrer Stimme.

Die Bewohner, die noch in ihren Betten liegen, schauen auf und lauschen, sich auf ihren Armen abstützend, ebenfalls der Geschichte.

Alle weiteren Bewohner, die herumlaufen, versuchen leise zu gehen und setzen sich schließlich, wie von ihrer Stimme hypnotisiert, dazu.

„Eines Tages sprach seine Mutter zu ihm. Komm, Rotkäppchen, da hast du ein Stück Kuchen und eine Flasche Wein, bring das der Großmutter hinaus."

Der Klang ihrer Stimme schwingt rhythmisch wie Musik über uns und zieht uns in einen Bann. Als hätte sie den Text schon tausende Male vorgelesen, bilden ihre Worte ein harmonisches Gedicht.

Auf einmal scheine ich die deutsche Sprache fließend zu verstehen, so sehr gerate ich in die Welt, die uns Sarah vor uns ausmalt.

„Wie nun Rotkäppchen in den Wald kam, begegnete ihm der Wolf. Rotkäppchen aber wusste nicht, was das für ein böses Tier war, und fürchtete sich nicht vor ihm."

Die Kinder erklären flüsternd ihren Eltern, was Sarah erzählt.

Erst jetzt scheinen einige die Geschichte zu erkennen.

„Ah! Das kenne ich!", sagen sie begeistert und „Laila", höre ich flüstern, während die anderen nicken.

Ich lasse meinen Blick kurz durch meine Gruppe schweifen und erblicke das Funkeln in ihren Augen.

„Der Wolf aber ging geradeswegs nach dem Haus der Großmutter und klopfte an die Türe. Wer ist draußen? - Rotkäppchen, das bringt Kuchen und Wein, mach auf", imitiert sie mit tiefer Stimme den Wolf und bringt die Kinder zum Lachen.

Trotz der Wand zwischen uns und meiner eigentlichen Ungewissheit, wer drüben sitzt, spüre ich die Verbundenheit unter uns. Wir haben alle das Gleiche durchlebt.

Alle etwas Anderes gesehen und eventuell andere Erfahrungen gemacht, aber letztendlich unter den gleichen Voraussetzungen und Folgen.

Unsere Vergangenheit, Heimat, jetzige Unterkunft und das Glück, dass uns jemand aufnahm, uns Essen und ein Dach über unseren Köpfen schenkt und die Möglichkeit mit einer Person zusammenzukommen, die bereit ist, uns wie Kinder eine Gutenachtgeschichte vorzulesen, verbindet uns und macht uns zu einer Gemeinschaft.

Und jetzt sitzen wir alle zusammen hier, in dieser Sekunde am selben Fleck und hören ihr gebannt zu.

„Ei, Großmutter, was hast du für große Ohren! - Dass ich dich besser hören kann - Ei, Großmutter, was hast du für große Augen! - Dass ich dich besser sehen kann - Ei, Großmutter, was hast du für große Hände - Dass ich dich besser packen kann - Aber, Großmutter, was hast du für ein entsetzlich großes Maul! - Dass ich dich besser fressen kann!"

Wir lassen uns vom lauten Lachen der Kinder anstecken, als Sarah den Wolf vormacht, wie es Laila verputzt.

„Der Jäger ging eben an dem Haus vorbei und dachte: Wie die alte Frau schnarcht", liest sie und macht ein lautes schnarchendes Geräusch.

Da lachen wir wieder.

Wir sind wohl alle Kinder, die nie erwachsen werden. Wie unser wahres Ich kommt es unaufhaltsam zum Vorschein und genießt den Luxus des geborgenen Gefühls durch eine Vertrauensperson wie der bei einer Mutter.

„Rotkäppchen aber holte geschwind große Steine, damit füllten sie dem Wolf den Leib, und wie er aufwachte, wollte er fortspringen, aber die Steine waren so schwer, dass er gleich niedersank und sich totfiel."

Auch Sarah scheint in die Welt einzutauchen, die sie uns mit jedem nächsten Wort, das sie laut vorliest, gestaltet.

„Rotkäppchen aber ging fröhlich nach Haus, und tat ihm niemand etwas zuleid", beendet sie dann leise die Geschichte, schließt das Buch und schaut in die Runde.

Einen Augenblick lang starren wir sie an, bis die Kinder begeistert zu klatschen anfangen und uns mitreißen.

Obwohl ich die Geschichte damals so oft hörte, war es mir wie eine neue, die der meiner Erinnerung ähnelt.

Sarah winkt uns verlegen ab, aufzuhören.

„Wenn es euch gefallen hat, dann kann ich das ja nochmal machen. Ich könnte eine andere Geschichte vorlesen."

„Ja, sehr gerne!", rufen einige.

„Morgen andere Geschichte", bestätigt Adil.

Dann strecken sich die ersten aus ihrer Wohlfühlposition und lösen die Gruppe nacheinander auf.

„Vielen Dank, Sarah", bedankt sich Mazud, faltet seine Decke und geht zu seinem Bett zurück.

Mit Haytham und ein paar anderen Personen bleibe ich sitzen, genieße noch ein wenig die Ruhe der Halle und verweile im Gefühl der kindlichen Geborgenheit unserer geschaffenen Parallelwelt.

Kapitel 34

Den ersten freien Sonntag in ihrer eigenen Wohnung wird sie mit Natascha verbringen, die in wenigen Minuten vorbeikommt.

Solange steht sie im Badezimmer, wäscht ihr Gesicht, trocknet es mit einem Handtuch und schaut dann flüchtig in den Spiegel. Noch bevor sie den Blick wieder abwendet, wie sie es normalerweise tut, verharrt sie.

Sie schaut tief in ihre Augen, als könnte sie darin etwas sehen oder mit sich selbst in Kontakt treten.

Früher hatte sie sich nicht länger als ein paar Sekunden ansehen können und ein unwohles Gefühl bekommen, wenn ihre Augenfarbe sie an die ihrer Mutter erinnerte. Jedes Mal holte die Vergangenheit sie wieder ein, als wäre sie schuld daran gewesen.

Und dieses Gefühl hatte sie nie wieder zulassen wollen.

Doch jetzt hört sie nicht auf sich anzusehen.

Sie bemerkt wie die Farbe im Licht schimmert. Ein winziger Fleck auf der rechten Iris fällt ihr auf, an den sie sich nicht erinnern kann.

All die schlechten Erinnerungen scheinen wie erloschen, während sie die letzten Monate vor sich abspielen sieht, in dem sie vieles möglich machte, veränderte und aus sich herauskam.

Sie lächelt sich an.

Entspannt sitzen sie auf der alten Couch ihres Kinderzimmers, die sie vor zwei Tagen gemeinsam in ihre neue Wohnung schleppten und zappen durch die Fernsehkanäle. Dabei löffeln die beiden ihren selbstgekochten Kartoffelauflauf, mit dem sie die Einbauküche einweihten.

Die vollen Umzugskartons stehen übereinandergestapelt neben ihrem Bett, die sie nach ihrer Pause auspacken würden.

„Läuft kein Film?", fragt Natascha.

„Weiß nicht", antwortet Sarah und schaltet schnell durch.

Der alte Fernsehkasten, den sie ebenfalls aus der alten Wohnung mitnahm, den die Familie noch aus ihren Kindheitstagen besaßen, flimmert.

Wenn sie mit ihrer Ausbildung ein wenig Geld gespart hat, würde sie sich direkt nach einem eigenen Auto einen neuen Fernseher kaufen.

Weil auf allen Sendern Werbung läuft, bleibt Sarah bei einer Tierdokumentation hängen.

Zwei Otter liegen pitschnass und wie zwei Menschen kuschelnd in der Sonne am Ufer. Der eine Otter hält einen Kieselstein in seiner Pfote, steht auf, läuft ein wenig umher und steckt den Stein zurück in sein Fell, während eine Stimme erzählt: „In ihrer felligen Bauchtasche, die sie seit ihrer Geburt haben, bewahren Otter einen Kieselstein auf, den sie sich im Laufe ihrer Jahre als ihren Lieblingsstein aussuchen und den Rest ihres Lebens mit sich tragen."

Sie muss schmunzeln.

„Warum gucken wir das?", wütet Natascha plötzlich. „Schalt um!"

„Das erinnert mich nur gerade an Mohammed."

„Der Kleine, der so schnell Deutsch gelernt hat?"

„Ja, genau. Weißt du, er hat einen Stein aus seiner Heimat mitgenommen und trägt den immer in seiner Hosentasche mit sich rum", erzählt Sarah.

„Echt? Ist ja voll wie der Otter da", lacht Natascha. „Und er hat nur den einen Stein mitgenommen?"

„Ja. Und seine Dokumente natürlich und so. Aber der Stein ist seine einzige Erinnerung an sein vorheriges Leben in Syrien. Er hat mir erzählt, dass er den von einem See hat, der sein Lieblingsort war. Und der erinnert ihn an seine Freundin. Wahrscheinlich war er mit ihr mal dort. Ich meine, wenn die beiden Otter da nicht er mit seiner Freundin sind, dann weiß ich auch nicht!"

Sie prusten laut los, Natascha hält sich die Hand vor ihren vollen Mund und versucht sich nicht zu verschlucken, während ihre Augen sich vor Lachen mit Tränen füllen.

„Aber das ist eigentlich voll schön", sagt sie dann, als sie sich wieder beruhigt. „Dass er einen Stein mitnimmt, der ihn an einen schönen Tag mit seiner Freundin erinnert. Statt 'nem Foto oder so. Ganz ehrlich, er hat mehr als ich. Ich meine, ich habe weder einen Lieblingssee noch einen Freund, geschweige denn einen Stein, der mich daran erinnern könnte", zählt sie schmollend an ihren Fingern ab.

Sarah boxt ihr in die Hüfte, in die sie lachend einknickt.

Schließlich zappt Sarah die Kanäle weiter durch, hält bei einer Liebesschnulze an, die mindestens einmal im Jahr im Fernsehen läuft und die sie selbst schon mindestens fünf Mal gesehen hat.

„Apropos, läuft alles gut mit David?"

„Ja!" schwärmt Sarah sofort. „Ich bin so froh ihn an meiner Seite zu haben. Ohne seine Ermutigung, und deine natürlich, hätte ich mich bestimmt nicht in die Unterkunft gewagt. Und jetzt unterstützt er mich bei allem, was ich tue und stärkt mich, selbst wenn es mit der Arbeit mal nicht so gut läuft."

„Voll schön. Ich glaube, dass die Arbeit euch noch mehr zusammenschweißt."

„Ja, jetzt wo ich etwas habe, das ich liebe, kann ich auch mehr mit ihm teilen."

Natascha blinzelt Sarah verliebt an, während im Hintergrund romantische Filmmusik läuft.

„Ach, hör schon auf!", boxt Sarah sie wieder und lacht.

Vom Auflauf nachnehmend, schauen sie schmatzend dem Filmkuss zu und sitzen eine Weile schweigsam da.

„Ach und", beginnt Sarah dann mit vollem Mund zu nuscheln, während sie den nächsten vollen Löffel in der Hand bereithält. „Saleh ist letztens zum ersten Mal Fahrrad gefahren!", lacht sie begeistert. „Weißt du, er hatte jeden Tag ein bisschen geübt und Hakan hat ihn immer angeschubst und ist mit ihm mitgerannt. Immer wenn er kurz vorm Hinfallen war, hat Hakan ihn festgehalten. Aber heute", ruft sie und nimmt den nächsten Löffel. „Ist er ohne Hilfe, einfach davongefahren. Die ganze Strecke der Tartanbahn!" Sie muss schmatzend lachen. „Ich weiß noch, wie er vor ein paar Monaten kein Wort Deutsch konnte und immer an meinem Arm gezerrt hat und rumgehüpft ist. Und jetzt plappert er so viel und düst allein auf seinem Fahrrad rum!"

Natascha schüttelnd lachend den Kopf.

„Du bist so verrückt. Du hörst dich wie eine Mama an. Jeden Tag erzählst du mir von irgendwelchen anderen Leuten, als wäre es deine Familie. Ich weiß nicht mal, wer wer ist", lacht sie.

Belustigt nehmen sie beide einen Löffel. Eine kurze Pause fürs Kauen tritt ein, bevor Natascha weiterspricht.

„Ja, man merkt richtig, wie du in der Arbeit aufblühst. Ich meine, neue Wohnung und alles. Vor einem Jahr wärst du niemals für sowas bereit gewesen. Du bist irgendwie so viel offener geworden. Ich weiß nicht, wann ich dich jemals so glücklich und erfüllt gesehen habe."

Sarah schaut verlegen auf ihren vollen Teller.

„Irgendwie fühle ich mich auch wie ein Teil einer riesigen Familie. Die Unterkunft ist wie ein zweites Zuhause für mich geworden. Ich hätte niemals gedacht, dass mir ein Arbeitsplatz so ein geborgenes Gefühl geben könnte. Ich weiß, dass ich jederzeit dorthin gehen könnte, wenn ich mal nicht weiß, wo ich sonst hinsoll."

„Das freut mich so für dich, dass du endlich deinen Weg gefunden hast. Du hast echt Glück, sowas zu haben."

„Ja, ich weiß."

Kapitel 35

Ihre Augen glänzen im orangefarbenen Sonnenlicht, das durch die Schatten der im Wind wehenden Blätter fällt, die wie lebhafte Muster auf ihrer makellosen Haut tanzen.

Einzelne Strähnen ihres gewellten dunklen Haars bedecken ihr weites Lächeln, das mich in eine sorgenfreie Welt zieht.

Alles scheint wie erstarrt. Nur wir beide klar, in den verschwommenen Farben unseres Umfelds.

Sie ist so wunderschön.

Erst jetzt bemerke ich, dass wir an meinem geliebten Ort sitzen, so wie damals, dieser unvergessliche Tag, als ich ihn ihr zeigte. Auf der dünnen Decke, durch die man jede Kante der vielen Steine spürt und trotzdem habe ich nur Gedanken für sie.

Ich höre das leise Rauschen der Blätter, das dem Rhythmus des Windes folgt. Das Zwitschern der Vögel. Rieche den Duft der frischen Luft, gemischt mit den Blüten der Bäume und ihrem herrlichen Parfüm.

Dieser einzigartige Moment, den ich nicht vergessen kann, als wäre es gestern gewesen und jetzt bin ich wieder hier. Im selben Moment, wie vor Jahren, als wäre nie etwas anders gewesen.

„Ich habe dich so vermisst", flüstere ich.

Sie lacht, als hätte ich einen Witz gemacht, blickt verlegen auf die Decke und dann lächelnd in meine Augen.

„Ich war doch nie weg."

Ich schmunzele.

Unsere Blicke bleiben starr und lassen sich nicht voneinander trennen. Ich spüre mein Herz immer schneller schlagen, höre den Puls in meinem Ohr.

Meine Hand nähert sich ihrer Wange, bis meine Handfläche ihre warme, zarte Haut berührt, ganz vorsichtig, als wäre sie aus zerbrechlichem Porzellan.

Ihr weiches Haar zwischen meinen Fingern. Ich komme ihr näher. Immer näher. Jedes kleinste Detail ihres Gesichts wird deutlicher, die kleinen Leberflecken, die wie Sterne auf ihrer

milchfarbenen Haut Bilder ergeben. Die Facetten ihrer honig-
braunen Augen, die sich jetzt unter den sich schließenden Augenlidern verbergen. Ich spüre ihren Atem an meiner Oberlippe, ihre
Nase meine berührend. Ich muss näherkommen. Ihre Lippen auf
meinen spüren. Es ist nur noch die kleinste Bewegung eines
Millimeters.

Ich blinzele auf.

Wo bin ich?

Meine Augen einen schmalen Spalt geöffnet, sehe ich im
dumpfen Licht den Staub des stickigen Raumes durch hunderte
Betten schweben.

Die Wahrheit schlägt mir wie eine Faust in den Bauch.

Ich presse die Augen zusammen.

Warum musste ich jetzt aufwachen? Warum muss ich hier
sein?

Ich öffne meine Augen wieder und lasse meinen Blick durch
die Halle schweifen.

Die anderen schlafen seelenruhig in ihren Betten, während ihre Träume sie verfolgen. Mein Herz rast und ein Stechen durch-
zieht meinen ganzen Körper.

Genau dieser Schmerz ist einer der vielen unbeschreiblichen,
den nur wir teilen. All das, was wir gesehen haben, die Erlebnisse,
die wir gemein haben, isolieren uns von den Menschen, zwischen
denen wir in unserer Umgebung leben.

Ich bin mir sicher, dass es im unbesorgten Westen außerhalb
der Vorstellungskraft liegt, was wir vom Krieg gesehen haben,
das uns schlaflose Nächte bereitet.

Und dennoch fühle ich mich auch von dieser Gruppe isoliert
bei dem Gedanken, dass niemand die gleichen Gefühle zu meiner
Freundin hatte und keiner dieselben Erinnerungen zu meinem
Lieblingsort wie ich.

Wir sind trotzdem alle verschieden. Wir sind alle allein.

Wenn nur jemand wüsste, was ich nächtlich durchmachen
muss.

Aber dieses Gefühl ist lange nicht mit meinen Albträumen zu

vergleichen, die ich vor ein paar Tagen hatte.

Schüsse und Explosionen um mich herum, während ich orientierungslos durch die im Staub liegenden Trümmer renne, verzweifelt nach meiner Familie rufe und meinen besten Freund reglos am Boden liegen sehe. Noch bevor ich zu ihm rennen und ihn weinend in meinen Armen halten kann, wache ich schweißgebadet auf.

Ein wenig Erleichterung kam in mir auf.

Ich bin in der Notunterkunft. Ich bin in Sicherheit.

Die Laken durchnässt, jene die Hitze speichernd meine Anziehsachen an mir kleben ließen. Feuchte Wärme in meinem Haar, unter meinen Armen und den Augen, die bei leisem Schluchzen, das durch meine Bettdecke gedämpft wurde, feuchter wurden. Der Druck in meinem Kopf und der Schmerz in meiner Brust wurden unbeschreiblich stark.

Ich weiß nicht, welche Träume die erträglicheren sind.

Kapitel 36

Die Einladung am letzten Abend des Ramadan nach Sonnenuntergang zusammen zu essen, konnte Sarah nicht ablehnen.

Sie fühlte sich geschmeichelt, von den Bewohnern in ihre Kultur integriert zu werden, also sagte sie mit Herrn Maier zu und trifft zur gleichen Zeit mit ihm um zweiundzwanzig Uhr in der Unterkunft ein.

Die Halle ist sehr ruhig und das Licht bereits gedämmt. Sarah tritt mit leisen Schritten in die zweite Hallenhälfte, um zu schauen, wer noch wach ist und läuft zwischen den Betten entlang.

Alle schlafen bereits, als sie Shirin im Gang auffängt.

„Hallo Sarah. Was machen du hier? Jetzt spät", flüstert sie.

„Ja, ich weiß. Ich wurde zum Abendessen eingeladen", flüstert Sarah zurück. „Und du machst keinen Ramadan?", fragt sie, als sie bemerkt, dass Shirin ihre Zahnbürste in der Hand hält.

„Nein, ich nicht Muslim. Und für Kinder nicht gut", fügt sie hinzu.

„Ja, das stimmt. Essen ist wichtig. Ich könnte niemals den ganzen Tag nichts essen", lacht Sarah auf ihren Bauch klopfend.

Plötzlich hebt sich Salehs Kopf, der mit müden Augen aus seinem Stockbett zu Sarah hinunterschaut.

„Na hallo, mein Kleiner. Hab ich dich geweckt?"

Sarah lehnt sich auf ihren Zehenspitzen stehend an sein Bett.

„Sarah", lächelt er. „Du schlafen hier?"

Sie muss lachen.

„Oh, ich möchte so gerne, aber ich esse mit allen und dann muss ich zuhause schlafen."

„Aber hier schlafen", sagt er und tippt mit seiner Hand neben sich.

„Ich muss zuhause schlafen. Und du musst jetzt schnell schlafen. Morgen musst du wieder in den Kindergarten."

„Gute Nacht", sagt er schließlich schläfrig und gibt ihr einen Kuss auf die Wange.

Mit einem Lächeln verlässt Sarah leise die Halle und geht in den Garten, der mit Leben gefüllt ist.

Bei orangenem Himmel sitzen ein paar Männer zusammen auf der Wiese, hören Musik und unterhalten sich, während andere an den Tischen Karten und die Jugendlichen auf der Tartanbahn Fußball spielen.

Als sie Mazud auf der Wiese sitzen sieht, der sie persönlich eingeladen hatte, läuft sie zu ihm.

„Hallo Mazud, danke für die Einladung", sagt sie seine Hand schüttelnd.

„Natürlich. Gerne", antwortet er mit den anderen zusammen. „Bitte sitzen!"

Sie setzt sich neben sie.

„Wie lange dauert es noch, bis die Sonne untergeht?"

„Um halb elf, also noch halbe Stunde."

Sie blickt in den Himmel, der am Horizont vom strahlenden blau ins dunkelorange hinübergleitet.

„Du hast Hunger?", fragt Mazud.

„Ja, ein bisschen. Ich habe extra nichts gegessen, um mit euch zu essen. Wie schafft ihr das nur? Jeden Tag gar nichts essen, nur nachts? Ich kann das nicht."

„Hast du schon probiert das?"

Sie schüttelt den Kopf.

„Vielleicht du kannst, aber du weißt nicht", lacht Mazud mit seinen Freunden.

„Also ich habe jetzt schon Hunger, obwohl ich vor ein paar Stunden was gegessen habe. Und ihr trinkt auch nicht?"

„Keine Trinken auch!", antworten sie.

„Und auch rauchen!", ruft Adil hibbelig, den sie die letzten Tage tatsächlich nicht mehr an seinem Stammplatz in der Raucherecke stehen sah.

„Essen und Trinken mir egal, aber Zigaretten! Keine egal", sagt er nervös und läuft dabei auf und ab.

Sarah war es noch vor ein paar Wochen genauso gegangen, hat die schlimmste Phase jedoch überwinden können und grinst jetzt.

„Halte durch. Noch eine halbe Stunde!"

Der Himmel verdunkelt sich, während die Sonne untergeht, eine frische Brise herbeizieht und arabische Musik von rechts, kurdische von links und persische von der kleinen Gruppe, die in der Raucherecke auf der Bank sitzt, über die Wiese trällert.

„Und wie gefällt dir deine Schule?", fragt sie Enayat, dem sie letzte Woche den Brief für einen Integrationskurs geben konnte, den sie aber vor Schüchternheit noch nie hat reden hören. Auch an Ausflügen war er immer schweigsam und sprach immer nur zu seinen Freunden auf Persisch.

Sein Freund Kashif springt für ihn ein: „Es ist erste Mal, er geht zu Schule."

„Wirklich?", fragt Sarah überrascht. „Warst du in Afghanistan nicht in der Schule?"

Er schüttelt verlegen den Kopf. Kashif spricht.

„Er kommen von sehr kleine Dorf. Viele nicht gut. Keine Schule. Keine Musik. Keine Spaß", zählt er auf.

„Keine Musik?", fragt sie erschüttert.

„Ja. Keine Musik laut hören. Und keine Tanzen. Verboten!", antwortet Kashif.

„Das ist ja wie in Footloose! Was passiert, wenn du Musik hörst oder tanzt?"

Enayat nimmt sein Halsband und zieht es hinter sich hoch. Sarah schaut ihn sprachloch mit großen Augen an.

„Das ist ja schrecklich. Und jetzt bist du zum ersten Mal in deinem Leben in der Schule? Das ist ja andererseits super für dich!", versucht sie positiv zu sehen.

„Ja, er lernen Name von die Tage auf Deutsch. Aber er weiß nicht auf Persisch. Und immer wenn wir reden Persisch und sagen Tage, dann er versteht nicht. Und wir müssen sagen auf Deutsch", erzählt Kashif lachend, sodass Enayat verlegen kichert.

Die Tatsache, dass die deutsche Sprache den Kontenpunkt bildet, der die Bewohner letzten Endes miteinander verbindet, bringt Sarah zum Schmunzeln.

Doch auf einmal leuchtet ihr ein, warum er so wahnsinnig

schüchtern ist. Er ist all die Offenheit einfach nicht gewohnt, weil sie in seiner Heimat nicht erlaubt war. Und das ist erst ein kleiner Teil seines Lebens, den sie nun kennt.

Wer weiß, was noch hinter seiner Zurückhaltung stecken mag. Und wer weiß, was die anderen für eine unausgesprochene Vergangenheit in sich bergen, genauso wie sie ihre. Hinter jedem einzelnen Flüchtling steckt eine Kindheit, ein Leben, eine Gewohnheit, eine Erinnerung, ein Wendepunkt. Eine Geschichte.

Der Unwissende jedoch sieht nur, dass sie geflohen sind.

„Jetzt wir müssen machen Essen. Du warten hier", sagt Mazud kurz vor Nachteinbruch.

„Quatsch, ich helfe euch", antwortet sie, stützt sich auf und geht mit der kleinen Gruppe hinein.

Dort findet sie die anderen Männer vor, die auf viele Teller Reis, Fleisch und Gemüse verteilen, in Körben stapeln und in den Garten tragen.

Dann sieht sie auch Mohammed, der mit seinem Bruder mehrere Becher mit Milch und Honig füllt und ebenfalls in einem Korb sammelt, um sie später mit allen gemeinsam zu trinken.

„Hallo Mohammed!", begrüßt sie ihn.

„Sarah", sagt er nur freudig und schüttelt ihre Hand.

Nachdem er täglich im Büro gewesen war und einen riesigen Entwicklungssprung machte, wird Sarah immer ganz warm ums Herz, wenn sie sein Strahlen sieht.

„Du hier!"

„Ja, ich wurde von Mazud und den anderen eingeladen, gemeinsam mit euch zu essen. Hallo Haytham", begrüßt sie schließlich auch seinen Bruder. „Gefällt dir deine neue Schule? Du hast jetzt auch einen Kurs, richtig?"

„Ja, schön", antwortet er schüchtern, der erst seit wenigen Tagen Deutsch lernt. „Viele... schwer."

Nervös lächelt er und meidet ein tiefgehendes Gespräch.

„Ja, glaube ich dir. Alles Schritt für Schritt. Ich nehme das", sagt sie dann und trägt den vollen Korb hinaus.

Draußen werden bereits die Tische zusammengeschoben, die

sie aus der Halle hinausbrachten und die Teller, Becher und das Besteck darauf ausgebreitet. Auch Herr Maier packt mit an und stellt ordentlich auf jeden Tisch einen Teller von allem.

„Na, ist das nicht großartig. Zwar den ganzen Tag hungern, aber dann gemeinsam speisen, das hat schon was Festliches an sich, nicht?" Sarah nickt.

„Jetzt ist es auch wirklich wie in einer großen Familie. Das ist so schön", sagt sie. Sie stellt die Becher zwischen den Tellern ab, als Mohammed ebenfalls mit weiteren hinauskommt.

„Sarah, bitte sitzen", sagt er und klopft auf die Bank. „Herr Maier auch, bitte."

Kichernd setzen sie sich an die Mitte des Tisches, als auch Salam im Garten eintrifft.

„Salam!", rufen alle erfreut und fangen an zu lachen.

„Sitzen, sitzen", sagt Mazud nun zu allen, woraufhin die Bewohner schließlich dazukommen.

„Schön, dass du auch da bist", sagt Sarah strahlend zu Salam, der neben ihr Platz nimmt.

Auf die andere Seite neben Sarah setzt sich Mohammed, und Mazud ihr auf die vollbesetzte Bank gegenüber, der auf seine Uhr schaut.

„Eine Minute. Foto bitte", sagt er und öffnet die Kamera in seinem Handy, die ihn mit der Gruppe und dem vielen Essen im Hintergrund abbildet.

„Hallo", sagt er winkend und macht dabei ein Foto, während die anderen jubeln und auch Sarah und Herr Maier stolz in die Kamera grinsen.

„Ich habe Hunger!", jammert Adil plötzlich laut aus der Ecke.

Noch einmal schaut Mazud auf die Uhr.

„Guten Appetit", sagt er dann und gibt der Gruppe die Erlaubnis, essen zu dürfen.

Kaum greifen sie nach dem Besteck, zündet sich Adil seine Zigarette an und zieht kräftig daran, woraufhin er den Qualm nach ein paar Sekunden erleichtert ausatmet.

Sarah zögert erst ein wenig und beobachtet die anderen, die in der einen Hand Hühnerkeulen essen und mit der anderen in Fladenbrot gewickelten Reis in Soße tunken.

Dann beginnt auch sie den Reis zu löffeln.

Nachdem die Mahlzeit mit Milch und Saft verzehrt wurde, werden Datteln rumgegeben.

Einige bleiben in kleiner Runde bei Sarah sitzen.

„In eine Woche ich habe Interview", berichtet Mohammed Sarah aufgeregt.

„In der Ausländerbehörde?"

„Ja."

Die anderen nicken.

„Viele, viele Kopfschmerzen", erzählt Mazud. „Interview fünf Stunden!"

„Fünf Stunden musstest du das Interview halten?", fragt Sarah entsetzt.

„Ich auch vier Stunden", antwortet Adil.

„Wow, das ist ja wirklich anstrengend. Und was genau fragen die da so?"

Sie antworten abwechselnd.

„Alles", sagt einer.

„Sie fragen unsere Heimat. Familie. Warum gehen? Wie Deutschland kommen? Warum Deutschland?", antwortet ein anderer.

„Und warum Deutschland?", wiederholt Sarah die Frage neugierig.

Mohammed hebt seine Finger und zählt die Gründe nacheinander ab: „Deutschland gibt Frieden. Hoffnung. Chancen. Schule. Arbeit."

Die anderen nicken.

„Und sie fragen euch auch, wie ihr nach Deutschland gekommen seid?", hackt Sarah nach.

Sie hatte von Herrn Maier bereits erfahren, dass alle zu diesem Interview müssen, aber dass es ganze fünf Stunden mit sich bringen würde, wusste sie nicht.

Was für eine Reihe an Fragen sie dabei gestellt bekommen, die so viele Stunden füllen könnten, macht sie nun wissensbegierig.

„Ja, mit Boot kommen über Wasser", erzählt Mazud aufgeregt, als würde er einem Kind eine Abenteuergeschichte erzählen.

Bisher kannte Sarah das nur aus den Nachrichten. Sie traut sich kaum weiter zu fragen, weiß nicht, ob sie eine Grenze überschreiten würde, nachdem sie mit den Bewohnern zuvor nie über ihre Vergangenheit sprach.

„Ich zusammen kommen mit Amar. Wir kennen von Boot", erzählt Mazud.

„Ihr habt euch auf dem Boot kennengelernt und seid dann zusammen nach Berlin gekommen? Davor kanntet ihr euch nicht?", fragt Sarah verblüfft.

„Genau!", nicken beide freudig, Mazud den Arm um Amars Schulter legend wie jahrelange Freunde.

„Das ist schön. Wie lange fährt man mit dem Boot?", traut sie sich nun doch weiter zu fragen.

„Ungefähr eine Stunde", schätzen sie zusammen.

„Aber wir vier Stunden!", erzählt Adil. „Unsere Boot kaputt. Den Motor kaputt. Vier Stunden warten auf Polizei."

„Auch bei uns Motor kaputt", fügt Mohammed hinzu und lässt Sarah einen Schauer über den Rücken fahren.

„Ja und wir warten und Wasser kommen in Boot und alle kalt und Boot viele so", erzählt Adil weiter und macht stürmische Bewegungen. „Und ein Kind, seine Gesicht ist weiß und ich haben viele Sorge", sagt er bedrückt, als wäre er wieder dort. „Und andere Boot auch kaputt und viele Menschen im Wasser. Und ich fahren Boot."

„Du hast das Boot gefahren?", unterbricht Sarah ihn erstaunt.

Sie hatte sich vorher nie lange mit dem Thema auseinandergesetzt und geglaubt, dass einer der Schlepper sie rüberfahren würde. Doch die Tatsache, dass man offenbar irgendjemanden auf dem Boot auswählt, in diesem Fall auch noch eine ihr bekannte Person, die bereit ist, diese große Verantwortung zu übernehmen, macht sie fassungslos.

„Ja und andere Menschen brauchen Hilfe, aber ich kann nicht zurück, sonst unsere Boot auch kaputt, verstehst du?", versucht er ihr deutlich zu machen.

Sie spürt Angespanntheit in seiner Stimme. Sein schlechtes Gewissen, das ihm einredet, sich rechtfertigen zu müssen.

„Und viele Jacken orange", macht er ihr gestisch an seiner Jacke zu verstehen.

„Du meinst Schwimmwesten?"

„Ja, viele schwimmen im Wasser. Und ich denken immer, du bist Nächste."

Sarah verstummt und schaut ihn bloß mit großen Augen an. Noch überlegt sie, was man dazu antworten könnte, doch dann erzählt Mazud seine Geschichte weiter: „Bei uns, wir fahren und alles gut, aber mit uns andere Boot. Ungefähr zehn Minuten hinten. Aber dann langsam weg, immer langsam. Und dann wir sind helfen von Unicef und wir sagen ‚hinter uns andere Boot'. Aber diese war nicht mehr kommen."

Sarahs Kehle wird kratzig. Das Schlucken fällt ihr schwer und sie muss die Zähne zusammenbeißen, um keine Träne zu verlieren.

„Aber dann kommen Polizei", beendet Adil seine begonnene Geschichte, um Sarah ein wenig zu beruhigen. „Und wir haben Stimme gemacht ‚Heeey' und dann alles gut", schließt er lächelnd ab.

Sarah lacht bedrückt, sodass ihre zusammenkneifenden Augen die unterdrückten Tränen glasig schimmern lassen.

„Aber wallah, nur eine Minute länger und wir sind auch tot im Wasser."

Sarah schließt für einen Moment ihre Augen und schweigt.

Sie stellt sich vor, wie alles von wenigen Sekunden abhing. Die paar Sekunden, die dafür sorgten, dass die Bewohner nun bei ihr sitzen und die, die alles hätten ändern können.

Der Gedanke, dass auch nur einer von ihnen im Meer ertrunken wäre, lässt sie schaudern. Wenn Mazud, Adil und all die anderen es nicht geschafft hätten und ihre Plätze auf der Bank frei wären. Wenn der unschuldige und liebevolle Mohammed es nicht geschafft hätte, bei dem ihr Herz immer wieder aufblüht, sobald sie ihn sieht. Die inspirierende Person, der ihr so vieles anvertraute und sie mit seiner Lebensstärke ansteckte.

Wenn er es nicht geschafft hätte, wer wäre sie dann?

Ein Teil des Ganzen würde fehlen. Ein Teil der Unterkunft, der Gemeinschaft, ihres Lebens. All das hätte es so nie gegeben.

Was ihr jedoch am meisten Gänsehaut bereitet, ist die Vorstellung, wer noch alles mit ihr an diesem Tisch säße, hätten sie wie die anderen einige Sekunden mehr bekommen.

Nachdem die anderen zusammen rauchen gegangen sind oder an anderen Tischen mit Herrn Maier Karten spielen, sitzen Sarah und Mohammed noch am selben Fleck.

„Gibt es jetzt ein bisschen kalt hier", sagt er, den Reißverschluss seiner Jacke schließend. „Du kalt?"

„Nein, kein Problem. Alles gut", lächelt sie. „Nächste Woche hast du also dein Interview. Bist du aufgeregt?"

„Aufgeregt?"

„Hast du Angst?"

„Eine Bisschen. Aber kein Problem. Nur Fragen", lächelt er.

„Wie war denn deine Heimat? Wo hast du gewohnt?"

Er muss kurz überlegen, während er seine Worte sammelt.

„Kleine Stadt. Nicht drinnen in Stadt. Draußen. Und viele Bäume und nicht viel laut und sehr schön", erklärt er langsam und untermalt mit Handbewegungen seine Worte.

„Hast du Fotos?"

„Von mein Haus?", fragt er.

„Ja oder deine Straße."

„Nein, ich habe keine Fotos." Er hält kurz inne. „Ich habe nicht gedacht, das passiert. Ich wusste nicht, ich brauche Fotos. Man weiß nicht das."

Sarah nickt.

„Ja, das stimmt. Es ist ganz plötzlich passiert und dann ist es schon zu spät."

Sie blicken zum Kartenspiel rüber, während Herr Maier triumphierend die Salzstangen abstaubt.

„Vermisst du dein Zuhause?", traut Sarah weiter zu fragen, nachdem man ihr den Abend ihre Vergangenheit anvertraute.

„Meine Stadt ein bisschen. Aber Straßen und Haus ist egal. Ich vermisse meine Mama. Und natürlich meine Papa, alle meine Familie. Aber meine Mama braucht uns."

Sarah schaut ihn an, während er auf seinen Becher starrt und einige Sekunden verstreichen lässt. Dann zögert er.

„Und ich vermisse meine Freundin."

Jetzt lächelt Sarah.

„Wo ist deine Freundin?"

„In Syrien jetzt", antwortet er knapp, woraufhin Sarah nur schweigsam nickt, weil sie weiß, dass sie sich bei einer weiteren Frage in ein unangenehmes Gespräch hineinreden würde.

„Hast du ein Foto?", grinst sie stattdessen und bringt ihn zum Schmunzeln.

Dann zückt er sein Handy, tippt suchend ein bisschen herum und dreht es ihr schließlich hin. Ein Mädchen mit einem süßen Lächeln und gewelltem, dunklem Haar lächelt bescheiden in die Kamera.

„Sehr hübsch", zwinkert Sarah. Dann zückt auch sie ihr Handy, sucht ein Foto und zeigt es ihm: „Das ist mein Freund."

„Wirklich?", grinst er. „Er sieht sehr nett aus."

Leise kichern sie.

Mohammed ist der Erste, den sie auf so vielen Ebenen kennenlernt, die über Gespräche hinausgehen. Es ist das Gefühl, das sie beide teilen.

„Weißt du", beginnt sie. „Ich weiß, dass es sehr schwer ist, wenn man jemanden vermisst."

Sie denkt an ihre Mutter, doch hält inne, bevor sie ein Wort darüber verliert.

„Ich sehe meinen Freund auch nicht so oft. Aber ich habe gelernt, dass es das Warten wert ist. Es ist schön jemanden zu haben, für den man Schmerz empfindet. Das bedeutet, dass man sie wirklich liebt. Das ist etwas Wunderschönes. Und das hat nicht jeder, das darf man nicht vergessen."

Noch vor einigen Monaten wäre sie nicht im Stande gewesen, so etwas zu sagen. Sie hatte Jahre gebraucht, um den Verlust ihrer Mutter zu verarbeiten und etwas Positives darin zu sehen.

Doch auf einmal kommt es aus ihr heraus, als hätte sie es schon immer gewusst. Die Antwort auf die Frage, die sich beide stellten und erst beim Aufeinandertreffen ans Licht treten konnte.

Sie blickt zu ihm rüber und wartet auf eine Reaktion, um sicherzugehen, dass er sie verstanden hat.

Er sieht sie an und lächelt. Dann holt er seinen Stein aus seiner Hosentasche, legt ihn auf seine Handfläche und betrachtet ihn eine Weile.

„Schmerz bedeutet Liebe. Und erst mit Liebe wir leben wirklich", antwortet er.

„Ganz genau", antwortet Sarah, überwältigt von seinen zusammenfassenden Worten. „Das, was du hast", sie zeigt auf den Stein, „hat kein anderer. Diese Geschichte ist deine. Ich habe leider keinen." Sie lacht. „Ich meine einen echten Stein, aber im Herzen habe ich auch welche in anderen Farben und Größen. Wir alle haben unsere Steine."

Mohammed betrachtet Sarahs Augen, wie sie in dem Gespräch zu glänzen beginnen.

„Meine Cousine auch heißt Sarah", sagt er dann. „Wenn ich rede mit dir, ich erinnere an sie. Ich fühle mich, wie reden mit ihr, mit meine Familie."

Sarah sieht ihn gerührt an.

„Ich habe auch ein anderes Gefühl, wenn ich mit dir rede, als bei den anderen. Irgendwie schon seit dem ersten Tag, den du in der Unterkunft bist. Das Gefühl dich beschützen zu müssen. Wie einen kleinen Bruder."

„Ich wie dein kleine Bruder?"

„Nein, also. Ich habe keinen Bruder. Ich habe auch keine Schwester. Ich weiß nicht, wie es ist Geschwister zu haben. Aber es fühlt sich so an. Das Gefühl", versucht Sarah ihm zu erklären.

„Ich verstehe. Ich auch nicht weiß, wie Gefühl mit Schwester, aber ich denke diese."

Bewegt und nervös lachen sie.

„Darf ich sagen zu dir meine Schwester?", fragt er dann aufgeregt.

Sie fasst sich ans Herz und spürt es stark schlagen.

„Nur, wenn ich dich kleinen Bruder nennen darf", witzelt sie.

„Ich habe mir noch nie so viele Salzstangen erspielt", unterbricht Herr Maier die Beiden. „Wir sollten so langsam nachhause düsen, es ist schon ein Uhr"

„Schon so spät!", staunt Sarah und blickt auf ihre Uhr.

„Die Zeit vergeht bei den vielen tollen Menschen wie im Flug, nicht wahr?", sagt Herr Maier.

„Dann kommen Sie vorsichtig zu Hause", sagt Mohammed. „Und vielen Dank für Gespräch, große Schwester."

Kapitel 37

„Setzen Sie sich", sagt der Mann am Computer zunächst auf Deutsch, das der andere neben ihm auf Arabisch übersetzt.

Im kleinen, vollkommen kahlen Zimmer setze ich mich an den mittig stehenden Tisch. Einzig ein Bücherregal, das mich mit seinen dicken Ordnern und deutschen Büchern anstarrt, füllt den Raum mit Leben.

„Ich bin Herr Schulze, Ihr Anhörender und das ist Herr Hayek, Ihr Dolmetscher. Er kommt auch aus Daraa, so wie Sie", stellt er ihn dann vor, der das Ganze auf Arabisch wiederholt. Sogar meinen Dialekt spricht er.

„Verstehen Sie sich oder gibt es irgendwelche Schwierigkeiten?", fragt Herr Schulze höflichst auf Deutsch, das Herr Hayek übersetzt.

„Nein, ich verstehe alles", antworte ich, während Herr Hayek Mitschriften macht, bevor er es auf Deutsch vorliest, das Herr Schulze nickend in seinen Computer tippt.

„Ist es in Ordnung, wenn er heute für Sie übersetzt oder möchten Sie jemand anderen?"

„Nein, kein Problem."

„Fühlen Sie sich gesundheitlich in der Lage dieses Interview zu führen?"

„Ja", antworte ich knapp.

„Hier haben Sie ein Wasser." Er zeigt auf das Glas vor mir auf dem Tisch. „Benötigen Sie eine Pause während des Interviews?"

Ich schüttele den Kopf, während ich das kleine Aufnahmegerät sich drehen sehe.

„Nein."

Herr Schulze tippt und Herr Hayek schreibt.

„Wir möchten Sie bitten Ihr Handy auszuschalten."

Ohne weitere Worte lasse ich mich dabei beobachten, wie ich mein Handy aus der Hosentasche nehme, es ausschalte und auf den Tisch lege.

„Wir werden dieses Interview in drei Teilen durchführen. Zunächst möchten wir auf Ihre Person eingehen. Danach auf Ihre Flucht und abschließend auf Ihre Absichten in Deutschland. Sie haben genug Zeit, um alles zu schildern und zu äußern, was sie möchten. Wir möchten Sie darauf hinweisen, dass Sie verpflichtet sind, wahrheitsgemäß zu antworten", sagt er langsam und verständlich für das Tonband.

„Okay", antworte ich.

Ich spüre den Schweiß im Nacken.

Noch nie habe ich ein Interview geführt. Die Vorstellung die nächsten Stunden hier zu sitzen und ununterbrochen Fragen zu beantworten, macht mir Angst. Vielleicht versteht mich der Dolmetscher doch nicht. Oder wer weiß, was er übersetzt. Vielleicht kann er gar kein Deutsch.

Von den folgenden Worten hängt mein Aufenthalt ab.

„Gehören Sie zu einer bestimmten Volksgruppe?"

Eine Sekunde überlege ich. Natürlich.

„Ich bin Araber."

Herr Schulze tippt und Herr Hayek kritzelt.

„Gehören Sie einer Religion an?"

„Ich bin Muslim."

„Ihre Familie auch?"

„Ja, wir alle."

Tippen und Kritzeln.

„Was denken Sie über Ihre Religion?"

Ich muss einen Moment überlegen, um zu wissen, was er hören möchte.

„Ich achte meinen Glauben und den meiner ganzen Familie. Gott war und ist immer bei uns. Er ist großzügig."

Ich weiß nicht, was ich noch sagen soll.

„Wie stehen Sie zu anderen Religionen?"

„Jede Religion ist schön. Es gibt keine richtige oder falsche. Es ist das, was wir glauben."

Jedes einzelne Wort aus meinem Mund landet in krakeligen arabischen Buchstaben auf Herr Hayeks Blatt.

So viele Umwege finden von meinen eigentlichen Gedanken, über meine Lippen, zum Dolmetscher, seinen Notizen, seinen Lippen, Herr Schulzes Protokoll, bis hin zum System und meiner Akte statt, die all meine Aussagen verfälschen könnten.

Jedes Wort, das er nach meiner Aussprache notiert, erschwert mir die Aussprache des nächsten.

Mit Sarah zu sprechen fällt mir stattdessen viel leichter. Auch wenn ich dabei die ersten Schritte bis zum Übersetzen selbst übernehme.

„Besitzen Sie ein Militärbuch?"

„Nein. Ich bin bis zur zehnten Klasse zur Schule gegangen."

„Wo ist die Schule?"

„In meiner Heimatstadt."

„Wie heißt sie?"

Kaum habe ich den Namen genannt, öffnet Herr Schulze Google Maps und prüft die Korrektheit.

„Beschreiben Sie mir den Ort", sagt er.

Ich erinnere mich, wie ich täglich einen langen Weg durch die Gassen lief, der den, der Hauptstraße abkürzte und an die restliche Strecke, die ich mit dem Bus durch die Innenstadt fuhr.

„Wie lange dauert es mit dem Bus von Ihrem Haus bis zur Schule?"

„Ungefähr zwanzig Minuten."

„Wie heißt die große Hauptstraße, die vor der Schule liegt?", fragt Herr Hayek plötzlich selbst, der sich in der Region auszukennen scheint.

Doch ich nenne sie sofort.

„Und da ist ein kleiner Laden. Da habe ich nach der Schule immer eine Cola und Schokolade mit meinen Freunden gekauft", füge ich hinzu.

Ich schwelge in schönen Erinnerungen.

„In der Nähe gibt es einen großen See", fährt er fort. „Wie heißt dieser?"

Ich spüre den Stein in meiner Tasche. Jeder kennt diesen See, besonders im Sommer waren viele Leute dort baden. Doch die kleine Abzweigung, die zur wunderschönen Bucht führt, in der ich mich immer befand und mit meiner Freundin lag, kennt keiner. Nicht mal er wird ihn kennen. Und ich werde ihm auch nicht davon erzählen.

Es soll mein Geheimnis bleiben.

„Bitte singen Sie uns einmal Ihre Nationalhymne vor."

Wie bitte?!

„Ähm… Ich soll singen?", frage ich nervös.

„Ja."

Langsam stammele ich den Text und versuche ein wenig die Melodie zu treffen, traue mich aber nicht viel lauter zu werden. Also bleibt es ein monotones Lied mit nur wenigen, aber dafür schiefen Höhen und Tiefen, während ich konzentriert an den Text denke.

„Vielen Dank", sagen sie knapp, als sie sich Notizen machen und ich mit vermutlich geröteten Wangen auf mein Glas Wasser starre.

„Waren Sie bis zu Ihrer Ausreise in ihrer Heimatstadt?"

„Ja."

„Wo waren Sie, nachdem Sie Ihr Heimatland verließen?"

„In Libanon und danach in der Türkei."

„Was haben Sie dort gemacht?"

Ich sehe meinen armen Onkel, der womöglich für immer Wäsche bügeln wird.

„In Libanon waren wir zwei Tage in einem Hotel. Dann haben wir in der Türkei in einer kleinen Wohnung gelebt und auf gutes Wetter gewartet."

„Wovon haben Sie gelebt?"

„Von unseren Ersparnissen. Und mein Onkel hat nach einer Arbeit als Doktor in Libanon und in der Türkei gesucht. Aber er bügelt vorübergehend Wäsche und hat dafür ein bisschen Geld bekommen."

„Wie lange blieben Sie in Libanon und der Türkei?"

„Zwei Tage in Libanon", wiederhole ich. „Und ungefähr fünf Tage in der Türkei."

„Eben sagten Sie, Sie wären bis zur Ausreise in Ihrer Heimatstadt geblieben. Was stimmt?"

Sie schauen mich ernst an und warten auf meine Antwort.

Mein Hemd klebt an meinem Rücken.

„Ich ähm…", stottere ich nervös. „Ich bin zuerst nach Libanon und in die Türkei gereist. Nicht nach Deutschland", nuschle ich, ohne zu wissen, was genau missverstanden wurde.

Doch während Herr Hayek schreibt, übersetzt und Herr Schulze in den Computer tippt, merke ich, dass vermutlich gar nichts missverstanden wurde.

Vielmehr glaube ich jetzt, dass sie nach einem Schwachpunkt suchend immer und immer wieder die gleichen Fragen stellen, bis der Lügner seine Antwort verändert und sich ertappen lässt.

Doch ich bin keiner.

„Leben noch weitere Personen in Libanon oder der Türkei?"

„Nein."

„Wer hat Ihnen die Reise bezahlt?"

„Wir haben unsere Ersparnisse benutzt und uns etwas von unseren Onkeln und Tanten geliehen."

Aus irgendwelchen Gründen möchte ich ihnen nichts von dem Armband meiner Mutter erzählen.

„Bitte nennen Sie mir Namen und Anschrift Ihrer Eltern."

Auf die Schreibweise achtend notiert er die Namen auf sein Blatt.

„Meine Mutter ist bei meinem Onkel, also einem anderen, in Daraa geblieben. Und mein Vater ist tot."

„Wie ist Ihr Vater gestorben?"

„Er wurde von einer Bombe in Daraa getroffen."

Noch immer kann meine Mutter nicht loslassen, obwohl sie doch bei einem meiner Onkel in Sicherheit leben könnte.

Jeden einzelnen Tag habe ich Angst, sie zu verlieren.

„Dann möchten wir nun zum zweiten Teil des Interviews kommen."

Das war erst der erste Teil?

„Schildern Sie uns doch bitte, wie Sie hergekommen sind."

Während ich die gesamte Reise von Land zu Land äußere und die Bilder der vielen sterbenden Menschen in mir hochkommen, wird notiert, übersetzt und getippt.

„Warum sind Sie nach Deutschland gekommen?"

„Wir haben von Verwandten und Freunden viel Gutes über Deutschland gehört. Hier gibt es gute Chancen, Gerechtigkeit und Hoffnung", antworte ich so wie gestern. „Ich möchte in Frieden leben. Ich möchte neu beginnen, zur Schule gehen, mir eine Zukunft aufbauen und Geld verdienen."

„Wann begegneten Sie persönlich dem Kriegsgeschehen zum ersten Mal?"

Ich bin zwölf Jahre alt. Ich laufe zügig durch die Gassen, an verstaubten Körpern und Kleinkindern vorbei, dessen Köpfe aus reiner Boshaftigkeit und Langeweile von Soldaten zertreten wurden, um meinem Vater seine Zigaretten aus dem kleinen Laden an der Ecke zu kaufen, als mir plötzlich drei Soldaten mit Kalaschnikow in den Händen nachrufen: „Komm her!" Ich schaudere. Zögernd drehe ich mich um und laufe zu ihnen, während ich nervös den Blick abwende. „Was hast du vor, mh?" - „Ich möchte für meinen Vater Zigaretten im Laden kaufen gehen", antworte ich leise. Weil ich auf den Boden schaue, hebt einer der Soldaten mit grobem Griff mein Kinn und sagt: „Bring mir den Verkäufer hierher!" Ich versuche zu nicken, als er mich schließlich loslässt und ich nach einem leichten Tritt in den Rücken dorthin renne. Stotternd frage ich nach den Zigaretten und erzähle hysterisch, dass drei Soldaten ihn sehen wollen. Gemeinsam laufen wir in die danebenliegende Gasse zurück, in der einer von ihnen mich erneut zu sich ruft. „Komm näher", sagt er, packt mich dann am Kragen, hebt mich ein wenig und sagt mit tief brummender Stimme: „Gut gemacht". Dann wirft er mich auf meine Füße, holt aus und verpasst mir mit lautem Knall eine Ohrfeige, die meinen Kiefer auszurenken scheint. Während ich zitternd die rote Wange halte, renne ich davon. Den Verkäufer sah ich ein paar Wochen später noch im Laden, also ließen sie sich vermutlich Zigaretten von ihm geben, die sie selbstverständlich nicht bezahlen würden.

„Haben Sie Wehrdienst geleistet? Sind oder waren Sie Berufssoldat, Angehöriger von Sicherheitsbehörden oder Angehöriger der Polizei?"

„Nein."

„Sind oder waren Sie Mitglied einer nichtstaatlichen bewaffneten Gruppierung?"

„Nein."

„Sind oder waren Sie Mitglied in einer sonstigen politischen Organisation oder Partei?"

„Nein."

„Waren Sie selbst Augenzeuge, Opfer oder Täter von begangenem Völkermord, Kriegsverbrechen oder Verbrechen gegen die Menschlichkeit, wie Folter oder Vergewaltigungen, Massengräbern oder das Einsetzen von Chemiewaffen?"

Diese lange Frage mit all den schrecklichen Wörtern muss ich erstmal sacken lassen. Unter all den Dingen, die ich erleben musste, bin ich froh, diese nicht gesehen haben zu müssen.

„Nein."

„Sind Ihnen während Ihres Aufenthaltes in Syrien und auf dem Weg nach Deutschland Personen bekannt geworden, die Sie als Unterstützer oder Mitglieder von extremistischen, terroristischen Organisationen einschätzen?"

Ich überlege wahrhaftig einen Moment.

„Nein."

„Dann sind wir schon am Ende des Interviews", sagt Herr Schulze und prüft die Dokumente.

„Möchten Sie uns noch etwas mitteilen? Jetzt haben Sie ausreichend Zeit dazu."

Ich schüttele den Kopf.

„Nein."

Er tippt.

„Bitte bestätigen Sie, dass Sie ausreichend Gelegenheiten und keinerlei Hindernisse hatten, alles darzulegen."

Ich schaue die Beiden an.

„Ja, ich hatte ausreichend Gelegenheit", wiederhole ich.

„Gab es Verständigungsschwierigkeiten?"

Mit Herr Hayek nicht. Mit Ihnen weiß ich nicht und das werde ich auch nie erfahren.

„Nein, es gab keine Schwierigkeiten", wiederhole ich wieder.

Das letzte Mal kritzelt Herr Hayek auf sein Blatt und ein letztes Mal tippt Herr Schulze in seinen Computer, bevor beide aufstehen, mir die Hand reichen und mich zur Tür begleiten.

Keine Ahnung wie viele Stunden ich wohl da dringesessen habe, aber zum ersten Mal habe ich Antworten auf Fragen gegeben, die ich nie glaubte, je beantworten zu müssen.

Kapitel 38

Nachdem Sarah alle Mails beantwortet und ihren Terminplaner gefüllt hat, ist sie auf dem Weg zu den Familien in die zweite Hallenhälfte, als sie Mohammed im Flur begegnet.

„Hallo kleiner Bruder", begrüßt sie ihn strahlend.

„Hallo große Schwester", antwortet er geschmeichelt.

„Wie lief dein Interview?"

„Gut, ich denke. Ich weiß nicht."

„Ja, bestimmt. Wie lange ging es?"

„Drei Stunden!", antwortet er selbst so überrascht, wie er es nach dem Interview war, als er auf seine Handyuhr gesehen hatte.

„Meine Güte, das ist echt unglaublich. Aber es war sicher gut, mach dir keine Sorgen. Ich gehe in fünfzehn Minuten mit den Kindern und Eltern zur Schule rüber, da gibt es ein Fest. Möchtest du mitkommen?", fragt Sarah, während sie den Vorhang zur anderen Hallenhälfte öffnet.

„Ja, gerne", antwortet er, bevor sie lächelnd zu den Familien verschwindet.

Die Kinder sitzen wieder zusammen auf der Couch und sehen sich eine Kindersendung an.

„Sarah!", rufen sie, als sie herantritt und springen auf, um sie zu umarmen.

„Seid ihr bereit für das Schulfest?"

„Diese heute?", fragt Hiwa aufgeregt und zeigt auf das von Sarah gemalte Plakat.

„Jetzt!", betont sie. „Wir gehen in zehn Minuten los. Sagst du allen Bescheid?"

Schon rennt Hiwa los und ruft aufgeregt durch die Halle. Sarah läuft ebenfalls an jedem Bett entlang, begrüßt die Familien und erinnert an den Ausflug.

„Wo Schule?", fragt Saba sie am Ärmel ziehend.

„Na, die hier", antwortet Sarah und zeigt in die Richtung, an die der Zaun mit seiner blauen Folie grenzt. „Die Schule, wo

Hiwa und deine Schwester Safiya hingehen." Saba reißt glücklich ihre Augen auf und hüpft freudig herum. „Dann macht euch mal fertig. Wir gehen gleich los."

Nachdem Sarah genauso der ersten Hallenhälfte Bescheid gibt, versammeln sich am Zauntor alle Eltern mit ihren Kindern und einige wenige junge Männer, darunter Mazud, Adil und Mohammed mit Haytham.

„Schön, dass ihr alle da seid! Dann los. Wir müssen einmal außen rum zum Haupteingang", ruft sie und läuft mit Saleh und Saba an der Hand vor.

Sarah selbst ist aufgeregt, ihre alte Grundschule besuchen zu können und ist gespannt, welche ihrer damaligen Lehrer wohl noch da sein würden.

Bereits am Eingang sind viele Menschen versammelt und treten langsam zwischen den Essensständen vorbei ins Gebäude.

Die einzelnen AG's stellen ihre Arbeiten vor, indem ihre Töpferwerke auf den Tischen präsentiert werden oder gemeinsame Reisen in Fotocollagen aushängen.

„Hey, seht mal!", ruft Sarah begeistert, als sie ein großes Foto an der Wand erblickt, das alle Schüler von vor fünfzehn Jahren darauf zeigt. „Das bin ich!"

Sie zeigt auf ein kleines Mädchen, das vorne aus der Masse der Kinder mit seinem schüchternen Lächeln heraussticht.

„Da war ich sechs Jahre alt. So alt wie Safiya", sagt sie zu Saleh und Saba, die begeistert dreinschauen. „Ich war auf dieser Schule hier. Auf dem Foto war ich in der ersten Klasse."

Auch Natascha ist einige Köpfe hinter ihr zu sehen, die in die Kamera grinst und noch nicht weiß, dass sie sich mit Sarah in der dritten Klasse anfreunden und ab da an ihre beste Freundin sein wird.

„Du klein!", lacht Saba laut.

„Du diese?", fragt Adil, als er mit den Älteren um das Foto herumsteht.

„Viele süß!", sagt Shirin.

„Du bist gegangen diese Schule?", fragt Mohammed dann, als

die anderen weiterlaufen.

„Ja, das war meine Grundschule. Von der ersten bis zur sechsten Klasse", antwortet sie. „In der Turnhalle, wo ihr schlaft, hatte ich früher Sportunterricht."

„Das ist schön, ich wusste nicht das. Du warst so klein wie die Kinder jetzt in Camp!"

Sarah bemerkt, wie ihrem kleinen Bruder ein unbekannter Teil ihres Lebens offenbart wird, der ihm seine große Schwester von einer neuen Seite zeigt.

Nachdem sich alle die Bastelkunstwerke angesehen haben, gehen sie zur nächsten Tür auf den großen Schulhof hinaus, auf dem sich ein Fußballfeld und mehrere kleine Spielplätze mit Gerüsten, einer Schaukel und Spielklotzen befindet.

Und unmittelbar dahinter ein langer blauer Zaun, der den eigentlichen Weg zur Turnhalle abschneidet.

Sarah läuft mit der Gruppe über das Fußballfeld, an den weiteren Essensständen und Ausstellungen vorbei und lauscht der Trompetergruppe, die auf der Holzbühne das Publikum bei Laune hält.

Plötzlich zerrt Saba wieder an Sarahs Ärmel und zeigt auf den Zaun: „Das Hause!"

Sarah braucht einen Moment, um zu begreifen, dass Saba die Unterkunft am Zaun aus der Perspektive der anderen Seite erkannte, die Saba nicht kennt.

„Ja, richtig. Da ist dein Zuhause", antwortet Sarah.

„Vielen Dank liebe Trompeten-AG", schallt es dann durch das Mikrofon. „Und jetzt bitte einen großen Applaus für die Einrad-AG", kündigt eine Lehrerin auf der Bühne an. Dann radeln auch schon zehn Kinder auf ihren Einrädern auf die Bühne, bilden einen Kreis und wechseln in unterschiedliche Konstellationen. Während sich zwei Kreise bilden, halten sie ihren rechten Arm in die Mitte, strecken den anderen in die Luft und bilden eine Sternform.

Als dann auch diese AG die Bühne verlässt, schaut die Gruppe sich weiter um.

„Sarah, ich möchte das!", ruft Safiya und zeigt auf einen langen Tisch, an dem die älteren Sechstklässler, die kleinen Kinder schminken.

„Okay, dann gehen wir dahin. Ihr könnt euch gerne allein alles anschauen. Ich gehe mit den Kindern zum Schminken", sagt Sarah den Eltern, die dankend eine Runde um den Platz gehen.

Die Männer gehen ins Schulgebäude hinein und schauen sich die Essensstände an, während Sarah wartet, bis die Kinder an der Reihe sind.

„Sarah!", hört sie auf einmal hinter sich und dreht sich um.

Ihre alte Klassenlehrerin steht mit weißeren Haaren, größerer Brille und deutlich kleiner vor ihr, als sie sie in Erinnerung hatte. Doch das ist schließlich zehn Jahre her.

„Frau Albert!", antwortet Sarah. „Sind sie immer noch Lehrerin an der Schule?"

„Ja. Aber das wird auch mein letztes Jahr vor dem Ruhestand. Und was machst du hier? Wie alt bist du denn jetzt?", fragt sie neugierig.

„Ich bin jetzt einundzwanzig und arbeite als Sozialarbeiterin in der Turnhalle für die Flüchtlinge. Also ich mache eine Ausbildung."

„Ach! Das gibt's ja nicht. Du betreust die Flüchtlinge in unserer Turnhalle. Ich habe ja auch den Hiwa in meiner Klasse, der ist ganz großartig", schwärmt Frau Albert.

„Ja, das ist er. Sie lernen alle so schnell Deutsch."

„Sag mal, wie viele wohnen denn in der Turnhalle?"

„Also zusammen sind es etwa einhundertfünfzig Bewohner. Also ungefähr sechzig Personen bei den Familien mit zwanzig Kindern und neunzig Männer, worunter auch einige Jugendliche sind."

„Also, das ist ja Wahnsinn. Alle aus dem Krieg geflüchtet und mit einem Boot über das Meer gefahren und jetzt wohnen sie in einer Turnhalle. Das ist doch unvorstellbar." Sie schüttelt fassungslos den Kopf.

„Allerdings", nickt Sarah.

„Und was hast du für Aufgaben zu bewältigen?"

„Also hauptsächlich muss man alle Dokumente vom LAGeSo oder Jobcenter verwalten, unter anderem die Kostenübernahmen und dafür sorgen, dass alles beisammen ist und keine Lücken entstehen. Und sonst macht man Termine bei Ämtern oder Ärzten aus, begleitet sie, betreut und spielt mit den Kindern und macht Ausflüge", zählt sie auf, während Frau Albert sie bewundernd ansieht.

„Mensch, Sarah. Das ist so schön zu sehen, was aus dir geworden ist. Ich frage mich immer wieder, was wohl meine Schüler so machen."

„Frau Albert!", kommt Hiwa plötzlich angerannt. „Sarah, das ist meine Lehrerin", sagt er stolz.

„Ja, hat sie mir schon erzählt. Sie war früher auch meine Lehrerin, als ich so alt war wie du."

„Wirklich?"

Hiwa staunt, als wäre es gar nicht möglich die gleiche Lehrerin zu haben, die einst eine heute erwachsene Frau unterrichtete.

„Ach, die Welt ist doch so klein", sagt Frau Albert. „Da wird einem immer wieder bewusst, dass wir Menschen nur uns haben und gut zueinander sein müssen!"

Kapitel 39

Es ist acht Uhr am Morgen und ich packe meine Tasche für die Schule. Die meisten schlafen noch, sogar Haytham, der erst am Nachmittag zu seinem Kurs muss, wenige sitzen an den Bänken und frühstücken, doch ich bin hellwach.

Heute ist mein Geburtstag und ich weiß, dass Geburtstage in Deutschland etwas Besonderes sind und groß gefeiert werden. Vor allem, wenn es der achtzehnte ist, denn dann ist man volljährig und in meinem Fall nicht mehr von einem Vormund abhängig, der einem alles und jenes unterschreiben muss.

Vielleicht wird es heute etwas in der Schule geben und meine Lehrerin auch mich mit einem Muffin und einer Kerze darauf überraschen, so wie sie es an den letzten zwei Geburtstagen meiner Klassenkameraden tat. Vielleicht findet sogar etwas in der Turnhalle statt. Aber ganz sicher wird mir meine gesamte Familie schreiben und dieser eine Tag wird meiner sein.

„Guten Morgen, kleiner Bruder", höre ich Sarahs Stimme mich grüßen.

Ich ziehe das Laken meines Zimmers mit meinem Zeigefinger ein wenig herunter und erblicke ihr Strahlen.

„Guten Morgen, große Schwester", antworte ich glücklich.

„Alles Gute zum Geburtstag!"

„Dankeschön", strahle ich jetzt ebenfalls.

Dass Sarah die Erste sein würde, die mir heute gratuliert, hätte ich nicht gedacht.

„Du weißt meine Geburtstag?", frage ich überrascht.

„Natürlich, ich habe all eure Akten", grinst sie. „Außerdem bist du mein kleiner Bruder. Komm raus, ich habe was für dich", winkt sie mich heraus.

Ich trete aus meinem Zimmer zu ihr in den Gang, während ich mein Herz in meinen Ohren schlagen höre.

„Hier", sagt sie dann und reicht mir eine winzige Schachtel.

Ich nehme sie vorsichtig in die Hand, betrachte sie ein wenig und schaue dann zu Sarah, auf die Bestätigung wartend die

Schachtel öffnen zu dürfen.

Sie nickt mit großen Augen, also nehme ich nervös den Deckel ab und erblicke einen kleinen weißen mit dursichtigen Linien durchlaufenen Stein behutsam in Watte liegen.

„Ich habe den Stein hinten im Garten der Unterkunft gefunden und fand ihn so schön", lächelt sie. „Weißt du, ich liebe deinen Stein aus Daraa. Er ist wunderschön. Und er ist ein Teil deines Lebens, eine Erinnerung eines wichtigen Lebensabschnitts. Aber ich glaube, es ist irgendwann Zeit für einen neuen Stein. Für einen neuen Teil deiner Geschichte und neue Erinnerungen", erklärt sie langsam mit ruhiger Stimme. „Und heute ist dein Geburtstag und du bist jetzt ein Jahr älter, und zwar hier in Deutschland. Und ich bin sehr froh, dass du hier bist und ich einen so tollen kleinen Bruder habe. Deshalb möchte ich dir eine neue Erinnerung schenken."

Als hätte sie davor lange darüber nachgedacht, was sie sagen will, trug sie ihre Rede fließend vor. Ich habe nicht jedes einzelne Wort verstanden, doch mein Herz hat es.

Und jetzt stehe ich ihr sprachlos gegenüber.

„Gefällt er dir?", bricht sie das Schweigen.

„Ja. Es ist so schön. Ich bin sehr glücklich", stammle ich nervös vor mich hin, während mein Herz in den Ohren pocht und blicke immer wieder vom Stein zu ihr auf. „Das bedeutet mir sehr viel. Vielen Dank, große Schwester."

Nachdem ich in der Schule tatsächlich von unserer Lehrerin überrascht wurde und daraufhin alle das Geburtstagslied sangen, meine Lehrerin als Einzige auf Deutsch und die Restlichen stur auf Arabisch, ging ich noch mit drei guten Freunden aus meiner Klasse eine Cola trinken.

Am späten Nachmittag kam ich dann in die Turnhalle und habe jetzt Zeit mir meine Nachrichten in Ruhe anzusehen, worunter welche von meiner Freundin sind und ein verpasster Anruf meiner Mutter.

Mein Herz beginnt vor Freude zu rasen.

Damit hatte ich nicht gerechnet. Sie hat jetzt also endlich wieder Internet. Das letzte Mal, dass ich mit ihr sprach, war in Wien.

Mein Onkel teilte mir regelmäßig mit, dass es ihr gut ging, was er von Verwandten hörte, die es von anderen hörten.

Doch nach so langer Zeit von ihr persönlich einen Anruf zu erhalten, ist für mich das schönste Geburtstagsgeschenk, das man mir machen könnte.

Noch bevor ich meiner Freundin auf ihre liebevolle Nachricht antworte, rufe ich meine Mutter zurück. Ich tippe auf ihren Namen und warte geduldig auf das Tuten, bis ich bemerke, nicht ausreichend Internet zu haben. Also gehe ich in den Garten.

Wieder tippe ich auf Anruf, während ich zügig nach einem freien Platz suche. Einige Kurden spielen mit den Kindern auf der Tartanbahn Fußball und direkt daneben unter dem Baum sehe ich die freie Bank.

Ich setze mich, als ich nach erfolgreichem Tuten die Stimme meiner Mutter höre: „Mohammed, mein Schatz!"

Mein Herz rast schneller.

„Mama", antworte ich.

„Alles Gute zum Geburtstag. Jetzt bist du ein erwachsener Mann."

Ich kann ihre glasigen Augen in ihrer zittrigen, doch einfühlsamen Stimme hören.

„Ja", antworte ich lächelnd. „Wie geht's dir? Ist alles in Ordnung?"

„Ja. Uns allen geht es gut. Wir verlieren immer wieder Strom, aber mach dir keine Sorgen."

Ein kleiner kurdischer Junge schießt ein Tor, woraufhin seine Teammitspieler jubeln.

„Wie geht es dir denn, mein Junge? Wie ist es in Deutschland?"

„Sehr schön. Ich gehe seit ein paar Wochen zum Deutschkurs und kann schon sehr gut Deutsch. Ich habe viele Freunde", erzähle ich glücklich.

Es gibt zu vieles, dass meine eigene Mutter nicht miterlebt hat und erst jetzt nach Wochen erfährt, nachdem wir fast achtzehn Jahre immer zusammen waren. All die Dinge, die ich in der kurzen Zeit erlebt habe, wodurch sich die Zeit wie eine Ewigkeit anfühlt.

Ich will mich daran nicht gewöhnen müssen.

„Das freut mich sehr. Ich wusste, dass du es weit schaffst. Lernst du das in einer richtigen Schule? Bist du in einer Klasse?", fragt sie neugierig.

„Genau. Es ist eine Extraklasse für Ausländer. Es gibt keine Deutschen, also nur Araber, Iraker und Afghanen, aber auch einer aus Brasilien und einer aus Afrika glaube ich. Wir haben auch heute ein bisschen in der Klasse gefeiert", erzähle ich aufgeregt.

„Das ist schön."

„Und was macht ihr? Geht es Onkel Ahmed gut?"

„Ja, uns allen geht es gut. Ahmed geht jeden Tag arbeiten und hat ein wenig Geld sparen können."

„Wirklich?", unterbreche ich sie aufgeregt und erwarte gute Neuigkeiten.

„Ja, es reicht für uns beide nach Libanon zu ziehen. In der Wohnung unseres Cousins Kadir ist noch Platz", antwortet sie.

Ich verstumme für einen Augenblick überrascht. Mein Herz schlägt stärker, während sich eine schwere Last von mir löst.

Endlich ist meine Mutter bereit Daraa zu verlassen und der Hoffnung einen Schritt näherzutreten.

Glücklicher kann ich nicht werden.

„Oh Mama, ich bin so froh", antworte ich erleichtert. „Kann Onkel Ahmed in Libanon arbeiten?"

„Ja, ganz sicher. Kadir hat gute Kontakte."

„Und Onkel Raed? Kann er auch einen Job bekommen und dann wohnt ihr zusammen?", frage ich aufgeregt.

„Das weiß ich nicht, die Pläne sind noch ganz frisch."

„Okay. Aber ihr könnt mehr Geld sparen und auch nach Deutschland kommen."

„Inshallah", antwortet meine Mutter ruhig.

Gerade gehe ich wieder die Turnhalle hinein, antworte meiner Freundin auf dem Weg mit ‚Danke Habibti, für deine schöne Nachricht. Ich vermisse dich schrecklich und denke jeden Tag an dich. Du bist für immer in meinem Herzen' auf ihre Nachricht und hänge ein großes Herz daran, als ich Sarah neben Adil, Mazud und anderen auf der Bank sitzend essen sehe.

„Mohammed, Geburtstagskind!", ruft sie. „Iss mit uns." Sie klopft auf die Bank neben sich. Also nehme ich mir einen Tee und setze mich ihnen gegenüber.

„Wie war dein Geburtstag? Hast du gefeiert?", fragt Sarah neugierig, während sie den Reis löffelt.

„Ja, es war sehr schön. Ein bisschen gefeiert in mein Klasse und auch mit mein Freunden, wir haben viel Spaß", erzähle ich. Dann reiße ich mir ein Stück Fladenbrot ab und tunke es um Reis gewickelt in die Soße.

„Das freut mich zu hören. Feiert ihr denn in Syrien auch Geburtstag?", fragt sie.

„Nein, nur bisschen reden und gute Essen, aber keiner Party", antworte ich.

„Wann du hast Geburtstag?", fragt Adil sie plötzlich.

„Oh, erst nächsten Januar. Das ist noch lange hin!"

„Dann wir machen große Party hier. Mit Kuchen und ich machen meine Spezialsalat."

„Du hast einen Spezialsalat à la Adil?", lacht sie.

„Ja, in meine Heimat ich war große Chef."

„Du meinst Koch?"

Er nickt stolz.

„Ich würde mich sehr freuen, wenn wir hier eine große Party machen. Aber ich hoffe doch, dass die Unterkunft bis dahin zu ist und ihr eine Wohnung gefunden habt oder mindestens in ein Wohnheim umzieht mit eigenen Zimmern."

„Ja, ich möchte Zimmer. Wir jetzt hier seit sieben Monate und immer müde jetzt", antwortet Mazud.

Erst nach sechs Monaten Aufenthalt in Deutschland bekommt man vom LAGeSo ein blaues Dokument, das einem erlaubt, in ein Wohnheim zu ziehen oder sich eine Wohnung zu suchen. Viele haben es schon und sind fleißig bei der Wohnungssuche, nachdem sie es stolz durch die Turnhalle laufend herumwedelten. Ich werde noch zwei Monate warten müssen, bis ich es in den Händen halte.

Sarah löffelt ihren Teller fertig, während ich mir immer wieder Fladenbrot abreiße und von Mazuds Teller esse.

Als sie schweigsam ihren Tee schlürfen, sage ich entschlossen: „Ich möchte lernen Deutsch perfekt zu deine Geburtstag!"

„Aber du sprichst schon sehr gut Deutsch!", widerspricht Sarah.

Erst durch die Unterhaltungen mit ihr habe ich gemerkt, wie wichtig jedes einzelne Wort ist, das ich von mir gebe oder gerne aussprechen würde, wenn ich es könnte, um all die Erinnerungen und Gefühle, die sich niemand jemals vorstellen könnte, zu vermitteln.

„Nein, ich möchte lernen perfekt. Und alle Wörter. Und dann, wenn ich weiß alles, ich möchte dir erzählen alles meine Geschichte."

Sie lächelt.

„Das würde mich sehr freuen, wenn du sie mir erzählst. Und dann erzähle ich dir meine"

„Aber du nicht im Krieg."

Nachdem ich es ausgesprochen habe, sieht sie mich für einen kurzen Augenblick so entsetzt an, dass ihre Augen sich weiten und ihr Lächeln verfliegt, als hätte ich etwas Verletzendes gesagt.

Ich schlucke und lächele verlegen, als ich mein Gesicht sich röten spüre.

Doch dann schmunzelt sie leicht und spricht: „Du musst nicht im Krieg gewesen sein, um eine Geschichte zu haben."

Kapitel 40

Nach zwei Jahren ihrer Fernbeziehung wird sie Davids Eltern heute zum ersten Mal kennenlernen.

Es sind nur noch wenige Minuten der dreieinhalb stündigen Fahrt, bis sie in seiner Heimatstadt ankommt, die genau dreihundertzwölf Kilometer von ihrer entfernt ist.

Die eine Woche, die Sarah dort verbringen wird, für die sie sich extra Urlaub nahm, sollen die letzten zwei Jahre nachholen, die sie nicht zusammen sein konnten und es dennoch waren.

Sie beginnt ihre Sachen einzupacken, ihre Jacke und Mütze anzuziehen und stellt sich ein letztes Mal das erste Gespräch mit seinen Eltern vor, wie es gleich geschehen könnte, wenn sie es nicht vermasselt.

Und schon erblickt Sarah ihn aus dem Fenster mit seinen Eltern am Bahnhof.

Aufgeregt steigt sie aus und läuft strahlend zu David, der sie mit leuchtenden Augen ansieht. Sie umarmen sich innig, als hätten sie sich eine Ewigkeit nicht mehr gesehen, bevor Sarah seine Eltern begrüßt.

„Ich bin Sarah. Ich freue mich sehr, Sie kennenzulernen", sagt sie nervös und schüttelt ihnen nacheinander die Hände.

„Wir freuen uns auch sehr. David hat schon so viel von dir erzählt", erwidert seine Mutter freudig.

David nimmt Sarah ihre schwere Reisetasche ab, streicht dann mit seiner Handfläche über ihren Rücken und hält ihr eine weiße Nelke vor.

„Oh, das ist so lieb von dir. Danke", sagt Sarah geschmeichelt, während sie rot anläuft.

Schnell versucht sie vor seinen Eltern das Thema zu wechseln.

„Ich habe auch etwas für Sie aus Berlin mitgebracht. Kleine Mitbringsel, ich hoffe sie gefallen Ihnen."

„Das ist ja sehr aufmerksam. Wäre doch gar nicht nötig gewesen", antwortet sein Vater. „Und nenn uns doch bitte Petra und

Ralf, sonst kommen wir uns so alt vor", sagt er zwinkernd.

Gemeinsam laufen sie durch den Park in der Nähe.

Eine frische Brise weht durch die Bäume, zwischen denen gelegentlich einzelne Sonnenstrahlen durch die Wolken dringen. Die orangefarbenen Blätter der gereihten Bäume fallen wie Regen auf den Weg, den sie entlanglaufen. Sie erreichen einen schmalen Fluss, als David nach Sarahs Hand greift.

„Früher waren wir oft zusammen hier", erzählt er ihr und blickt lächelnd zu seinen Eltern. „Wenn es warm war, hab ich immer meine Füße ins Wasser gelegt."

„Ja, schon seit er in den Kindergarten ging, waren wir fast jede Woche hier. Wie schnell doch die Zeit vergeht", antwortet Petra, die eingehackt neben ihrem Mann läuft.

„Da bist du immer auf den Spielplätzen herumgeturnt und im Wasser plantschen gegangen. Und jetzt ist mein kleines Kind so groß geworden und hat eine so schöne Freundin."

„Ach, Mama", sagt David beschämt.

Sarah lacht.

„Ich kann mich daran erinnern, als wäre es gestern gewesen!"

„Ja, wir waren wirklich oft hier. Es war fast unser Sonntagsritual geworden, uns ein Tretboot für eine Stunde zu mieten und um den See zu fahren. Aber kaum war er ein bisschen älter geworden, hat er nur noch mit seiner ‚coolen Gang' abgehangen", stichelt sein Vater und macht Davids lässigen Gang nach.

David schubst ihn an seiner Schulter, woraufhin er spaßhaft in seinen Bauch boxt.

„Ja und wie man sieht, seid ihr beiden noch immer Kinder", schüttelt Petra den Kopf.

„Es ist schön, wenn wir dann mal wieder die Wochenenden zusammen verbringen so wie früher", fügt Ralf hinzu.

Auf einer weiten Wiese erreichen sie einen kleinen Eisladen.

„Kommt", sagt Petra und geht hinein. „Das hier ist unser Stammplatz", sagt sie dann und setzt sich an einen Vierertisch am großen Fenster mit Blick zum Fluss.

Sie schauen in die Menükarte. Nach einer Sekunde klappt Petra sie zu.

„Ich nehme das wie immer."

Ralf überlegt kurz und klappt seine ebenfalls zu.

„Ich auch."

Sarah schaut mit David in eine Karte hinein. „Weißt du auch schon, was du möchtest?", fragt sie und versucht sich schnell für einen der vielen Eisbecher zu entscheiden.

„Wir nehmen immer das Gleiche", flüstert er. „Das ist auch Teil unserer Tradition. Ich schaue nur aus Solidarität mit dir in die Karte."

„Das gibt's doch nicht!", lacht Sarah. „Ihr seid wirklich jede Woche hier, wenn ihr sogar die Karte auswendig kennt!"

Auf seinem kleinen Bett unter dem Fenster seiner Einzimmer-wohnung machen sie es sich gemütlich und liegen nebeneinander. Seit ihrer Ankunft ist es das erste Mal, dass sie ein wenig Zeit für sich haben.

„Meine Eltern lieben dich", sagt David dann und streicht ihr Haar zur Seite.

„Woher willst du das so schnell wissen? Sie haben mich eben erst kennengelernt."

„Ich weiß, aber ich sehe es in ihrem Blick. Und ihr habt euch so locker unterhalten, als würdet ihr euch schon länger kennen", lächelt er. „Magst du sie?"

„Ja klar, ich liebe sie. Sie sind so offenherzig", schwärmt Sarah. „Ich bin wirklich erleichtert, dass sie so entspannt sind. Ihr habt eine sehr schöne Beziehung."

„Und ich bin so glücklich, dass du jetzt ein Teil davon bist."

Sie lächelt verlegen und streicht durch sein Haar. David sprach schon immer seine Gedanken direkt aus und geht mit schmeichelnden Worten großzügiger um, als Sarah es gewohnt ist.

„Hast du Hunger?", fragt er.

„Jetzt noch nicht so richtig."

„Ehrlich? Du hast den ganzen Tag nicht richtig gegessen.

Nicht mal das Eis hast du aufgegessen", sagt er besorgt.

„Also, der war ja auch riesig!", protestiert sie lachend. „Ich weiß nicht, irgendwie esse ich seit der Arbeit nicht mehr so viel."

„Wie? Wegen der Arbeit isst du weniger?"

„Naja, Frühstück esse ich ein wenig, aber nachmittags nicht so viel, weil ich ja immer am Arbeiten bin und so gestresst, da finde ich nie die Zeit dazu. Und abends esse ich dann immer paar Reste. Ich schätze, ich habe mich irgendwie daran gewöhnt."

„Wirklich?", fragt er skeptisch. „Das ist aber echt nicht gut. Was mach ich denn mit dir, wenn du klapperdürre bist", witzelt er.

„Ich habe aber auch nicht so Appetit…"

„Vielleicht ist etwas mit deinem Magen. Oder du wirst krank, das Wetter ist auch so wechselhaft."

„Seit Tagen soll ich krank werden?", fragt sie ironisch.

Dann reißt David die Augen auf.

„Was ist?", fragt Sarah erschrocken.

„Du bist doch nicht…", beginnt er mit hochgezogenen Augenbrauen und legt seine Hand auf ihren Bauch.

„Gott, nein! Isst man da nicht ganz viel? Keine Ahnung."

Er legt seinen Kopf in seine Hand und berührt ihre Wange.

„Schade", flüstert er dann und grinst.

„Red' keinen Blödsinn", lacht sie.

„Vielleicht gehst du besser mal zu einem Arzt", flüstert er, bevor er sie küsst.

„Hey, ich könnte krank sein, du solltest mich nicht küssen."

„Ist mir egal", nuschelt er an ihren Lippen und küsst sie erneut. „Lass uns zusammen krank sein." Er beginnt ihr ganzes Gesicht abzuküssen, als sie laut auflacht.

„Das wäre eine unvergessliche Woche."

Kapitel 41

Der frische Wind zieht über die Tartanbahn.

In meine zugeknüpfte Jacke eingehüllt sitze ich neben Haytham auf der Bank im Raucherbereich und beobachte mit meinem heißen Tee in der Hand die Afghanen beim Volleyballspielen, während Adil seine Zigarette raucht. Andere Araber und Kurden sitzen vor der Tartanbahn auf der Wiese und sehen ebenfalls dabei zu.

Seitdem das Volleyballnetz, das ein älterer Herr aus der Gegend spendete, über die Tartanbahn gespannt wurde, sind fast jeden Tag zwei Gruppen von etwa sieben Personen am Spielen.

Auch ich versuchte es ein paar Mal und hätte nicht gedacht, es so gut zu können.

Mit jedem Tag werden die Leute besser und beherrschen sogar das Ankündigen des Punktestands auf Deutsch, nachdem Sarah die Zahlen rein rief und uns vom Arabischen, Persischen oder Kurdischen abzubringen versuchte.

Sie spielte auch des Öfteren mit, aber als sie heute Mittag in der Halle gefragt wurde, während sie sich einen Tee eingoss, hatte sie zu viel zu tun und winkte lächelnd ab.

Da war es das erste Mal nach einer langen Woche, dass ich sie wiedersah und mich eine Weile mit ihr unterhielt, als wäre sie eine Ewigkeit weggewesen.

Die Kinder toben im Sandkasten.

Überall, wo ich hinsehe, liegt ein Lächeln auf den Lippen.

Seit ein paar Leute erfolgreich eine Wohnung gefunden haben, hat sich unsere Gemeinschaft etwas verkleinert und es ist in der Halle ruhiger und familiärer geworden.

Nachdem ich einen Brief bekam, der den Wechsel meines Ausweisstatus auf subsidiären Schutz ankündigte, was ich auf ein positives Interview bei der Ausländerbehörde zurückführen kann, habe auch ich endlich das blaue Dokument erhalten.

Doch Aussicht auf eine Wohnung liegt noch weit in der Ferne. Ganze acht Monate sind vergangen, die ich in der Turnhalle verbrachte.

Während ich die Kinder im Sandkasten spielen sehe, erinnere ich mich an den sonnigen Tag, an dem Sarah mit ihnen Sandburgen mit Plastikbechern baute, weil es keine anderen Förmchen für den Sand gab.

Einmal kam sie mit Bastelpapier zu uns Älteren in die Hallenhälfte und wir dachten zuerst, sie würde zu den Kindern gehen. Doch dann zeigte sie uns Falttechniken für Papierfiguren, bis alle anfingen Papierflieger zu basteln, die schließlich von überall her durch die ganze Halle flogen.

Es brauchte nie viel Geld oder Material, um lustige Erinnerungen in der Turnhalle zu kreieren. Allein die Idee war es und unsere Freude mitmachen zu wollen.

Kashif hüpft freudig und gibt Enayat ein High-Five, der einen Punkt für sein Team gewann.

Ich verstehe nicht, wie man bei diesem kalten Wetter so aktiv sein kann. Ich kann hier nicht mal stillsitzen. Nach Adils Zigarette werde ich definitiv mit ihm wieder reingehen.

Mit leicht zittrigem Kinn schlürfe ich meinen Tee.

Sarah kommt heraus und läuft mit ihrem Handy am Ohr die Wiese auf und ab. Ich sah sie schon öfter hier draußen telefonieren, doch nie in der Turnhalle, aus demselben Grund, weshalb ich auch oft zum Telefonieren raus musste. Der Empfang ist miserabel.

Wie oft habe ich mit meiner Mutter oder meiner Freundin hier draußen ein Videogespräch führen müssen und keinerlei Privatsphäre gehabt.

Die Sonne huscht gelegentlich zwischen den verarmten Ästen hindurch.

Während ich zu meiner großen Schwester rüber blicke und beim Telefonieren beobachte, ertaste ich in meiner Jackentasche die zwei Steine, die mir ein Gefühl von Geborgenheit geben. Zwei Abschnitte meines Lebens, die mich erinnern, wer ich heute bin und mir Hoffnung auf weitere Steine geben.

Gerade drehe ich mich wieder zu Adil um und lausche seiner

Geschichte, wie er heute Morgen im Supermarkt eine Dose Nüsse zu finden versuchte, als ein kurzer Schrei, beinahe ein lauter, verzweifelter Seufzer, über den Hof schallt.

Fast lasse ich vor Schreck meinen Becher fallen, drehe mich wie alle anderen in die Richtung, aus welcher der Schrei kam und sehe, dass es Sarah war, die noch immer mit der einen Hand am Ohr dasteht und jetzt mit der anderen Hand ihren Mund bedeckt, als versuche sie, nicht erneut aufzuschreien.

Nur ihre geröteten und zusammengepressten Augen werden entblößt, in denen sich Tränen sammeln.

Ein unaufhörliches Stechen regiert meinen Körper, der sich ausbreitet und mit jeder Sekunde, die sie unhörbar schluchzt, stärker wird.

Alle beobachten Sarah, als sie langsam ihre Kräfte verliert und sich hinab auf die Knie stürzt. Jetzt wird ihr Schluchzen lauter, bis sie es nicht weiter unterdrücken kann und ihre Verzweiflung mit zerrissener Stimme herausdringt.

Mein Becher, den ich offenbar nur leicht zwischen den Fingern hielt, rutscht jetzt ab und fällt zu Boden, dessen heiße Tropfen des Tees auf mein Hosenbein spritzen. Doch ich sitze wie erstarrt auf der Bank und rühre mich nicht, ebenso die anderen.

Alle starren, doch keiner wagt es, sich zu rühren. Ich wage es nicht einmal, mir vorzustellen, was der Grund sein mag, dass meine große Schwester so viel Schmerz empfindet.

In Sekundenschnelle rasen wieder Bilder durch meinen Kopf.

Ihre Familie, ihr Freund. Vielleicht ist ihnen etwas passiert. Was könnte es sein, das meine große, so taffe Schwester in Verzweiflung bringt, sodass sie lauthals in Tränen ausbricht?

Ihre Hand mit ihrem Handy hängt jetzt schlaff zu Boden herunter, die andere immer noch vor ihrem Gesicht.

Plötzlich sehe ich mich in ihr.

Ich erinnere mich daran, wie ich auf das Boot aufgestiegen war und hemmungslos alles aus mir herausweinte, als ich nicht länger stark sein konnte.

Dass ich meinen Vater verlor und meine besten Freunde,

meine einsame Mutter allein zurücklassen musste und später auch noch meinen Onkel, waren die schrecklichsten Dinge meines Lebens, die ich mir vorher niemals hätte vorstellen können, durchleben zu müssen.

Dieser Schmerz ist meiner.

Mein Kinn beginnt zu zittern und meine Augen brennen, während mein Blick starr auf Sarah gerichtet ist.

Was könnte Sarahs Geschichte sein? Was ist es, dass ihr Herz zerbrechen lässt? Könnte ich diesem Schmerz jemals standhalten?

Vielleicht war es das, was sie mir irgendwann erzählen wollte. Ich werde es womöglich nie erfahren. Wie naiv ich war, zu glauben, dass es hier mindere Probleme gäbe.

Einer der Security spricht mit Sarah und versucht sie zu beruhigen. Erst, als sich ihr Zusammenbruch wie eine Ewigkeit anfühlt, stützen zwei der Security Sarahs Arme um ihre Schultern, heben sie hoch und führen sie fürsorglich ins Büro zurück, wo sie vor den vielen Blicken flüchten kann.

Kapitel 42

Ihr Handy vibriert in ihrer Hosentasche.

Als sie es herausnimmt und die unbekannte Nummer sieht, tritt sie hinaus in den Garten, um Empfang zu bekommen.

Einer der wenigen warmen Sonnenstrahlen des feuchten Herbsttages fängt sie auf, bevor ein frischer Luftzug durch ihr Haar weht.

Der große Baum, der im Garten über die Tartanbahn ragt, im Frühling erblühte und im Sommer seine vollste, grüne Blätterpracht preisgab, wechselte langsam in orange-rote Farben, die heute nach und nach hinabfallen. Sie kann es kaum erwarten, seine kahlen Äste zu sehen, die in der Wintersonne einen Schatten auf den glitzernden Schnee werfen würden, in dem sie die lustigsten Schneeballschlachten ausübten.

„Hier spricht Sarah", nimmt sie den Anruf an, wie sie es immer tut, als sie am anderen Ende eine vertraute Stimme hört:

„Guten Tag. Hier spricht Doktor Haas. Sie waren neulich zur Untersuchung bei mir in der Praxis."

Sie erinnert sich und ist überrascht. Sie hatte nicht mit einem Anruf von ihm gerechnet und überlegt, was es geben könnte. Vielleicht fehlen ihm noch wichtige Informationen bezüglich ihrer Krankenkasse oder sonstiges an Papierkram, zumal sie in Davids Stadt nicht zu ihrem Hausarzt gehen konnte.

„Normalerweise rufen wir unsere Patienten nur in besonderen Fällen nach den Blutergebnisse an. Und auch aufgrund Ihrer Situation, dass Sie nur zu Besuch in der Stadt waren, müssen wir Sie umgehend auf die Ergebnisse aufmerksam machen."

„Was ist denn los? Was haben Sie gefunden?", fragt Sarah nervös und beginnt das kleine Stück der Wiese auf- und abzulaufen.

„Ich möchte es Ihnen nur ungern am Telefon mitteilen. Sind Sie noch in der Stadt oder schon zurück bei Sich?"

Sarah beginnt zu stottern.

„Ich, ja also, ich bin seit gestern wieder in Berlin."

„Dann müssen Sie umgehend bei sich ins Krankenhaus", antwortet er aufgeregt.

„Krankenhaus?! Bitte sagen Sie doch, was los ist!", sagt Sarah nun zittrig, während ihr Herz in der Brust pocht.

„Sie sollten Sich setzen."

„Ja, bitte sagen Sie schon!"

Seine folgenden Worte hallen in ihrem Ohr und lassen sie für einen kurzen Moment erstarren, in der ihr gesamtes Umfeld verblasst. Alles verstummt, doch seine Worte schallen bis zu ihrem letzten Ton.

Während ihr Herz schneller und schmerzend zu schlagen beginnt, ihr Kopf vor Hitze glüht und ihre Hände vor Kälte versteifen, rollt langsam eine Träne über ihre Wange zum Kinn herab auf den Boden.

„Wenn Sie sofort mit der Behandlung anfangen, gibt es eine höhere Chance der Heilung." Der Doktor spricht langsam und einfühlsam weiter, doch Sarah steht starr da und blickt ins Leere. „Es gibt viele Methoden unterschiedlicher Behandlungen und mit den heutigen technischen Möglichkeiten sind wir viel weiter voraus als noch vor zehn Jahren-"

„Wie viel Zeit bleibt mir noch?", unterbricht Sarah ihn, ohne ihm zugehört zu haben.

Er scheint etwas überfordert.

„Ich möchte Sie wirklich ungern am Telefon beunruhigen. Sie sollten sich ein wenig Zeit nehmen, das zu verarbeiten und dann schleunigst bei sich in der Nähe-"

„Mir bleibt keine Zeit! Bitte sagen Sie mir, wie viel ich noch habe!", platzt es aus ihr heraus.

Einige Bewohner, die sich noch entspannt unterhalten hatten, schauen bereits unruhig zu ihr rüber.

„Wenn Sie sich sofort behandeln lassen, besteht durchaus die Möglichkeit die Krankheit zu besiegen."

„Und wenn nicht?"

„Davon möchten wir mal nicht ausgehen", zögert er. „Wenn Sie sich nicht behandeln lassen, dann könnten es nur noch sechs bis zwölf Monaten sein", antwortet er ernst.

Sie sieht plötzlich eine Welt vor sich, in der sie in der Klinik um ihr Leben kämpft. Erneut darum kämpft, nachdem sie den Sinn in ihrem Leben wiedergefunden hat. Eine Welt, in der ihr Vater, David, Natascha auf die Heilung hoffen. Darauf hoffen, sie etwas länger bei sich zu haben. Eine, in der sie nicht mehr existiert. In der ihr Vater, der nach seiner Frau auch noch seine Tochter verliert, sich nächtlich in den Schlaf weint.

Die folgenden Monate fliegen an Sarah vorbei.

Ein schallender Seufzer verlässt ihre Kehle, als sie dem stechenden Druck in ihrem Brustkorb nicht weiter standhalten kann.

Ab dieser Sekunde an, ist sie allein.

Allein mit dem Wissen. Allein mit der Verantwortung über dieses Wissen und dem Schmerz, den sie verspürt und dem noch größeren, den sie anderen zufügen kann.

Ihr Herz beginnt langsam in Stücke zu reißen, während sie an die Menschen denkt, die immer an ihrer Seite blieben und sie unterstützten, nur um jetzt im Stich gelassen zu werden.

Ihre Kräfte verlassen ihre Beine. Sie fällt auf ihre Knie und versucht den stechenden Schmerz herauszuschreien, doch nicht mal dazu ist sie stark genug. Sie schluchzt laut, hört noch immer Doktor Haas Stimme leise am Handy, als sie dieses vom Ohr entfernend zu Boden richtet und vergisst, wo sie sich eigentlich befindet.

Ihre Umgebung mit den Bewohnern, die sie anstarren, verschwimmt in ihren Tränen.

„Sarah Habibi, was' passiert?", stützt sich Hakan zu ihr herunter, doch sie nimmt ihn kaum wahr. „Hey, beruhig dich", flüstert er und streicht dabei ihre Schulter. „Ahmed, hilf mir mal!", ruft er zum anderen Wachmann, der mit ihm gemeinsam Sarah aufhilft und zum Büro verschwindet.

Kapitel 43

Nach ihrem Zusammenbruch war sie spurlos verschwunden. Jetzt ist sie nach zwei Tagen wieder da, sitzt jedoch nur im Büro.

Bisher hat sich keiner getraut, sie nach dem Vorfall zu fragen. Auch ich war kurz ins Büro gegangen und hatte ein Dokument vom LAGeSo abgegeben, nur um sie einmal kurz sehen zu können. Überfordert stand ich da und überlegte, was ich sagen könnte. Außer ein ‚Hallo' und ‚wie geht's', worauf mir alle im Büro antworteten und Sarah nur lächelte, brachte ich nichts raus. Ich muss blöd ausgesehen haben, wie ich schweigend dastand und man mir anmerkte, dass ich eigentlich etwas anderes möchte, als nur das Dokument abzugeben.

Doch auch Sarah fiel es schwer, den anderen etwas vorzumachen. Unter ihrem trüb aufgesetzten Lächeln spürte ich ihre Bedrücktheit über etwas, das sich keiner ausmalen kann.

Es wird wohl etwas Zeit brauchen, bis sie sich vom ersten Schock erholt und sich uns wieder öffnet. Und dann werde ich wie zuvor mit meiner großen Schwester sprechen können. Bis dahin sollte ich ihr als ihr kleiner Bruder den Freiraum geben, den sie jetzt braucht.

Die Bürotür öffnet sich und Sarah läuft mit zügigem Schritt zur Essensausgabe. Normalerweise würde sie sich mehr Zeit lassen, sich ein wenig in der Halle umsehen und mit irgendwelchen Bewohnern ins Gespräch kommen, die gerade an ihr vorbeikommen. Doch das tut sie diesmal nicht. Stattdessen gießt sie sich, den Blick dabei senkend, in ihre Tasse Tee ein.

„Alles klar?", fragt einer der Security.

„Jap", antwortet Sarah knapp, noch immer in ihre Tasse schauend.

Kurz überlege ich, mich doch von meinem Bett aufzurichten und zu ihr zu gehen, doch ich reiße mich zusammen. Es ist kaum zu übersehen, dass sie gerade mit niemandem sprechen möchte, also werde ich ihre Stimmung nicht verschlimmern.

Wenn sie mit ihrem kleinen Bruder reden wollte, hätte sie sich umgesehen. Sie würde irgendein Zeichen von sich geben, dass mir vermittelt, dass sie mich jetzt braucht.

Ich beobachte sie und warte auf etwas. Vielleicht gab sie doch etwas von sich, das ich nur nicht erkannte. Ich überlege, was mein Zeichen wäre. Ein kurz vorbeischweifender Blick wäre es vermutlich. Oder ihr Stein, den ich aus meiner Hosentasche nehmen und auf dem Platz neben mir ablegen würde.

Doch sie steht nur da und zittert.

„Sarah", begrüßt Mazud sie auf einmal. Ich habe ihn nicht kommen sehen. Wieder lächelt sie nur trüb. „Was ist passiert bei dir? Alles gut?"

Seine direkte Frage lässt meinen Puls steigen.

Vermutlich hatte er sich mit anderen abgesprochen und sich als den Mutigen gegeben, der sich traut, sie zu fragen, was passiert war.

„Alles gut", antwortet sie knapp und nickt dabei lächelnd. Das eindeutige Zeichen nicht weiter darüber reden zu wollen.

„Aber warum du hast weinen?", fragt er forsch.

Ich werde wütend.

Kurz überlegt sie, während sie ihre Hände am Tee wärmt.

„Es ist etwas passiert in meinem Leben. Etwas, das mich sehr traurig macht und mein Leben wahrscheinlich verändern wird", beginnt sie leise, so leise, dass ich es beinahe nicht höre. „Und ich bin auch momentan sehr gestresst, ich habe viel zu tun, deshalb war das ein großer Schock für mich und das kam alles aus mir raus", versucht sie zu erklären, ohne die Frage wirklich zu beantworten.

Ihre Augen werden glasig. Unsicher blickt sie in ihre Tasse und fummelt am Teebeutel.

Am liebsten würde ich dazwischen gehen und ihr aus der unangenehmen Unterhaltung raushelfen. Doch ich befürchte, dass ich es nur schlimmer machen würde.

„Das tut mir sehr leid. Ich hoffen für dich, alles wird gut", antwortet Mazud darauf und klopft einmal sanft auf ihre Schulter.

Ich atme beruhigt aus. Jetzt bin ich stolz auf ihn, dass er trotz seiner Aufdringlichkeit die richtigen Worte für diesen Moment gefunden hat.

Sie regt sich jedoch nicht, ihr Blick immer noch zu Boden geneigt, als ich eine Träne zu Boden fallen sehe, sie sich bestürzt die Hand vor den Mund hält und versucht, nicht wieder zu weinen, jener Versuch es vermutlich schwerer macht. Mit laufenden Tränen blickt sie auf.

„Tut mir leid", schluchzt sie, stellt die Tasse ab und läuft zügig die Hallentür hinaus. Einen Moment lang dachte ich, sie würde ins Büro verschwinden, doch dann höre ich eine Tür im Flur, jene die der Mitarbeitertoilette sein muss.

Mein Hals zieht sich zusammen und schmerzt.

Wie konnte Mazud ihr trotz seiner liebevollen und zurückhaltenden Worte doch noch zu nahetreten? Und wie wird sie diesen Schmerz dann überwinden können? Was kann es sein, dass sie so traurig macht? Etwas, das ihr Leben verändern wird?

Ich streife meine Hand über mein Gesicht. Ich darf mich nicht zu sehr reinsteigern. Wir sind ihr Freiraum und Geduld schuldig. Und das unterscheidet mich als ihr kleiner Bruder nun mal von den anderen Bewohnern.

Mazud läuft mit verblüfftem Blick auf mich zu.

„Hast du das gesehen?"

„Ja", antworte ich kalt.

„Ich hab sie zum Weinen gebracht", sagt er geschockt.

„Das war ja auch nicht wirklich taktvoll, was du gemacht hast", antworte ich jetzt mit genervtem Unterton.

„Was meinst du, ich will doch nur helfen."

„Ach bitte, du bist doch nur neugierig", sage ich verachtend den Kopf schüttelnd. Ich ertappe mich dabei, wie ich mich erneut zu sehr reinsteigere. „Nichts kann ihr grad helfen. Man merkt doch, dass sie nicht darüber reden will. Alles, was wir tun können, ist, sie in Ruhe zu lassen", füge ich hinzu und versuche, meine Gereiztheit nicht weiter preiszugeben.

„Woher willst du das wissen?", fragt Mazud jetzt in angespannter Tonlage.

223

„Also, ich hab sie nicht zum Weinen gebracht!"

Gerade will Mazud etwas zurückpfeffern, da kommt Sarah die Hallentür herein und läuft direkt ins Büro.

„Siehst du, alles gut", sagt Mazud trocken und läuft mit gehobenem Kopf zu seinem Bett zurück.

Mein Puls rast und ich grabe wütend meinen Kopf in mein Kissen. Ich versuche mich abzulenken, hole mein Handy heraus und stöbere durch Videos, als die Bürotür sich erneut öffnet. Sarah kommt mit ihrer Tasche, in ihrer Jacke und im Schal eingehüllt heraus und verlässt das Camp.

Gar nichts ist gut.

Kapitel 44

Sie sitzt auf ihrem Bett in ihrer kleinen Wohnung.

Ihre Gedanken schreien in ihrem Kopf, brechen aus ihren Ohren, prallen links und rechts an den Wänden ab und schallen zu ihr zurück.

Ein würgender Druck liegt auf ihrer Kehle, doch sie starrt reglos weiter in die Luft.

Ihr Blick schweift zu ihrem alten Fernsehkasten, der auf dem Schrank vor ihrem Esstisch steht, den sie in diesem Leben wohl nicht mehr durch ein flacheres und größeres Modell von ihrem selbstverdienten Geld ihres geliebten Jobs ersetzen wird.

Ihre Augen sind aufgerissen, Tränen darin gesammelt und doch ausdruckslos.

Was kann sie tun? Ihren Freund anrufen?

Er kann ihr nicht helfen.

Sie würde ihn nur verletzen und dadurch sich selbst. Und das würde es in diesem Moment nur schlimmer machen.

Freunde anrufen, Familie?

Genau das Gleiche.

Ihr Herz rast. Sie kann es in ihren Ohren hören, das als dumpfes Geräusch ebenso von den Wänden zu reflektieren scheint.

Während in ihr das unerträgliche und sich aufbauende Gefühl immer stärker wird, umgibt sie der Drang, alles hinausschreien und damit rückgängig machen zu können.

Die Wände kommen immer näher und bedrängen sie.

Sie hat nur noch sich selbst. In der sich unendlich weitenden Leere. Sich allein in ihrem kranken Körper.

Sie denkt an den See.

Plötzlich greift sie nach ihren Schlüsseln, wirft ihre Tasche mit all seinem belanglos erscheinenden Inhalt wie Handy und Portemonnaie weg und läuft hastig die Treppe runter. Sie rennt zum Auto, startet den Motor und rast die Straße entlang in die umhüllende Dunkelheit.

Das gelbe Licht der Laternen schimmert im feuchten Asphalt.

Sie hat Glück, dass es schon spät am Abend ist, an dem nur noch wenig Verkehr herrscht.

Den langen Straßen folgend, gelangt sie auf eine noch längere Landstraße. Sie blickt auf die vorbeiziehenden Schilder und biegt schließlich rasant in eine kleine Nebenstraße ein, die immer tiefer in den Wald ragt.

Als wäre sie den Weg hunderte Male gefahren, schwenkt sie das Auto immer wieder hastig in schmaler werdende Seitenstraßen und rast schließlich über einen holprigen Sandweg, als sie Wasser durch die dichten Bäume hervorglitzern sieht.

Dann stellt sie den Wagen an einer kleinen Einbuchtung neben der Straße ab und rennt hinaus.

Als warte etwas auf sie, zwängt sie sich eilend durch enges Gebüsch und streicht die Äste aus ihrem Weg, bis sie die Kieselsteine unter ihrer Schuhsohle spürt und den weiten See erblickt.

Bis auf das Zwitschern weniger Vögel und dem rauschenden Wind, der durch die Bäume weht, ist kein einziges Lebenszeichen zu vernehmen.

Sie steht eine Minute lang da, schnappt vor Aufregung nach Luft und starrt in die Weite. Die unberührte Schönheit des Sees spiegelt in seiner verschluckenden Dunkelheit den blauen Farbverlauf ins Tiefschwarze des Abendhimmels wider.

Doch auf sie wirkt alles nur noch trüb und grau. Und mit jeder Sekunde immer trüber und grauer.

Alle Erinnerungen der letzten Jahre schweifen ihr durch den Kopf. Ihr traumatischer Verlust, der sie in ihren jungen Jahren nicht durchschlafen lies. Der ihr bei jeder Begegnung einer Person im Nacken saß und jegliche Bindungen sowie neue Bekanntschaften in Frage stellten. Die starke Angst vor erneuten Verlusten, durch die sie erst zu ihrem wunderbaren Freund finden konnte.

Die vielen langweiligen Jobs bis zu diesem einen lebensveränderten mit all den liebevollen Menschen, die ihr wie eine zweite Familie heranwuchsen, denen sie eine Lücke in ihr Leben reißen wird. Die sie plötzlich zurücklassen wird, nachdem sie ihnen ihre Anwesenheit zur Gewohnheit werden ließ. Und die Kinder, die nach ihr fragen werden, denen keiner wird antworten können, weil keiner versteht, warum sie verschwand.

Vielleicht werden sie es herausfinden, doch nicht darüber sprechen. Zu Tode schweigen und mitsamt dem Schmerz der Verluste ihrer unzähligen geliebten Menschen in sich hineinfressen lassen.

Wie könnte Sarah jemals jemandem davon erzählen. Abschied nehmen und von anderen erwarten, es zu verkraften. Wie könnte sie ihren Freund jemals allein lassen? Es wird ihn innerlich zerreißen, doch es gibt überhaupt nichts, dass sie dagegen tun kann.

Das stehende Wasser mit seiner enormen Weite nimmt ihren Verstand ein.

Sie zittert, ihr Kopf wird heiß. Sie ballt ihre Fäuste, als ihre Augen zu brennen beginnen, in denen sich Tränen sammeln. Der brennende Schmerz, der sich seit dem Anruf in ihr ausbildete und sich zwischen den Wänden ihres Zimmers anstaute, drückt nun mit enormer Kraft gegen ihren Brustkorb.

Als sie dem steigenden Druck der Zurückhaltung nicht mehr standhalten kann, löst sie die Anspannung in ihrer Kehle und schreit alles aus tiefster Seele heraus.

Ein lauter, hoher und zerrissener Schrei schallt über den See durch die Bäume.

Sie hält ihn so lange an, bis der gesamte Sauerstoff aus ihrer Lunge verbraucht ist, der den Schrei dünner werdend in ihrer Kehle krächzend verstummen lässt und sie keuchend auf ihre Knie stürzt. Einige Male heftig einatmend fängt sie zu weinen an.

Alles würde eine dunkle Erinnerung werden.

Alles, was sie erlebte, jedes Wort, das sie mit anderen wechselte, würde bald nicht mehr ein Teil von ihr sein.

Und wenn sie fort wäre, würde es nur noch Trauer hervorrufen und nicht mehr die Freude oder Stärke, die sie damit ursprünglich zu erzielen hoffte.

Die Vergänglichkeit hat sie eingeholt, noch bevor sie ihre

neugewonnene Lebensfreude in vollen Zügen genießen konnte.

Sie schreit erneut auf, während sie schluchzt und erblickt durch den Spalt ihrer halbgeöffneten Augen nur noch den sandigen Boden, auf dem ihre Hände schleifen.

So vieles hätte sie jedem sagen können. So vieles könnte sie noch sagen. Doch ab jetzt trägt sie die bewusste Verantwortung über die sich verdunkelnden Erinnerungen.

Alles, was sie den Personen als Nächstes sagt, könnten ihre letzten Worte ihnen gegenüber sein und ihnen für immer als diese in Erinnerung bleiben.

Jedes folgende Wort ist nun kostbar.

Jetzt weiß sie, dass zu leben bedeutet, eine Verantwortung zu tragen. Für jeden Einzelnen im Umfeld. Jedes Handeln hat eine Auswirkung. Sie ist ein Teil eines jeden Lebens geworden, noch bevor sie darüber nachdenken konnte. Noch bevor sie wusste, jemals über so etwas nachdenken zu müssen. Und bevor sie durchdachter damit hätte umgehen können.

Sie fragt sich, ob jedes Lächeln, das sie so vielen Menschen in den letzten Monaten schenken konnte, es wert war. Nur um jetzt wieder zu gehen.

Ist sie ihnen überhaupt so wichtig, dass sie ihnen die Erinnerungen verdunkeln könnte? Hat sie wirklich so einen großen Einfluss auf alle?

Sie weiß nichts mehr.

Was tut sie hier? Was tat sie die letzten Jahre? Wozu das alles?

Sie schreit immer und immer wieder schluchzend auf. Tränen laufen ununterbrochen ihre Wangen hinab, die ihre Augen rötlich anschwellen lassen. Ihre Hände streichen über den Boden, als sie die rechte Hand öffnet und nach den Steinen greift, die sie geballt in der Faust umschlingt. Sie blickt darauf und lässt lauter schluchzend jeden einzelnen nacheinander hinabfallen.

All die vielen Lebensabschnitte, die sie in einer einzigen Faust halten kann. Die vielen Momente ihres Lebens, die sie hierhergebracht haben, jetzt jedoch als nichtig erscheinen.

Und die vielen Steine, die sich um den gesamten See herum

verteilen, die sie nicht mehr leben wird.

Ihr kleiner Bruder.

Er musste sich von seinem einzig noch gebliebenen Elternteil, seiner Mutter, trennen. Für ihn konnte sie einen Teil dieser Lücke als große Schwester füllen.

Und trotzdem würde er erneut einen Verlust erleiden, wie schon so viele, die ihm lediglich einen Stein zurückließen. Wieder würde er eine vertraute Person verlieren, doch diesmal unabhängig vom Krieg, den Bomben und Schüssen.

Eine andere Art von Krieg diesmal, der den Menschen im Inneren seines eigenen Körpers angreift und mit sich selbst kämpfen lässt.

Das bedingungslose Schicksal, wählte sie, um ihrem kleinen Bruder erneut das Gefühl zu geben, von Schüssen gejagt, doch nie getroffen zu werden.

Kapitel 45

Es ist ein grauer Tag.

Der starke Regen plätschert mit starkem Wind gegen die Fenster und fließt wie Tränen hinab. Unter dem lauten Prasseln auf meinem Bett liegend, sehe ich Sarah durch den schmalen Spalt des Vorhangs zur zweiten Hallenhälfte in der Spielecke mit den Kindern sitzen.

Die Kinder duellieren sich mit Spielautos, während sie in der Ecke auf einem Stuhl sitzt, in der sie alles im Blick hat.

Mit leerem Ausdruck starrt sie dabei in die Luft, vorgebend auf die Kinder zu achten. Ihre Augen sehen geschwollen aus und ihr Gesicht geschafft von tagelangem Kopfzerbrechen über etwas, das noch immer niemandem klar ist.

Innerhalb der einen Woche, die sie sich nach dem zweiten Vorfall mit Mazud nicht blicken ließ, entstanden unter den Bewohnern und der Security bereits eine Vielzahl an Gerüchten, was in ihrem Leben passiert sein könnte.

Dass sie so zerbrechlich sei und unter dem vielen Druck die Nerven verloren habe, dass es ein Liebesdrama gegeben haben soll oder sogar Gerüchte darüber, dass jemand in ihrer Familie gestorben sei.

Dass die Leute ohne jegliches Wissen über meine Schwester oder ihr Leben Lügen über sie verbreiten, macht mich wahnsinnig wütend, weshalb ich mich die letzten Tage in mein Bett zurückzog und mich aus den Spekulationen raushielt.

Nach dieser unbeschreiblich langen Woche ist es heute das erste Mal, dass sie wieder da ist, doch verbringt den ganzen Tag nur bei den Kindern.

Vermutlich tut ihr gerade deren Unschuld und die Tatsache, dass sie sich nicht mit ihrem Leben auseinandersetzen würden, weil sie vermutlich nicht mal bemerkt haben, dass etwas vorgefallen ist, in ihrer schweren Phase, die sie durchmacht, gerade gut.

Weil ich in der Schule war, habe ich noch keine Gelegenheit finden können, mit Sarah zu sprechen, doch dem vielen Getuschel der Männer zu urteilen, hat sie das wohl noch mit keinem.

Ich hatte eigentlich gehofft, dass sie in den vergangenen Tagen genug Zeit finden würde, ihre Gedanken zu sortieren und sich zu stärken, damit dann alles beim Alten ist, sobald sie das Camp wieder betritt. Aber die Hoffnung habe ich nun aufgegeben.

Ich vermisse es so sehr, mich mit ihr zu unterhalten und fühle mich seither merkwürdig alleingelassen.

Fast eine Stunde liege ich auf meinem Bett und behalte den Vorhang im Blick, um Sarah zu erwischen, sobald sie herauskommt.

Und da ist sie.

Sie hebt den Vorhang und läuft mit Spielsachen in einer Kiste unter ihrem Arm in Richtung Büro und das in einem zügigen Schritt.

Ich springe auf und laufe ihr schnell nach.

„Sarah!", rufe ich und renne beinahe, um sie einzuholen, kurz bevor sie ins Büro verschwinden kann.

Ich spüre die Sekunde, in der sie stehenbleibt und überlegt, mich zu ignorieren, weil sie am liebsten von allem weg möchte, doch sie dreht sich um und setzt ein zwanghaftes Lächeln auf.

Jetzt stehe ich vor ihr.

„Wie geht's dir, große Schwester?", frage ich aufgeregt.

„Gut", antwortet sie knapp, ohne zurückzufragen.

Ich weiß, dass es ihr nicht gut geht und sie mich bloß so schnell wie möglich wieder loswerden will.

Ich weiß es, weil man das Herz, viel mehr als es von den Lippen abzulesen ist, in den Augen sehen kann.

„Was ist passiert? Warum du bist weg?", frage ich besorgt.

„Mir geht es gut. Mach dir keine Sorgen."

„Aber-"

„Ich muss das ins Büro bringen", unterbricht sie meine nächsten Worte, öffnet die Tür und lässt mich ohne Weiteres alleinstehen.

Ich bin überfordert, drehe mich um und sehe die anderen auf

den Bänken sitzend zu mir herüberschauen, als ich nervös ein paar Schritte auf- und abgehe, auf den Boden gucke und darauf warte, dass sie wieder herauskommt.

Ich höre ihre Stimme und die von Herrn Maier. Sie reden miteinander, ruhig und einfühlsam, als würden sie sich verabschieden. Es folgen immer wieder kurze Pausen. Dann höre ich auch Salams Stimme und die der anderen Mitarbeiter.

Mit eingeschränkten Armen warte ich und male mir aus, was sie sagen mögen.

„Macht's gut", höre ich sie, bevor sie eingehüllt in Mantel und Schal mit einer Tüte voller Bastelpapier, Bildern und Büchern endlich herauskommt.

„Mohammed…", sagt sie genervt und blickt weg, während sie die Tür hinter sich schließt.

„Du nicht antworten meine Frage", sage ich verzweifelt.

„Hör mal, Mohammed", beginnt sie ernst. „Ich kann nicht darüber sprechen. Ich muss gehen. Wir können uns nicht mehr sehen."

Ich blicke sie an und versuche ihre Worte zu verstehen.

Sie beißt ihre Zähne zusammen, blickt auf den Boden und dann wieder in meine Augen.

„Tut mir leid", flüstert sie traurig, läuft mit schnellen Schritten an mir vorbei und verlässt die Halle.

Ich drehe mich zu ihr um und sehe die Männer mich immer noch beobachten und Sarah verschwinden, als mir Tränen in die Augen schießen wollen.

Doch ich darf jetzt auf keinen Fall schwach werden.

Wie angewurzelt stehe ich da.

Ich muss etwas tun. Sie sagte, sie würde nicht mehr in die Unterkunft zurückkommen.

Ich renne hinaus.

In meinem dünnen Hemd und meinen Hausschuhen, erwischt mich beim Öffnen der Tür eine eisige Kälte. Das nasse Gras duftet.

Ich laufe zum Zauntor, öffne sie und renne den blendenden

Straßenlaternen entlang runter zur nächsten Bushaltestelle, an der Sarah immer nach der Arbeit wartete.

Der kühle Sternenhimmel des feuchten Herbstabends ist rabenschwarz.

Ich muss mich beeilen, bevor sie in den Bus steigt und ich sie womöglich nie wiedersehe.

Der laute Verkehr rauscht an mir vorbei. Meine Latschen klappern bei jedem schnellen Schritt und erschweren mir das Laufen, doch ich darf nicht langsamer werden. Der kalte Wind zieht an meinen Ohren vorbei und dennoch wird mir warm.

Ich erblicke etwas Kleines auf dem Boden liegen, beuge mich während des Laufens mit einer schnellen Bewegung hinab, greife es und renne damit weiter.

Jetzt sehe ich sie.

Mit ihrer Tüte in der einen Hand und ihrer Handtasche in der anderen, blickt sie in die Ferne und wartet alleine darauf, wegfahren zu können. Mit schnellen Blicken überquere ich die Straße und stehe jetzt wenige Meter hinter ihr, als sie sich umdreht.

„Mohammed", sagt sie leise und schaut überrascht oder entsetzt drein.

„Warum du sprichst nicht mehr mit mir?", frage ich sie direkt, während ich sie schwer atmend erreiche. „Ich bin doch dein Bruder."

Wieder sieht sie mich mit dem verzweifelten Blick an, indem sich ihre Augenbrauen senken und sie ihre Zähne zusammenbeißt, als wollte sie etwas sagen, das sie nicht aussprechen kann.

Ich schnappe nach Luft.

„Und du bist meine Schwester, richtig?", frage ich weiter, nachdem ich keine Antwort bekomme.

Doch auch hierauf schaut sie mich überfragt an.

„Bitte Sarah. Sag mir, was ist passiert?"

Sie schüttelt den Kopf und entfernt sich einen Schritt von mir.

Auf einmal fühle ich mich ihr distanzierter als je zuvor.

„Okay", sage ich leise und überlege, was ich sagen könnte. Ich blicke in ihre schimmernden Augen.

Egal, was meine nächsten Worte sind, sie könnten sie verärgern, sodass sie sich erst recht von mir entfernt.

Nach einigen Sekunden der Überlegung, die sich in meiner nur begrenzten Zeit wie eine Ewigkeit anfühlen, beginne ich schließlich leise zu sprechen: „Ich weiß nicht, ob du möchtest gehen wegen Leute im Camp oder wegen mir-"

„Nein!", unterbricht sie mich mit zerschlagener Stimme und schüttelt dabei ununterbrochen den Kopf. „Niemals!"

Es folgt kurzes Schweigen, bis ich fortfahre.

„Aber vielleicht du brauchst neue Anfang", sage ich und öffne meine Hand, in der ich die ganze Zeit den kleinen Kieselstein hielt, der mir auf der Straße in den Blick fiel.

Sie tritt einen Schritt näher und betrachtet ihn.

„Ich möchte dir geben diesen Stein. Du hast mir zu meine Geburtstag ein Stein geschenkt und du hast gesagt, ich brauche ein neue für mein Leben. Ein neue Teil."

Schweigend starrt sie darauf, ohne sich zu rühren, als ich ihre Augen immer glasiger werden sehe, bis sie dann in Tränen ausbricht.

Ich erschrecke und beginne zu stottern.

„Tut... tut mir leid. Sarah. Was ist passiert?"

Vor lautem Schluchzen kann sie nicht antworten und verdeckt mit ihrer Hand ihren Mund, während dicke Tropfen ihre rosanen Wangen hinablaufen.

„Sarah, bitte!", flehe ich unbeholfen, gehe einen Schritt näher auf sie zu, doch traue mich nicht, sie anzufassen. „Sarah", sage ich wieder und werfe den Stein in den neben mir liegenden Busch.

„Nein!!", ruft sie laut und schluchzt. „Wieso hast du ihn weggeworfen?"

Jetzt bin ich vollkommen verwirrt.

„Ich wollte du lachen und Stein schenken. Nicht weinen!", erkläre ich verzweifelt.

Jetzt lacht sie schließlich unter unaufhörlichen Tränen.

„Ja genau, so!" Ich zeige auf ihre Lippen. „Es ist doch nur dumme Stein. Ich habe gefunden auf Boden."

Sie lacht wieder unter noch lauterem Schluchzen.

„Ich möchte einen Stein!", klagt sie beleidigt und öffnet ihre Hand.

Ich brauche eine Sekunde, bis ich mich schnell umschaue und dann einen kleinen Asphaltbrocken von der Straße aufhebe, den ich in ihre Hand lege.

Unter den vielen schönen Steinen, die ich ihr als neuen Lebensabschnitt schenken könnte, ist das mit Abstand der hässlichste.

Während sie den schweren, schwarzen Brocken mit seiner unebenen Oberfläche betrachtet, fängt sie ohne ein Lächeln wieder zu weinen an.

„Sarah", komme ich ihr jetzt näher und halte ihre Hand, ohne eine zweifelnde Sekunde länger darüber nachzudenken. „Stein ist nicht wichtig, aber meine Wörter."

Nickend schaut sie noch immer auf die Hand und drückt meine.

„Bitte nicht weinen, Sarah", flüstere ich.

Langsam beruhigt sie sich und schluchzt nur noch leise, ihre Schultern dabei zuckend.

Die Sekunden vergehen langsamer.

Der Bus erscheint glücklicherweise nicht.

Instinktiv spüre ich, meine Arme um sie legen zu müssen, trete den letzten Zentimeter näher an sie ran und schließe sie um ihre Schultern. Sie lässt es geschehen, als hätte ich es wie einen Wunsch in ihren Gedanken gelesen und greift ihre Hände unter meinen Armen an meine Schulterblätter.

Jetzt drücke ich sie fest an mich.

Wir stehen regungslos da und vergessen die Welt, während ihr Kopf in meiner Schulter versinkt. Ich spüre die Kälte ihres Ohrs an meiner Wange, als ich die Augen schließe, um das warme Gefühl der Geborgenheit und der Vertrautheit zu genießen, die mir eben noch verloren schien.

Ohne jegliche Bewegung schmelzen wir zusammen.

Wir werden zu Eins, wie zwei Pflanzen unterschiedlicher Art mit unterschiedlichen Erscheinungsformen, verwurzelt im selben Boden, unter verschiedenen Witterungen aufgeblüht und schließlich zu einer neuen Art zusammengewachsen.

Der Bus kommt brummend angefahren, doch sie ignoriert ihn. Nachdem er kurz anhält, fährt er fort und wir verweilen in unserer Umarmung.

Eine Umarmung, die innig und dennoch einfühlsam ist, wie man sie nur aus der Familie kennt, während einer harten Zeit, in der Hoffnung auf eine bessere.

Eine Umarmung, die mehr sagt, als Worte es in solchen Momenten je könnten.